I0744072

GRABESSCHWERE ERWARTUNGEN

MINISTERIUM DER KURIOSITÄTEN, BAND #4

C.J. ARCHER

Übersetzt von
ANNETTE SPRATTE

WWW.CJARCHER.COM

Grabesschwere Erwartungen, Ministerium der Kuriositäten, Band 4

Originaltitel: Grave Expectations © 2016 C.J. Archer

Aus dem Englischen übersetzt von Annette Spratte
© 2023

Alle Rechte vorbehalten. Kein Teil dieses Buches darf ohne Zustimmung der Autorin nachgedruckt oder anderweitig verwendet werden, ausgenommen kurze Ausschnitte als Zitate zur Verwendung in Kritiken und Rezensionen.

KAPITEL 1

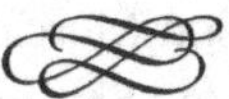

PARIS, HERBST 1889

„*A*h, Mademoiselle Holloway, Monsieur Fitzroy. Ich habe Sie erwartet. Bitte, kommen Sie herein. Nehmen Sie Platz." Der Akzent der Hausmutter klang wie das Schnurren einer Katze mit den rollenden Rs und sanften Konsonanten. Ein freundliches Lächeln zog über ihr Gesicht bis in die grauen Augen hinein. Augen, die mich mit so viel Erstaunen betrachteten, wie ich Paris durch die Fenster der Kutsche bestaunt hatte.

„Vielen Dank, dass Sie uns empfangen", sagte Lincoln und rückte einen Stuhl für mich zurecht.

„Würde es Ihnen etwas ausmachen, weiter Englisch zu sprechen?", bat ich. „Ich fürchte, ich kann sehr wenig Französisch." Seit wir vor einigen Stunden in Calais angelegt hatten, hatte ich die Wörter für ja, nein, danke, bitte und Hut gelernt, nachdem er mir vom Kopf geweht war. Ich hatte auch herausgefunden, dass *Pâtisserie* den Himmel auf Erden bedeutete.

„Ganz und gar nicht." Die Hausmutter faltete ihre knorrigen Hände vor sich auf dem Schreibtisch. „Sie sehen ihr so ähnlich. Das Gesicht, das Kinn, die Nase, die Haare. So hübsch."

Ich spürte, wie mir Hitze den Hals hinaufkroch und meine Wangen zu fluten drohte. Lincolns Anwesenheit direkt an meiner Seite war mir sehr bewusst. Ich musste ihn nicht ansehen, um zu wissen, dass er mich beobachtete. Sein warmer Blick ließ meine Haut prickeln.

„Danke." Ich beugte mich in der Hoffnung vor, so den Fokus von mir abwenden zu können. „Bitte erzählen Sie mir von ihr."

„Ich werde es versuchen."

Die Hausmutter des St. Madeleine Waisenhauses in Paris hatte Lincoln einen Brief geschrieben, nachdem er herausgefunden hatte, dass ich von dort als Baby adoptiert worden war. Sie hatte ihm einige wenige Details über meine Mutter genannt, die sie jetzt wiederholte. Ellen Mercier war unverheiratet gewesen, als ich geboren wurde. Sie war gebildet und stammte vermutlich aus gutem Hause, war aber möglicherweise verstoßen worden, als ihre Schwangerschaft bekannt wurde. Sie war schwer krank gewesen, hatte mich aus purer Verzweiflung ins Waisenhaus gegeben und darum gebeten, dass man ein gutes Zuhause für mich finden möge. Als dann der englische Vikar mit seiner Frau nach einem Kind gefragt hatte, dass sie als ihr eigenes aufziehen konnten, war ich ihnen übergeben und mit nach London genommen worden. Die Frau, von der ich geglaubt hatte, sie wäre meine Mutter, war jetzt tot und lag auf dem Highgate-Friedhof begraben. Der Mann, den ich Vater genannt hatte, hatte mich enterbt, als ich im Alter von dreizehn Jahren ihren Geist beschworen hatte. Obwohl ich mich Charlotte Holloway nannte, war ich keine Holloway. Auch nicht wirklich eine Frankenstein wie mein echter Vater. Ich war Charlie. Einfach nur Charlie. Für den Moment war das genug.

„Ich hätte sie gern unter glücklicheren Umständen gekannt", schloss die Hausmutter. „Sie war … wie sagt ihr Engländer? Schlau?"

„Klug", sagte ich. „Mit einem scharfen Verstand."

„Ein scharfer Verstand, ja, und ein gutes Herz. Sie hatte zwei Paar Schuhe und gab eines davon einem Mädchen hier. Ein armes Kind, so dünn und frierend, ohne Schuhe. Ellen, Ihre Mutter, bestand darauf. Sie war herzensgut." Doch anstatt bei dem Gedanken an die Freundlichkeit meiner Mutter zu lächeln, runzelte sie die Stirn und schüttelte den Kopf. „Vielleicht war sie deswegen in Schwierigkeiten."

„Hat sie Ihnen irgendetwas über meinen Vater gesagt?"

„Nein. Wir haben sie angefleht, es uns zu sagen. Wir hätten ihn angeschrieben und ihn gebeten, Ihnen seinen Namen zu geben, oder wenigstens Geld, wenn er welches hatte. Aber sie hat sich geweigert, eisern. Ich glaube nicht, dass er ein guter Mann war."

„Ich habe ihn kennengelernt", sagte ich. „Er ist tot. Und Sie haben recht—er war kein guter Mann."

Sie zog eine Augenbraue hoch, aber ich führte das nicht weiter aus. Victor Frankenstein war tot und ich wollte für ihn keinen Atemzug verschwenden. Vielleicht war er mein leiblicher Vater, aber er hatte sich nicht wie ein Vater um mich gekümmert. Er wollte mich nur wegen meiner Nekromantie, um seine verrückten medizinischen Träume zu verwirklichen.

„Können Sie mir noch irgendetwas über sie erzählen?"

Sie seufzte. „Es tut mir leid, das ist alles. Aber!" Ihr Gesicht verwandelte sich in ein Meer von Falten. „Ich habe etwas für Sie. Etwas, das sie Ihnen vermachen wollte."

„Sie haben das in Ihrem Brief an Linc—Mr Fitzroy— erwähnt." Voller Erwartung erhob ich mich von meinem Stuhl, packte dann aber die Armlehnen, um mich zu erden. „Was ist es?"

Sie legte die Hände auf den Schreibtisch und erst da bemerkte ich den Umschlag, der mit einem einfachen roten Wachssiegel verschlossen war. Sie reichte ihn mir.

Der Umschlag wies an einer Ecke eine Beule auf. „Danke", hörte ich mich selbst murmeln. Ich starrte den Umschlag an. Es war das Erste, das ich je in Händen gehalten hatte, das die Hände meiner Mutter—meiner *echten* Mutter—ebenfalls berührt hatten. Es war so eine Kleinigkeit, so unbedeutend, fühlte sich aber erstaunlicher an als alle Ausstellungsstücke des Britischen Museums.

Lincoln berührte meinen Arm. „Charlie?"

„Ich werde ihn im Hotel öffnen." Mit dem Umschlag fest in der Hand erhob ich mich. Meine Beine fühlten sich wackelig an, aber ich stand ohne Hilfe auf. Lincoln kam näher, als wollte er mich stützen, sollte ich stolpern. „Vielen Dank", sagte ich. „Sie sind zu gütig. Danke für all Ihre Fürsorge damals, sowohl für meine Mutter als auch für mich. Ich weiß das sehr zu schätzen."

Sie kam um den Schreibtisch herum und nahm meine Hand. „Gern geschehen, *Mademoiselle*. Es ist mir eine Freude, Sie erwachsen und bei bester Gesundheit zu sehen. Es erfüllt mein Herz zu wissen, dass wir Sie in eine gute Familie gegeben haben."

Ich korrigierte sie nicht. Sie brauchte von den grausamen Worten nichts zu wissen, die Anselm Holloway mir an den Kopf geworfen hatte, als er mich aus dem Haus gejagt hatte. Sie brauchte auch nicht zu hören, dass er mich beinahe umgebracht hatte in dem Versuch, mich von meiner Nekromantie zu ‚heilen'. Davon abgesehen war meine Adoptivmutter gut zu mir gewesen. Wenigstens sie hatte mich geliebt. Natürlich hatte sie zu Lebzeiten nichts von meiner merkwürdigen Gabe erfahren.

„Wir werden noch einige Tage in Paris verweilen", sagte Lincoln in seinem brüsken, aber angenehmen Ton. „Würden Sie bitte einen Brief aufsetzen, in dem steht, dass Charlotte Holloway, jetzt wohnhaft in London, von Ellen Mercier vor achtzehn Jahren hier als Säugling abgegeben und dann von Mr und Mrs Holloway adoptiert wurde?"

„Wofür denn das?", fragte ich.

„Es könnte aus rechtlichen Gründen vonnöten sein."

„Was für rechtliche Gründe?"

Sein Blick wurde kühl. Das Thema stand nicht zur Diskussion. Glaubte er jedenfalls. Ich würde die Diskussion fortführen, sobald wir außer Hörweite der Hausmutter waren.

„*Bien sur*", sagte sie.

„Schicken Sie ihn bitte ans *Le Grand Hôtel*, auf dem *Boulevard des Capucines*."

Ihre Augen weiteten sich minimal bei der vornehmen Adresse. „Ich werde ihn heute noch aufsetzen. Auf wiedersehen, *Monsieur et Mademoiselle*. Ich wünsche Ihnen beiden viel Glück."

Sie begleitete uns durch das Labyrinth von Steinfluren zur Eingangstür des Waisenhauses, aber Lincoln hielt im riesigen Torbogen inne. „Wissen Sie, wohin Ellen Mercier gegangen ist, nachdem sie hier war?"

„Ich fürchte nicht", antwortete die Hausmutter. „Sie war zu krank und wird nicht lange überlebt haben." Sie warf mir einen mitleidigen Blick zu.

„Warum hast du das gefragt?", flüsterte ich Lincoln zu,

während er mich die Stufen des Waisenhauses hinabführte. „Wolltest du sichergehen, dass sie tot ist?"

„Ja."

Seine Direktheit hätte mich nicht überraschen sollen. Er war schließlich nicht nur wegen mir hier, sondern auch als Leiter des Ministeriums der Kuriositäten. Die Akte von Ellen Mercier war noch offen. Bis wir einen Beweis für ihren Tod hatte, konnte er sie nicht schließen.

Lincoln sprach mit dem Kutscher, der auf uns gewartet hatte, und bezahlte ihn. Ich nahm seine angebotene Hand und kletterte in die Droschke. Unsere Finger blieben länger als nötig verschränkt und die Berührung jagte mir einen Schauer durch den Körper.

„Warum hast du um ein Schreiben als ..." Wie nannte man so ein Schreiben?

„Echtheitsbeweis?"

Ich hätte schwören können, dass seine Mundwinkel nach oben zuckten, auch wenn seine Lippen sich überhaupt nicht zu bewegen schienen. Ich lachte. „Vermutlich könnte man es so nennen. Aber warum?"

Seine Gesichtszüge veränderten sich und eine kleine Falte erschien zwischen seinen Brauen. „Holloway hat es so aussehen lassen, als wäre er dein leiblicher Vater. Als er dich als Baby nach England brachte, hat er vorgegeben, du wärst ihr in Frankreich geborenes Kind. Nach englischem Recht ist er dein Vormund. Ein Brief der Hausmutter wird eine große Hilfe sein, um zu beweisen, dass du rechtmäßig nicht sein Kind bist. Du willst doch nicht, dass er dein rechtlicher Vormund ist, oder?"

„Nein, ganz gewiss nicht. Aber er hat mich enterbt. Damit ist doch sicher jeglicher rechtliche Anspruch auf mich irrelevant."

„Und wenn er beschließt, dich nicht länger zu enterben? Was, wenn er auf seine Rechte pocht, vielleicht in der Hoffnung, dich zu heilen?" Sein Unterkiefer spannte sich an. „Das kann ich nicht riskieren."

„Ich verstehe", murmelte ich. „Glaubst du, der Brief der Hausmutter hätte vor Gericht Bestand, falls es so weit käme?"

„Falls nicht, bringe ich die Hausmutter selbst nach England, um für dich auszusagen."

„Und wenn das nicht klappt?"

Sein Blick wanderte zum Fenster. „Ich werde alles in meiner Macht Stehende tun, um sicherzustellen, dass du nicht unter der Vormundschaft dieses Mannes stehst."

Ich fragte nicht, wie er das anstellen wollte, denn die Antwort wollte ich nicht hören. Hoffentlich konnte alles legal und gewaltfrei geregelt werden. „Solange Holloway nicht will, dass ich wieder bei ihm einziehe, gibt es keinen Grund, dass eine Vormundschaft überhaupt relevant wird. Und ich kann mir nicht vorstellen, dass er mich jetzt noch in seiner Nähe haben will. Ich bin mir sicher, dass ich ihm Angst einjage."

Lincoln runzelte wieder die Stirn. „Charlie, ich glaube, du verstehst nicht."

„Doch. Ich verstehe, dass er rechtliche Ansprüche auf mich geltend machen kann, aber nur noch drei Jahre. Zwei sogar. Ich werde bald neunzehn. Aber warum sollte er? Ich habe kein Vermögen und nichts Wertvolles, was er mir abnehmen könnte. Sollte er mir die Freiheit rauben wollen, werde ich einfach weglaufen und du kannst mich verstecken. Abgesehen davon sitzt er im Gefängnis. Er kann mir von dort aus nichts anhaben."

Die Droschke kam vor unserem Hotel zum Stehen. Anstatt auszusteigen, beugte Lincoln sich vor und nahm meine Hand in seine eigenen. Sein dunkler, ernsthafter Blick bohrte sich in mich hinein. „Charlie—"

Er wurde von einem gebellten Befehl des Kutschers unterbrochen. Mit gespitzten Lippen stieg er aus und half mir die Stufe herab. Der Portier des Hotels lächelte mich freundlich an und fragte in furchtbarem Englisch, wie mir Paris gefallen hatte.

„Sehr gut, danke, aber ich habe noch nicht sehr viel gesehen. Hoffentlich morgen."

„Sie 'aben meine wunderschöne Stadt nicht gesehen?" Er schnalzte mit der Zunge. „Aber Sie müssen!"

„Wir hatten heute Nachmittag etwas zu erledigen."

„Es ist spät. Mademoiselle ist müde, *oui*?"

„*Oui*. Es war ein langer Tag."

Dann empfahl er Lincoln einige Restaurants auf Französisch, was mir die Gelegenheit gab, den *Boulevard des Capucines* am späten Nachmittag zu bewundern. Trotz der Schatten war es eine bezaubernde Allee mit schlanken Bäumen, die jetzt keine Blätter trugen, und pompösen Gebäuden mit glänzenden Vordächern. Menschen eilten vorbei, mit Pelzen gegen den kalten Wind geschützt, und Kutschen, Omnibusse und Karren behinderten sich gegenseitig in ihrer Hast, noch vor Einbruch der Dunkelheit ihre Ziele zu erreichen.

Bevor Lincoln und ich London verlassen hatten, hatte mein Reiseführer mir gesagt, dass Paris die Stadt der Liebe und der Liebenden war. Eine Stadt, die „vor Lebendigkeit nur so strotzte", hatte er behauptet. „Ein köstliches Konfekt, das reizt, niemals schüchtern und immer frisch ist." In Anbetracht der Tatsache, dass mein Reiseführer Seth gewesen war, hätte ich mir vermutlich denken können, dass seine Eindrücke der Stadt stark von seinen Eskapaden mit den Damen von Paris geprägt waren.

Während die Stadt seinen Beschreibungen nicht ganz entsprach, war sie auch nicht wie Lincolns Version. Als ich ihn nach seinen Eindrücken gefragt hatte, während wir in Dover auf die Abfahrt des Schiffes gewartet hatten, hatte er mir gesagt, es wäre „ähnlich wie London", und es dabei belassen. Er war nicht sehr gesprächig gewesen und erst als wir uns auf dem Schiff eingerichtet hatten und er grün im Gesicht wurde, fiel mir der Grund wieder ein. Die Seekrankheit fesselte ihn die gesamte Überfahrt an seine Kabine und es dauerte eine Stunde im Zug von Calais bis Paris, ehe er wieder Farbe bekam. Trotz meiner zahllosen Fragen weigerte er sich, sein Unwohlsein mit mir zu besprechen. Anscheinend war das Thema seiner Schwäche, wie er es sah, tabu.

Ich nahm seinen angebotenen Arm und wir betraten das Hotel gemeinsam. Der Brief meiner Mutter fühlte sich wie ein Bleigewicht in meiner Handtasche an und ich konnte es kaum erwarten, in mein Zimmer zu kommen und ihn zu öffnen.

„Setz dich zu mir", drängte ich Lincoln an der Tür des kleinen Wohnzimmers, das sich an mein Schlafzimmer anschloss. „Ich brauche vielleicht deine Unterstützung beim Lesen."

Er folgte mir hinein und fachte die Kohlen im Kamin an, während ich mich des Lichtes wegen an den Tisch am Fenster setzte. Mit bebenden Fingern öffnete ich den Umschlag und schaute hinein.

„Es ist eine Halskette." Ich ließ die Silberkette mit Anhänger auf meine Handfläche gleiten. Der Anhänger bestand aus zwei ineinander liegenden Ringen, die sich unabhängig voneinander drehen konnten. Ein kugelförmiger orange-brauner Stein war in den kleineren Ring eingesetzt. Auch er konnte sich auf seiner Achse unabhängig drehen, wie ein Globus. „Das ist recht hübsch."

Lincoln hielt die Hand auf und ich legte die Kette hinein. „Das ist Bernstein." Er drehte und wendete den Anhänger, rieb mit dem Daumen über die Kugel und hielt sie gegen das Licht. „Keine Einschlüsse. Das wäre ein kleines Sümmchen wert." Er reichte sie mir zurück. „Ist ein Brief dabei?"

Ich schaute in den Umschlag und mein Herz sprang mir in den Hals. Während ich den Zettel herausnahm, beruhigte es sich etwas. „Liest du ihn? Er ist auf Französisch."

Er setzte sich und nahm den Zettel. Der Brief war nicht lang, aber er ließ sich etwas Zeit, ihn erst zu lesen, bevor er ihn übersetzte.

„'An meine geliebte Tochter.

Ich bedauere es sehr, dass wir uns nie wieder begegnen werden, aber ich hoffe, dass dieser Brief dich auf irgendeine Art trösten wird, wenn du zu einer Frau heranwächst. Die Hausmutter hat mir versichert, dass du in eine gute Familie gegeben wirst, und ich bete, dass du dort sehr geliebt wirst, so wie ich dich liebe.

Ich kann nicht viel schreiben, da mein Körper zu schwach ist. Ich werde bald sterben, aber ich gehe in Frieden ins Jenseits, denn ich weiß, dass du gesund und bei den freundlichen Menschen im Waisenhaus gut aufgehoben bist. Sei nicht traurig. Der Tod ist nichts, was man betrauern oder fürchten müsste, wie du vielleicht weißt.

Meine Tochter, ich schreibe dir diesen Brief, um dir so viel wie möglich darüber zu sagen, wer du bist und woher du kommst. Mein Nachname ist Mercier aus der Normandie. Sie werden dich nicht willkommen heißen und meinen Namen nur beschmutzen. Vergiss sie.

Ich werde dir den Namen deines Vaters nicht sagen. Er ist ein gefährlicher Mann und liebt weder dich noch mich. Ich habe den Fehler gemacht, ihm zu vertrauen und ihm mein Herz zu schenken. Er wollte mich nur wegen meiner Macht über den Tod.'"

„Ich nehme an, sie bezieht sich auf die Nekromantie", sagte ich lahm. Ich fühlte mich wie betäubt, während ich ihren Worten lauschte, die vor so langer Zeit aufgeschrieben wurden. Für sie musste es auch merkwürdig gewesen sein, einem Baby zu schreiben. *Ihrem* Baby. Ich schluckte den Kloß in meinem Hals herunter. „Bitte, lies weiter."

„Ich werde seinen Namen vor dir geheim halten, um dich zu schützen, Tochter. Wenn er von deiner Existenz erfährt, wird er dich unbarmherzig verfolgen und für seine Experimente missbrauchen, so wie er es mit mir versucht hat. Falls du deine Macht über den Tod noch nicht entdeckt hast, dann will ich dir keine Angst machen, aber ich muss dich warnen. Wie ich bist du eine Hexe, die die Toten beschwören kann. Wenn ein Geist seinen leblosen Körper verlässt, kannst du ihn sehen und mit ihm sprechen und ihm sogar befehlen, in seinen Körper zurückzukehren. Hab keine Angst vor dieser Macht, aber erzähle niemandem davon. Die meisten werden es nicht verstehen. Sie werden dich fürchten und dir vielleicht Schaden zufügen.

Die Kette, die ich dir hinterlasse, wird dich vor deinem Vater und anderen, die dir schaden wollen, schützen. Trage sie immer und wenn du in Gefahr bist, umfasse die Kugel und beschwöre den Kobold mit drei Worten: ‚Ich befreie dich.'"

„Kobold?", wiederholte ich.

„Das ist das englische Wort, das dem am nächsten kommt", sagte Lincoln.

„Glaubst du, es ist ein echtes, lebendiges … Ding?"

„Das ist unklar. Sie könnte schlicht einen kindlichen Geist meinen."

„Mir ist nicht klar, wie ein Geist mir helfen könnte, wenn ich in Gefahr bin, aber mir gefällt der Gedanke, beschützt zu werden." Ich legte die Kette um meinen Hals und steckte den Anhänger in mein Mieder. „Steht da, woher sie ihn hat?"

„Nein." Er las weiter.

„'Der Kobold wird den Träger vor Unheil bewahren. Ich habe

es nie genutzt und warne dich, den Kobold nur zu rufen, wenn es wirklich nötig ist. Sei vorsichtig, wie bei aller Hexerei.

Und jetzt, liebe Tochter, werde ich zu schwach, um fortzufahren. Wenn du mehr wissen möchtest, beschwöre meinen Geist. Es wird mir die größte Freude sein, dir wieder zu begegnen. Ich werde schneller als ein Augenzwinkern an deiner Seite sein, aber sei versichert, du bist immer in meinem Herzen. Immer.

Deine dich liebende Mutter

Ellen Marie Mercier.'"

Er faltete den Brief zusammen und gab ihn mir wortlos zurück.

Ich steckte ihn in meine Handtasche und blinzelte die frischen Tränen weg. Es dauerte lange, ehe ich meine Stimme wiederfand. Er drängte mich nicht. „Das war ein Erlebnis", murmelte ich.

Er griff über den Tisch und nahm meine beiden zitternden Hände in seine. Das sanfte Reiben seiner Daumen über meine Knöchel beruhigte meine zerfransten Nerven, aber nicht mein hämmerndes Herz. „Brauchst du einen starken Drink?"

Ich lächelte. „Nein, danke. Deine Anwesenheit ist stärkend genug."

„Ich nehme an, das ist ein Kompliment."

„Ganz gewiss", sagte ich und drückte seine Hände. Wir blieben eine halbe Ewigkeit so sitzen, während ich über den Inhalt des Briefes nachdachte. Ich ließ ihn nur los, um den Anhänger noch einmal zu betrachten.

„Darf ich ihn haben?", fragte er. „Um ihn sicher aufzubewahren."

Ich schloss meine Faust darum. „Meine Mutter wollte, dass ich ihn zum Schutz trage."

„*Ich* bin jetzt hier, um dich zu beschützen, du brauchst diesen Gegenstand nicht." Er nickte in Richtung des Anhängers. „Seine Macht ist unbekannt, vielleicht sogar gefährlich, wenn sie freigesetzt wird. Bis wir mehr darüber erfahren, sollte er weggeschlossen werden."

Ich studierte den Globus. Er fühlte sich warm an, als hätte er neben dem Feuer gelegen. Dann pulsierte er.

Erschrocken schnappte ich nach Luft, nahm die Kette schnell

ab und warf sie ihm zu. „Ich glaube ... ich glaube, er ist lebendig.“

Lincoln hielt ihn gegen das Licht. „In Bernstein sind manchmal tote Insekten eingeschlossen aus der Zeit, als er noch klebriger Harz war. Dieser scheint etwas sehr Kleines in seiner Mitte zu haben, aber ich kann es mit bloßem Auge nicht erkennen.“

„Ich habe ihn schlagen gespürt, wie ein Herz.“

Er steckte ihn in seine Innentasche. „Wir werden sehen, was wir darüber herausfinden können, wenn wir nach Hause kommen.“

Ich starrte aus dem Fenster auf die Straße unten, wo der Nachtwächter auf seine Leiter stieg, um die nächste Laterne anzuzünden. Die Worte meiner Mutter purzelten durch meinen Kopf. Während es wundervoll war, endlich diese Verbindung zu ihr zu haben, wollte ich mehr. Ich konnte ihre Stimme nicht hören; dabei wollte ich unbedingt wissen, wie sie klang und wie sie aussah. Ich hatte nur die Beschreibung der Hausmutter. Das war nicht genug.

Lincolns Hand auf meiner Wange erschreckte mich. Seit dem Kuss in seinem Zimmer in Lichfield hatte er mir gegenüber wenig Zärtlichkeiten gezeigt, sodass seine Geste eine Überraschung war, wenn auch keine unwillkommene.

Doch anstatt mich zu küssen oder meine Wange zu streicheln, zog er sich zurück. Er fing an, in dem kleinen Raum auf und ab zu gehen, die Hände auf den Rücken gelegt.

„Ich weiß, was du denkst“, sagte ich und erhob mich ebenfalls.

Er blieb stehen und sah mich an. „Tust du das?“

„Du denkst, dass ich den Geist meiner Mutter beschwören werde. Und da sie eine Nekromantin ist und eventuell den gleichen Zauberspruch kennt wie Estelle Pearson, könnte sie meine Macht außer Kraft setzen. Du hast Sorge, dass sie entwischt und ich nicht in der Lage sein werde, sie zurückzuschicken.“

Die Erinnerung an Estelle Pearsons verwesende Leiche, die mir im Highgate-Friedhof davongelaufen war, verfolgte mich. Ich hatte sie gegen Lincolns Anweisungen beschworen, aber sie war eine Hexe gewesen und hatte mit einem Spruch meine

Befehle ausgehebelt. Zu wissen, dass sie anderen großen Schaden hätte zufügen können, machte mich noch immer krank. Ich würde keine Geister mehr beschwören, es sei denn, ich wusste, dass sie im Leben machtlos gewesen waren.

„Nein", sagte er leise. „Das habe ich nicht gedacht."

„Was ist es dann?" Ich berührte sein Gesicht so, wie er meins berührt hatte. Am Morgen hatte er sich rasiert, aber sein Kinn zeigte schon wieder dunkle Stoppeln, die an meiner Handfläche kratzten. Ich streichelte die glatte Haut darüber mit meinem Daumen. „Was macht dir Sorgen?"

Er legte seine Hand über meine, zog sie weg und küsste ohne Leidenschaft mein Handgelenk, ehe er mich losließ. „Jetzt ist nicht der richtige Zeitpunkt. Du bist müde und mit Gedanken an deine Mutter beschäftigt. Ich werde dir etwas zum Abendessen heraufbringen lassen. Gute Nacht, Charlie. Wir reden morgen."

„Aber morgen treffen wir uns mit Monsieur Fernesse, dem Dekorateur."

„Danach." Er küsste meine Stirn. „Ich werde nicht weit weg sein."

„Kommst du zu mir, wenn ich schlecht träume?"

„Natürlich."

Ich lächelte, denn ich hatte erwartet, dass er sich mehr darum sorgte, mit mir gesehen zu werden. Nachts in mein Zimmer in Lichfield zu kommen, wo nur wir und unsere drei Freunde waren, war eine Sache, aber jetzt waren wir in der Öffentlichkeit in einem teuren Hotel. Vielleicht half die fremde Stadt, in der uns niemand kannte, sein Gewissen zu beruhigen. Darüber war ich froh. Es gefiel mir, dass er nichts um Anstand gab. Es gefiel mir sogar sehr.

* * *

MONSIEUR FERNESSE BESAß EINE GALERIE, die auf einer Straße am Montmartre zwischen einen Weinhändler und ein Kabarett gequetscht war. Seth hatte mir vor unserer Abreise alles über das Künstlerviertel in Paris erzählt und die Freiheit, Kreativität und Verrücktheit beschrieben, als wären diese drei Dinge unzertrennlich. An einem frostigen Novembermorgen sah man jedoch keine

Anzeichen der nächtlichen Ausschweifungen. Abgesehen von einigen wenigen Seelen, die dem eisigen Wind trotzten, der den Hügel herunter fegte, waren wir die Einzigen, die unterwegs waren.

„Ich hoffe, er ist zu Hause", sagte ich zu Lincoln, während wir darauf warteten, dass unser Klopfen beantwortet wurde.

Er klopfte noch einmal und diesmal schloss ein Mann die Tür auf, der in eine lange, lila und goldene Smoking-Jacke gekleidet war. Er bellte uns eine Reihe von französischen Wörtern entgegen, die wohl nicht sehr freundlich waren, so wie Lincoln neben mir erstarrte. Er antwortete dem Mann in diesem leisen, aber dennoch bestimmenden Ton, den er anschlug, wenn er wütend war. Dann reichte er ihm Seths Empfehlungsschreiben.

Der Franzose las es, brach in schallendes Gelächter aus und winkte uns herein. Ich sah Lincoln mit hochgezogenen Augenbrauen an und er bedeutete mir mit der Hand vorauszugehen. Seth musste bei Monsieur Fernesse sehr beliebt gewesen sein, dass er seine Stimmung mit einem einfachen Brief von wild in zuvorkommend verwandeln konnte.

Dank ihrer höhlenartigen Beschaffenheit und der hohen Decke war es in der Galerie genauso kalt wie draußen. Eine Treppe am hinteren Ende führte nach oben und darunter befand sich ein Alkoven mit einem Tisch voller farbiger Stoffe, Nähzeug und einer Lampe. Der Rest der Galerie war wie ein übervolles Wohnzimmer eingerichtet. Sofas, Sessel, Ohrensessel, Tische, Kissen, Vasen und Kunstgegenstände füllten jede Lücke und ließen nur eine schmale Gasse dazwischen. Jedes Stück war einzigartig und perfekt arrangiert. Ein Blitz von goldener Borte, eine zarte Quaste, ein Streifen kunstvoller Stickerei ... nichts wirkte gewöhnlich oder schlicht.

„Kommen Sie, Mademoiselle", sagte Monsieur Fernesse und nahm meine Hand in seine langen, schlanken Finger. Er führte mich durch den Irrgarten zu einem Sofa, wo er die Kissen aufschüttelte und darauf bestand, dass ich mich setzte. „Ich werde Ihre kalten Hände wärmen, Mademoiselle. Bitte, einen Moment."

Er zündete das Feuer an. Sobald es zu seiner Zufriedenheit

brannte, winkte er Lincoln heran. „Helfen Sie mir, junger Mann. Meine Knie, wissen Sie, sind alt, wie ich."

Lincoln half ihm auf die Füße und der kleine Mann dankte ihm mit einer Verbeugung. Er strich mit den Händen über seine grauen Haare, die jedoch weiterhin wirr auf seine Schultern hingen. Sein Bart passte dazu und es war schwer zu sagen, wo er aufhörte und die Haare anfingen. Er erinnerte an einen alternden Löwen mit grauer Mähne.

„Sie sind Freunde von meinem Jungen, Seth, wie?"

Seinem Jungen? „Er ist ein lieber Freund", sagte ich. „Als wir ihm sagten, dass wir uns neu einrichten wollten und nach Paris reisten, bestand er darauf, dass wir bei Ihnen Rat einholen. Er behauptet, Sie seien der beste Dekorateur der Welt." Das waren zwar nicht genau seine Worte gewesen, aber nahe dran.

Monsieur Fernesse strahlte von einem Ohr bis zum anderen. „Ah, der Junge. Immer so süß, immer so nett zum alten Fernesse. Natürlich war ich nicht so alt, als ich in London lebte, nicht so grau." Er strich über seinen Bart. „Das waren gute Zeiten, sehr gute, aber gute Zeiten gehen einmal vorbei, nicht wahr? Wie geht es meinem Jungen?"

„Seth geht es sehr gut und er schickt Ihnen liebe Grüße."

„Lieb?" Er schmunzelte. „Ich wünschte, ich könnte ihn wiedersehen, aber ach, ich mag jetzt nicht mehr reisen. Sagen Sie ihm, Mademoiselle, dass er nach Paris kommen soll und mich besuchen. Sagen Sie ihm, dass ich mich danach sehne, sein hübsches Gesicht wiederzusehen."

„Das werde ich."

Er bestand darauf, uns einen Tee zu machen, denn: „Ihr Engländer könnt nichts tun ohne eine Tasse Tee." Lincoln und ich nutzten die Gelegenheit, die Gegenstände in der Galerie zu begutachten.

„Ich hoffe sehr, dass er nicht zu teuer ist", flüsterte ich, während ich mit der Hand über die geschwungene Rückenlehne eines Stuhls fuhr.

„Die Kosten sind unwichtig."

Ich war dazu erzogen worden, nie über Geld zu reden. Meine Mutter hatte behauptet, es wäre vulgär, darüber zu sprechen, was etwas kostete oder wie viel jemand verdiente. Ich hatte

Lincoln nie gefragt, wer ihn bezahlte oder woher er sein Geld bekam. Ich nahm an, dass das Ministerium Gelder zur Verfügung hatte. In dem Fall musste er die Finanzen verwalten, denn er hatte das Komitee für die Ausgaben nicht um Erlaubnis gebeten. Sie wussten noch nicht einmal, dass wir in Paris waren.

Monsieur Fernesse führte uns wieder zum Sofa und reichte jedem von uns eine Tasse zusammen mit luftigen kleinen Törtchen, die so lecker waren, als hätte unser Koch sie gemacht. Die nächsten zwei Stunden wählten wir Möbel, Vorhänge und Lampenschirme aus, um Lichfields Empfangszimmer und Salon in eine moderne Ära zu zerren. Während ich das Empfangszimmer gemütlich halten wollte, ließ ich Monsieur Fernesse für den Salon freie Hand. Im Moment stand er leer und wurde nicht genutzt, aber ich wollte ihn in ein spektakuläres Vorzeigestück verwandeln. Lincoln war ein Gentleman, der Sohn einer wichtigen Persönlichkeit, und er sollte seinen Platz in den gehobenen Kreisen Londons einnehmen. Hiermit konnte ich ihm Starthilfe geben. Alles, was wir brauchten, waren ein paar andere Besucher als die Komiteemitglieder. Ich war mir noch nicht sicher, wie ich Besucher ermutigen sollte oder ob überhaupt welche nach Lichfield kamen, aber darüber konnte ich mir noch Gedanken machen, wenn wir wieder in London waren.

Monsieur Fernesse hatte auf jeden Fall ein gutes Auge und war ein hervorragender Künstler. Er zeichnete Pläne der Räume anhand der Maße, die Lincoln ihm gab.

Wir waren beide Räume vollständig durchgegangen, als Lincoln plötzlich sagte: „Wir benötigen auch eine Renovierung des Ballsaals."

„Wir werden einen Ball abhalten?", fragte ich und konnte die Aufregung nicht aus meiner Stimme heraushalten. Ich war noch nie bei einem Ball gewesen und der Gedanke, einen zu veranstalten, war gleichermaßen spannend und furchteinflößend.

„Irgendwann", sagte er nur.

Sobald wir alles bis zur letzten Quaste geklärt hatten, versicherte Monsieur Fernesse uns, dass er die Dinge, die er selbst nicht herstellen konnte, in Auftrag geben und so bald wie möglich nach England schicken würde. Wir bedankten uns bei ihm und verabschiedeten uns mit dem Versprechen, seinem „lieben Jungen" Grüße auszurichten.

„Er schien Seth sehr zu mögen", sagte ich, während wir den schmachtenden Franzosen zurückließen.

„Sehr." Lincoln steckte meine Hand in seine Ellenbeuge.

„Sie müssen enge Freunde gewesen sein, trotz des Altersunterschieds. Ich frage mich, warum Seth mich gewarnt hat, nicht alles zu glauben, was Monsieur Fernesse uns erzählt. Glaubst du, er hatte Angst, dass sein Freund uns mit Geschichten über die wilden Partys erheitern würde, die die beiden zusammen gefeiert haben, als Fernesse in England lebte?"

„Vielleicht."

„In Anbetracht der vielen Eskapaden, die wir über Seth kennen und die er immer noch treibt, ist seine Sorge verblüffend. Was können sie nur gemacht haben, dass Seth sich so vor uns schämen würde, wenn es herauskäme?"

„Ich schlage vor, dass du ihn das nicht fragst, um ihm nicht zu nahe zu treten."

„Oh."

Nach einer Weile fügte er hinzu: „Die Neugier wird dich quälen, nicht wahr?"

Ich schaute auf und sah den Schalk in seinen Augen. „Ich komme schon zurecht, danke. Falls nicht, werde ich schauen, was ich von Gus erfahre. Die beiden erzählen sich alles."

Ich wollte ihn gerade nach seinen eigenen Theorien fragen, als er plötzlich stehen blieb und sich zu mir drehte. Wir standen außerhalb des klobigen Steintores eines Friedhofs. Warum spielten Friedhöfe in meinem Leben scheinbar ständig eine Rolle?

„Wir müssen unser Gespräch von gestern Abend noch beenden." Er hatte einen merkwürdigen Gesichtsausdruck, einen, den ich noch nie zuvor gesehen hatte. Es war eine Mischung aus Ernsthaftigkeit und etwas, das ich nicht identifizieren konnte.

„Ja, natürlich. Worum geht es?"

„Charlie …" Die Finger einer Hand trommelten gegen seinen Oberschenkel und die anderen rieben ständig über seinen Daumennagel.

Ich fing die trommelnde Hand mit meiner. Er hielt still.

Schluckte. War er nervös? „Lincoln, was ist los? Stimmt etwas nicht?"

„Gestern haben wir über deinen rechtlichen Vormund gesprochen. Ich glaube nicht, dass du so richtig verstanden hast, was es bedeutet, wenn Holloway diese Macht über dich behält."

„Was gibt es denn da noch zu verstehen? Ich habe keinen Besitz, den ich ihm geben könnte. Ich schätze, ich sollte ihm einen Teil des Lohns abtreten, den du mir zahlst, aber da ich nun nicht länger Magd in Lichfield sein soll, ist es doch egal, oder?"

„Er kann mehr kontrollieren als deine Finanzen. Er hat das Recht, uns zu trennen."

Das bereitete ihm Sorge? Von mir getrennt zu sein? Der Gedanke wärmte mir das Herz. Es gefiel mir, dass er Angst hatte, mich zu verlieren. „Das werden wir nicht zulassen. Falls nötig, verstecke ich mich, bis ich einundzwanzig bin. Er kann mich nur zwingen, bei ihm zu wohnen, wenn er mich findet, und dann muss er mich in meinem Zimmer einsperren. Ich bezweifle, dass ein Schloss dich jemals aufgehalten hat."

„Zwei Jahre ist eine lange Zeit. Zwei Jahre und einen Monat, wenn ich mich nicht irre." Er öffnete seine Hände und presste seine Handflächen gegen meine. „Ich will nicht so lange warten. Das ist auch so schon quälend genug."

Ich sah ihn kritisch an. Bezog er sich auf Intimitäten? „Was meinst du?"

„Muss ich es dir buchstabieren?"

Mein Gesicht glühte. „Ich, äh, nein. Aber … wir müssen dafür doch nicht warten, bis ich einundzwanzig bin." Ich legte ihm die Arme um den Hals. Mein Blut pulsierte, als er mich ebenfalls umarmte und an sich zog. Ich berührte sacht seine Lippen mit meinen. „Wir können heute Abend anfangen", murmelte ich an seinem Mund.

Er trat zurück, sodass ich mit gespitzten Lippen dastand und die Luft küsste. „Nein, können wir nicht. Und bitte mich ja nie wieder, dich ohne Trauschein zu nehmen."

Ich verschluckte mich fast. „Du redest davon, auf die *Ehe* zu warten? Lincoln, hast du vor, mich zu *heiraten*?"

KAPITEL 2

*L*incolns Brauen zogen sich zusammen. „Ich dachte, das hätte ich klar gemacht, bevor wir London verlassen haben. Ich erinnere mich an das Gespräch in deinem Zimmer in der Nacht, als wir Buchanan aus Bedlam befreit haben."

„Mir war das nicht ganz klar." Meine Stimme klang starrer, als ich wollte. Ich war begeistert, aber … passierte das wirklich? Es fühlte sich an wie ein Traum. „Ich dachte, du hättest damals davon gesprochen, dass ich deine Geliebte werde."

„*Das* … denkst du von mir? Dass ich deine Tugend zerstören würde?", brauste er auf.

„Ich … nein. Vermutlich würdest du das nicht. Du bist ein Ehrenmann."

Er brummte. „Wenn es Ehre wäre, die mich zu einem Antrag treibt, dann hätte ich aus Sorge um ihren Ruf schon viele Frauen gebeten, mich zu heiraten. Das habe ich nicht. Nur dich."

Ich zog die Augenbrauen hoch. „Viele?"

„Wechsle nicht das Thema. Ich dachte, du wüsstest, dass ich eine Heirat beabsichtige."

„Nein. Du hast mich nicht *gefragt*, ob ich dich heiraten will."

Sein Gesichtsausdruck verfinsterte sich. „Du möchtest einen formalen Antrag."

„Normalerweise laufen die Dinge so, wie ich gehört habe.

Wie soll ich sonst wissen, dass es das ist, was du willst?" Wo nahm ich bloß diese Unverfrorenheit her? Mein Herz hämmerte so heftig, dass mein gesamter Körper bebte. Ich sollte ein zitterndes, brabbelndes Häufchen Elend sein. Er wollte mich *heiraten!*

„Weißt du nicht, was ich für dich empfinde?"

„Lincoln ..." Ich holte tief Luft und versuchte, mein tobendes Blut zu beruhigen. Es funktionierte nicht. „Du bist die komplizierteste Person, die mir je begegnet ist, und normalerweise versteckst du deine Gefühle. Es ist fast unmöglich, zu wissen, was du zu einem gegebenen Moment denkst."

„Ist es?"

Ich schlug ihm leicht auf den Arm. Er fing meine Hand ein und zog sie zu seinen Lippen. Selbst durch den Handschuh spürte ich die Wärme seines Kusses auf meiner Haut.

„Du verstehst mich besser als irgendjemand sonst, der mir je begegnet ist, Charlie." Sein dunkler Blick hielt mich ebenso gründlich gefangen wie seine Hand die meine. „Du sorgst dich um mich wie niemand sonst. Du hast das Gute in mir gesehen, als ich es selbst nicht sehen konnte. Du machst einen besseren Mann aus mir."

„Das tust du alles selbst."

Er schüttelte den Kopf. „Mein Leben hat sich unermesslich verändert, seit du hineingepurzelt bist mit deinen großen Augen und deiner wilden Entschlossenheit."

Das waren wohl kaum Qualitäten, die zu Liebe führten. Tatsächlich hatte er Liebe noch gar nicht erwähnt. Vielleicht war es noch zu früh für ihn, das auszudrücken. Immerhin hatte er in seinem Leben nie Liebe erfahren.

„Ich habe versucht, gegen meine Gefühle anzukämpfen", fuhr er fort. „Ich habe versucht, sie zu verdrängen, aber es ging nicht. Seither beherrschst du beinahe ununterbrochen meine Gedanken. Du hast die Art, wie ich arbeite, verändert, was ich denke und tue. Du hast alles verändert. Du hast mich auf eine Weise beeinflusst, die dir vielleicht nie bewusst wird. Der Gedanke, dich aufzugeben oder mit einem anderen Mann zu sehen ..." Wieder schüttelte der den Kopf und seine tiefen, dunklen Augen schlossen sich, aber nicht ganz. „Ich habe Angst vor dem, was aus mir wird, wenn du nicht da bist."

Ich strich über seine Wange und wünschte mir, etwas sagen zu können, aber meine Kehle schmerzte und kein Wort kam heraus.

Überraschenderweise sprach er weiter. Der Mann, der normalerweise so zurückhaltend war, schien plötzlich jede Menge zu sagen zu haben. „Ich schaffe es nicht mehr, dir *oder* meinen Gefühlen zu widerstehen." Seine Lippen verzogen sich zu einem schrägen Lächeln. „Abgesehen davon will ich der Welt zeigen, dass du mein bist. Und ich will dich kennen, auf jede erdenkliche Art. Also siehst du, man kann nichts tun, außer heiraten. Es ist die einzige Lösung."

Es war nicht der romantischste Antrag und sicherlich nicht so, wie ich es mir unzählige Male erträumt hatte. Aber es war ehrlich und rau und ich konnte ihn damit nicht aufziehen. Er wirkte auch so schon ängstlich genug, während er auf meine Reaktion wartete.

Angst. Ja, das war der Gesichtsausdruck, den ich nicht hatte identifizieren können, als wir stehen geblieben waren. Er hatte Angst, dass ich seinen Antrag ablehnen könnte oder mich über ihn lustig machen. Deswegen hatte er mich nicht direkt gefragt, sondern *für* mich entschieden.

Ich legte ihm die Hand an die Wange, um diesen unsicheren Blick einzufangen, und strich über die kleine Falte neben seinem Mundwinkel, bis sie verschwand. „Ja, Lincoln. Von ganzem Herzen, ich will dich heiraten."

„Gut." Er packte meine Hand so fest, dass ich nach Luft schnappte. „Gut", sagte er noch einmal und lockerte seinen Griff. „Wir werden nach dem Mittagessen einen Ring kaufen."

Wir schlenderten Hand in Hand weiter und ich fragte mich, ob wir den ganzen Weg zum *Le Grand Hôtel* laufen würden. Vielleicht war das eine gute Idee. Ich hatte Dutzende Dinge zu sagen und die kalte Luft half mir, den Kopf freizubekommen, damit ich ihren Sinn erfassen konnte. Und doch fühlte ich mich plötzlich schüchtern. Zu schüchtern, um zu sagen, was mir durch den Kopf ging. Wir waren innerhalb weniger Momente von ein paar gestohlenen Küssen zu einer Verlobung gesprungen und ich hatte es nicht kommen sehen. Ich fühlte mich, als hätte mich eine Lawine überrollt.

Seine Hand schloss sich fest um meine und verankerte mich an seiner Seite. „Möchtest du mich etwas fragen?"

„Ich ... ja." Ich räusperte mich. „Vergib mir, ich bin ziemlich überwältigt. Ich hatte das nicht erwartet."

„Es ist gewöhnungsbedürftig. Für uns beide." Sein Daumen streichelte meine Hand. „Charlie, ... wenn du das nicht möchtest—"

„Doch!" Ich hielt ihn an. „Oh, Lincoln, natürlich möchte ich das, sehr so gar. Aber es kommt so bald nachdem du erklärt hast, du würdest nie jemanden heiraten. Deswegen dachte ich, du wolltest mich als deine Geliebte."

Er zuckte zusammen, als hätten meine Worte ihm einen Stich versetzt. „Ich bin bereit, das Risiko einzugehen und zu sehen, ob mir die Ehe bekommt."

Ein Lachen blubberte aus mir heraus, obwohl ich seine Worte nicht amüsant fand. Er war *bereit*, ein *Risiko* einzugehen? Das klang nicht sehr überzeugend. Vermutlich sollte ich froh sein, dass er mich überhaupt des Risikos für Wert erachtete. „Vielleicht sollten wir warten, bis du dich an den Gedanken gewöhnt hast, mit mir zusammen zu sein."

Er legte den Arm um mich und zog mich an sich, während wir weitergingen. Es war sehr vertraut, aber mir war aufgefallen, dass die Franzosen dererlei Dinge nicht so anstößig fanden wie die Engländer. Ich hatte schon viele Paare so zusammen gesehen. Sie hatten sich sogar geküsst, ohne sich darum zu kümmern, wer ihnen dabei zusah. Wenn Städte wie Menschen waren, dann war Paris eine Tänzerin, während London die Frau eines Vikars war.

„Ich habe lange genug gewartet", sagte er. „Sobald wir die Erlaubnis von Holloway haben, werden wir heiraten. Mir ist egal, wo. Die Organisation überlasse ich dir. Du überlässt mir Holloway."

Der stählerne Unterton ließ mich erschaudern. „Er wird sicher zustimmen", sagte ich schnell. „Er wird vermutlich froh sein, mich an jemand anderen zu übergeben."

„Hoffentlich ist es so einfach."

Wir nahmen eine Droschke und fuhren von Montmartre fast bis zum Hotel zurück, stiegen aber in der Rue de la Paix aus, wo wir im Café de la Paix aßen. Es war zu kalt, um an einem der Außentische zu sitzen.

Die Erkenntnis, dass ich Lincoln heiraten würde, kam endlich bei mir an, während ich das letzte der köstlichen Gebäckstücke genoss. Ich fühlte mich wie beschwipst, was möglicherweise auch an den zwei Gläsern Champagner lag.

„Seth, der Koch und Gus werden es nicht glauben", sagte ich und konnte mein Grinsen nicht unterdrücken.

„Das werden sie, wenn sie den Ring sehen."

Ich starrte auf meine Finger. Ich hatte noch nie einen Ring getragen, oder sonst irgendwelchen Schmuck. „Werden wir heute Nachmittag einen kaufen?"

„Wenn sie einen auf Lager haben, der dir passt und gefällt. Ansonsten bestellen wir einen. Ich bin mir sicher, dass du ihn bis Ende der Woche haben wirst, es sei denn, der Diamant, den du möchtest, ist sehr groß."

Diamant! Er wollte mir einen *Diamantring* schenken!

„Stell dich auf einigen Widerstand vom Komitee ein", sagte er.

Ich blinzelte, während die Bedeutung seiner Worte zu mir durchdrang. „Oh, ja. Ich kann mir vorstellen, dass sie einer Heirat vehement widersprechen werden."

Er griff über den Tisch und nahm meine Hand. Seine Berührung war wärmer ohne Handschuhe, und aufregender. „Sie haben keine echte Gewalt über mich, Charlie, oder über dich. Wenn wir heiraten wollen, hat das nichts mit ihnen zu tun."

„Nicht direkt, schätze ich."

Die Komiteemitglieder betrachteten mich als Gefahr. Sie behaupteten, böse Menschen würden meine Macht nutzen wollen, und auch wenn ich es ungern zugab: Sie hatten recht. Zweimal hatten verrückte Wissenschaftler bereits versucht, mich gefangen zu nehmen, um meine Nekromantie zu nutzen. Doch war es nicht nur meine Anziehungskraft auf solche Leute, die das Komitee fürchtete. Es war der Aufwand an Zeit und Kraft, die Lincoln verschwendet hatte, um mich zu beschützen. Es war mein ablenkender Einfluss auf ihn, den sie nicht leiden konnten. Als Leiter des Ministeriums konnte er sich eine solche Ablenkung nicht leisten. Es half nicht gerade, dass ein Teil von mir ihnen zustimmte und sich um genau dies ebenfalls sorgte.

„Charlie." Sein leises Schnurren entlockte mir ein kleines Lächeln. „Ich habe das Sagen und werde es immer haben, solange ich lebe. Sie müssen meine Entscheidungen akzeptieren."

„Können sie dich als Leiter absetzen?"

„Sie würden nicht gegen die Prophezeiung handeln. Das könnte Konsequenzen haben. Übernatürliche."

Die Prophezeiung hatte ich ganz vergessen. Ein Seher hatte vor vielen Jahrhunderten vorausgesagt, dass Lincoln Leiter des Ministeriums werden würde. Als die Verbindung der Prophezeiung zu dem kleinen Lincoln hergestellt worden war, hatte General Eastbrooke ihn aufgenommen und ihn in den unterschiedlichsten Fächern unterrichten lassen, während er heranwuchs. Wenn ich jetzt darüber nachdachte, hatte das Komitee eine Menge in ihn investiert, ohne zu wissen, wie er sich entwickeln würde. Sie waren sich offenbar sehr sicher, die richtige Person zu haben.

„Du hast mir so wenig von der Prophezeiung erzählt", sagte ich. „Jetzt, da du mein Ehemann wirst, erzählst du mir mehr?"

Er schaute zum Fenster und der Straße dahinter, wo gut betuchte Pariser Bürger von einem Laden zum nächsten eilten, um aus der Kälte zu kommen. „Ich werde dir alles erzählen, was ich weiß, aber nicht hier und jetzt. Das Wetter schlägt um. Ich möchte zum Juwelier und dann zurück zum Hotel. Dein Mantel ist nicht warm genug, um in diesem Wetter unterwegs zu sein."

„Ich bin Kälte gewohnt." Ich hatte die bitteren Londoner Winter in so dünner Kleidung überlebt, dass sie stellenweise durchgescheuert war. Ein Dutzend Jungen in meiner Bande hatte sich einen Mantel geteilt. In unserem Bunker hatten wir uns zusammengedrängt, um uns gegenseitig zu wärmen, und hatten irgendwie überlebt. Einige jedenfalls. Diese Tage waren Gott sei Dank vorüber.

Bei meinem Erschauern stand er auf und hielt mir die Hand hin. „Du wirst nie wieder frieren." Er zog mich an sich, was sich warm und sicher und so unglaublich gut anfühlte. So richtig.

Bevor wir hinausgingen, zahlte er für unser Essen. Dann

schlenderten wir die Rue de la Paix entlang zu einem noblen Juwelier. Ich bestellte einen Diamant—Diamant!—ring, und Lincoln bestand darauf, dass ich eine Saphirkette und Ohrringe benötigte, die „zu deinen Augen passen". Er wollte mich zum Hotel zurückbringen, aber ich wollte heute unsere Einkäufe erledigen, damit wir den Rest der Woche für die Sehenswürdigkeiten Zeit hatten. Also gingen wir weiter zu Worths, wo ich vermessen und an mir herumgezupft wurde, bis eine kleine Armee von *Modistes* der Ansicht war, dass sie genug Informationen hatten, um mich mit neuen Alltagskleidern, Reitkleidern, Abendkleidern und einem pelzbesetzten Mantel auszustatten.

Als wir zum *Le Grand Hôtel* zurückkehrten, plumpste ich auf das Sofa und zog meine Stiefel aus. „Ist das real?", murmelte ich zur Decke gewandt, während ich mich auf die Kissen zurücksinken ließ. „Ich muss doch träumen."

Lincolns Gesicht tauchte über mir auf. Er stand hinter dem Sofa, die Arme auf die Lehne gestützt. Eine dunkle Locke hatte sich aus dem Haarband gelöst. Die Muskeln seines Gesichts waren entspannt, sodass er nicht mehr wie der einschüchternde Gentleman aussah, der die *Modistes* mit bloßen Blicken hierhin und dorthin dirigiert hatte.

„Bist du müde?", fragte er.

„Überhaupt nicht. Ich könnte auf den neuen Turm steigen, den ich ständig sehe, egal wohin ich mich wende."

„Sie nennen ihn Eiffelturm. Wenn das Wetter es erlaubt, besuchen wir ihn morgen."

Ich setzte mich auf und packte die Vorderseite seines Hemdes, als er sich abwenden wollte. Jackett und Weste hatte er bereits abgelegt und sah herrlich leger aus. „Küss mich", murmelte ich.

Er nahm mein Gesicht in beide Hände. Seine langen Finger fuhren in die Haare in meinem Nacken und seine Lippen berührten meine mit einem sachten, verweilenden Kuss, der mehr versprach.

Doch mehr kam nicht. Er zog sich zurück und ließ mich mit einem tiefen Seufzer los. „Ich brauche Bewegung."

Ich umfasste seine Hand, ehe er sich ganz zurückziehen konnte. Auf dem Sofa kniend zog ich ihn zurück. Er wehrte sich nicht. Nur die Sofalehne trennte unsere Hüften und nichts als ein paar Lagen Stoff trennte unsere Oberkörper. Mein Herz trommelte gegen seins, stark und unregelmäßig.

Ich küsste ihn und flüsterte an seinen Lippen: „Liege bei mir."

Die Muskeln um seinen Mund spannten sich an und der scharfe Fokus kehrte in seine Augen zurück. Er machte sich los. Schüttelte den Kopf.

„Mir ist nicht klar, warum wir das nicht tun können", sagte ich und hielt seine Schultern fest, damit er nicht wegging. „Wir sind jetzt verlobt!"

„Charlie." Mein Name rumpelte aus den Tiefen seines Brustkorbs. Er machte meine Finger von sich los und hielt sie so vor sich, wie ein Onkel das mit seiner Nichte tun würde. Es war sehr zivilisiert, wo ich doch alles wollte, nur das nicht. „Lass es."

„Du bist ein grausamer Mann."

„Du bist die Grausame, dass du mich so reizt, obwohl du genau weißt, dass ich dich will." Er ging zur Tür, die zu seinem angrenzenden Zimmer führte.

„Dann nimm mich!"

„Du kannst dir sicher sein, dass ich das tun werde", warf er mir über die Schulter zu. „Wenn wir verheiratet sind."

Mit zuckenden Nerven sackte ich zurück auf das Sofa. Sein Beschützen meiner sogenannten Tugend war unnötig und unfair. Angesichts meiner Vergangenheit war es albern. Vielleicht war ich Jungfrau, aber keine unschuldige Blume. Ich wusste, dass es Wege gab, sich gegenseitig Genuss zu verschaffen, ohne tatsächlich miteinander zu schlafen.

Ich tapste hinüber zu seiner Tür und warf sie auf, nur um zu erstarren. Er war vollkommen nackt. Ich hatte seinen Körper schon gesehen, damals, als er gedacht hatte, ich sei ein Junge, aber jetzt stand *alles* von ihm zur Schau. Und er machte sich nicht die Mühe, sich zu bedecken. Er stand nur da, die Beine leicht gespreizt, die Hände an den Seiten. Lediglich sein muskulöser Oberkörper hob und senkte sich mit seiner schweren Atmung.

„Du hättest klopfen sollen", sagte er so ruhig wie immer.

Mir brannten die Wangen, aber ich konnte nicht von seiner,

äh … Männlichkeit wegsehen. „Ich bin ganz froh, dass ich das nicht getan habe. Du wirst mich jetzt sicher rügen, aber das ist mir ziemlich egal."

Sein leises Lachen rollte durch das Schlafzimmer. Da ich wissen wollte, wie er aussah, wenn er lachte, zerrte ich meinen Blick rauf zu seinem Gesicht. Mein Lohn war ein Blitzen weißer Zähne und ein Funkeln in den Augen. So glücklich hatte ich ihn noch nie gesehen. Ich senkte den Blick wieder. Oder so grandios.

Mit der kraftvollen Eleganz eines Löwen pirschte er sich an mich heran. Wäre ich wirklich eine tugendhafte Frau gewesen, hätte ich aus dem Zimmer rennen oder zumindest meinen Blick abwenden sollen. Ich hatte weder das eine noch das andere vor.

Er schloss die Lücke zwischen uns und küsste mich. Eingehend. Vollkommen. Es war die Art von Kuss, die wir schon in London geteilt hatten—hitzig und fordernd und so berauschend wie Champagner. Er schlang einen Arm um meine Taille und ich klammerte mich an ihn, eine Hand auf der Schulter, während die andere schamlos eine muskulöse Pobacke packte. Ein Teil von mir konnte nicht glauben, dass ich ihn dort anfasste. Der andere Teil konnte nicht glauben, wie samtig seine Haut war und wie fest der Muskel.

Plötzlich ließ er mich los. Bis zu diesem Moment war mir gar nicht klar gewesen, dass er mich hochgehoben und auf der anderen Seite der Tür wieder abgesetzt hatte. Ich war zu abgelenkt gewesen, um es zu bemerken.

„Raus, du verführerisches Weib, bevor ich mein Gelübde breche und nachgebe." Er trat zurück, lächelte das fieseste süße Lächeln und schlug mir die Tür vor der Nase zu.

„Das war nicht fair!", rief ich, die Hände auf die Hüften gestemmt.

„Das sagt genau die Richtige. Du warst keinen Moment lang fair, seit du in Lichfield rein marschiert bist."

„Ich bin nie in Lichfield *rein marschiert*. Ich wurde dorthin geschleift, um mich tretend und schreiend, nachdem du mich fast erwürgt hättest."

Sobald die Worte aus meinem Mund waren, bereute ich sie. Lincolns Methoden, mit denen er mich gefangen und in Lichfield festgehalten hatte, gingen ihm noch immer nach, obwohl ich ihm vergeben hatte. Er mochte nicht darüber reden. Als er nicht antwortete, machte ich mir Sorgen, ihm zu nahe getreten zu sein. Er sollte nicht glauben, dass ich ihm das noch vorhielt.

„Lincoln?", sagte ich zu der Tür. „Es tut mir leid. Das hätte ich nicht sagen sollen. Es war ein dummer Witz und—"

Die Tür ging auf und er stürmte an mir vorbei. „Entschuldige dich nicht." Er zerrte das Sofa ans Fenster und schob eines der kleinen Tischchen an die Wand. „Geh und zieh dich um. Es ist Zeit, dein Training wieder aufzunehmen."

„Hier? Jetzt?"

„Ja."

„Du wolltest mir von der Prophezeiung erzählen."

„Das werde ich, nach dem Training."

Mit einem Seufzen ging ich in mein Schlafzimmer und zog meine Trainingskleidung an, die aus lockeren Männerhosen und einem Hemd bestand. Wir trainierten, bis meine Haut vor Schweiß glänzte. Lincoln sah nicht aus, als hätte er auch nur einen Finger gerührt, während ich bei jedem Atemzug schnaufte.

„Gut", sagte er knapp und unbeteiligt, als unsere Einheit zu Ende war. „Aber du brauchst mehr Übung. Wir werden uns jeden Nachmittag dafür Zeit nehmen."

„Sogar in Paris?"

„Warum die Möglichkeit verstreichen lassen?"

„Aber ich will so viel von der Stadt sehen wie möglich. Vielleicht komme ich nie wieder her."

„Wenn du wieder herkommen möchtest, kommen wir wieder her." Er ging zügig in sein Schlafzimmer und machte die Tür zu. Der Schlüssel drehte sich.

Nachdem ich mich gewaschen und umgezogen hatte, gingen wir in den Speisesaal des Hotels, wo ich mich nicht angemessen gekleidet fühlte. Die französischen Damen trugen alle Kleider nach der neuesten Mode mit Juwelen an den Ohren, Fingern und Hälsen. Mein blau-weiß gestreiftes Kleid war zwar ganz hübsch, im Vergleich aber recht gewöhnlich, und Schmuck trug ich keinen.

Lincoln bat um einen ruhigen Tisch und wir wurden in eine freie Ecke geführt. Nachdem er Wein bestellt hatte, schnitt er das Thema der Prophezeiung an, ohne dass ich ihn erinnern musste.

„Du weißt, dass ich als Leiter ausgewählt wurde, weil der Zeitpunkt meiner Geburt passte, und aufgrund meiner Eltern", sagte er mit einer hochgezogenen Braue.

„Ja, aber ich weiß fast nichts über sie, außer dass deine Mutter eine Zigeunerin und Seherin war und dein Vater irgendjemand Wichtiges. Ist er ein Adeliger?"

„Mehr als das."

„Mehr?"

„Erinnerst du dich an den Abend, als ich zu dem Ball gegangen bin?"

„Sehr deutlich. Du hattest fürchterliche Lauen, als du zurückkamst." Wir hatten gestritten, aber nicht über etwas Bestimmtes. Er hatte Streit gesucht und ich war schlicht zur falschen Zeit am falschen Ort gewesen.

Sein Blick glitt zur weißen Tischdecke. „Ich war betrunken und wütend, nachdem ich ihn dort gesehen hatte."

„Deinen Vater?"

„Dass meine Mutter Zigeunerin ist, weiß ich nur durch den Anhänger, den sie mir gegeben hat. Wie du habe ich recherchiert und herausgefunden, dass das Auge ein Symbol der Zigeunerclans war, um vor Flüchen zu schützen."

„Welchen Anhänger?", fragte ich schwach.

Seine Augen wurden schmal. „Ich weiß, dass du ihn in meiner Schreibtischschublade gefunden hast, Charlie. Ich weiß auch, dass du alles darüber in meinen Büchern nachgelesen hast."

„Wirklich? Warum hast du mir das nicht gesagt?"

„Ich hatte gehofft, du würdest mir freiwillig davon erzählen und mich danach fragen."

„Oh. Richtig." Ich räusperte mich. „Ich … ich schätze, das hätte ich tun sollen, aber ich wollte nicht dafür ausgeschimpft werden."

Sein Schweigen zog meinen Blick zu seinem. Er beobachtete mich mit nervtötender Intensität. „War ich so schlimm?", murmelte er.

Ich griff nach seiner Hand und schenkte ihm ein Lächeln, von dem ich hoffte, dass beschwichtigend war. „Das ist vorbei. Lass uns nach vorn schauen."

Seine Finger umklammerten meine. „Was ich sagen will, ist, ich wusste, dass meine Mutter eine Zigeunerin war—ist. Ihren Namen habe ich aus meiner Akte in den Archiven des Ministeriums und fand heraus, dass sie noch lebt. Am Abend des Balls hatte ich meinen Vater lange nicht gesehen und noch nie aus der Nähe. Als Julia mir sagte, dass er dort sein würde, konnte ich nicht anders. Ich musste hin. Nicht, weil ich glaubte, nah genug an ihn heranzukommen, um mit ihm zu sprechen, sondern weil ich …" Er schüttelte den Kopf. „Ich schätze, ich wollte einfach sehen, wie er ist."

Ich erinnerte mich, dass Lady Harcourt Lincoln zum Besuch des Balls manipuliert hatte, damit er mit heiratsfähigen jungen Damen in Kontakt kam. Da sie wusste, dass er Bälle verabscheute, hatte sie einen anderen Grund gebraucht, um ihn dorthin zu bewegen. Aber ich konnte mich nicht entsinnen, wen genau sie erwähnt hatte, der dort teilnehmen würde.

„Was ich an diesem Abend über meinen Vater erfahren habe, ist der Grund, warum ich so wütend nach Hause kam. Er wusste, dass meine Mutter, seine Geliebte, eine Zigeunerin war. Er muss es gewusst haben. Und trotzdem hat er sich vor seinen Freunden auf grausamste Weise über sie lustig gemacht, nur für ein paar Lacher."

„Was hat er gesagt?"

Seine Augen wurden hart und kalt und nicht einmal das Streicheln seiner Hand vertrieb die dunklen Schatten. „Er sagte, die Frauen wären alle Huren und die Männer ihre Zuhälter."

Ich verzog das Gesicht. Was für eine schreckliche Aussage, vor allem, da ihm eine dieser Frauen wichtig genug gewesen war, um mit ihr ins Bett zu gehen. Oder … vielleicht war sie ihm gar nicht wichtig gewesen. Vielleicht hatte er ihr nur etwas vorgemacht. Oder vielleicht hatte er sie auch vergewaltigt.

Mir wurde schlecht. „Oh, Lincoln. Kein Wunder, dass du wütend warst." Seine Gefühle mussten übergekocht sein, bis er zu Hause war, und er hatte es nicht geschafft, sie zu unterdrücken, also hatte er sie einfach herausgelassen.

„Es tut mir leid, dass ich nicht in der Lage war, meine Wut auf ihn zurückzuhalten. Ich hätte das niemals an dir auslassen dürfen."

Unser Wein kam und wir ließen unsere Hände los, während wir darauf warteten, dass der Kellner wieder ging.

„Unsere Mütter hatten etwas gemeinsam", sagte ich zu Lincoln. „Beide haben sich mit Männern in Schwierigkeiten gebracht, die sie nicht liebten." Ich nippte an meinem Wein und beobachtete ihn über den Rand des Glases. Mir war sehr bewusst, dass er mir den Namen seines Vaters noch nicht gesagt hatte. Es konnte sich nicht um ein Komiteemitglied handeln, wenn er einen Ball besuchen musste, um ihn zu sehen. „Wer ist er?", fragte ich und stellte mein Glas ab.

Seine Finger schlossen sich fester um den Stiel seines Weinglases. „Albert Edward von Sachsen-Coburg-Gotha."

„Heilige Scheiße", sagte ich ein bisschen zu laut. Eine der Damen drei Tische weiter warf mir einen rügenden Blick zu. Ich senkte meine Stimme. „Der Prinz von Wales!"

Er nickte.

„Bist du dir sicher?"

„Es stand in meiner Akte im Archiv, und die Prophezeiung besagt, dass der Leiter des Ordens der Sohn eines Königs sein würde. Er wird König, wenn seine Mutter, die Königin, stirbt."

„Deswegen ist dein Name Fitzroy." Jetzt war es klar. Ich konnte nicht glauben, dass ich die Puzzlestücke nicht eher zusammengesetzt hatte. „Es bedeutet Sohn eines Königs. Wer hat dir den Namen gegeben?"

„Das Komitee. Lincoln nach Lincolnshire, der Gegend, in der General Eastbrooke als Kind gelebt hat, und Fitzroy aus dem Grund, den du genannt hast. Als ich seinen Namen in meiner Akte sah, habe ich das Komitee konfrontiert und sie haben es bestätigt. Ich war der Sohn eines Prinzen, aber ich durfte es keiner Menschenseele sagen."

„Ich vermute, ein solcher Skandal würde die Monarchie ins Wanken bringen."

„Ich bin mir nicht so sicher, dass es jetzt noch so ein Skandal ist. Der Prinz von Wales ist als notorischer Schürzenjäger bekannt. Seine Beziehung zu meiner Mutter—wenn man es überhaupt so nennen kann—fand vor seiner Ehe statt, als er so alt war wie du. Was jedoch keine Entschuldigung dafür ist, so herablassend von ihr oder ihrem Volk zu sprechen. Ich war an diesem Abend extrem enttäuscht. Ich hatte gehofft, er hätte sie geliebt—oder sie wäre ihm zumindest wichtig gewesen. Nachdem ich ihn das sagen hörte, und noch Schlimmeres, wusste ich, dass dem nicht so war."

„Wie haben die Komiteemitglieder von dir erfahren?"

„Ich vermute, dass sie Spione auf den Prinzen angesetzt hatten. Laut den Daten der Prophezeiung konnten sie recht sicher sein, dass er den zukünftigen Leiter des Ministeriums zeugen würde. Sie mussten daher nur noch beobachten, mit welchen Frauen er verkehrte. Dass er bei einer Seherin und Zigeunerin war, hat sicher ihr Interesse geweckt. Das passt zu der Prophezeiung."

Ich verdaute die Neuigkeiten, während wir aßen, aber als es an der Zeit war, in unsere Zimmer zurückzukehren, schwirrte mir immer noch der Kopf. Königliches Blut floss in Lincolns Adern—und er wollte *mich* heiraten.

„Wenn er dich als Sohn anerkennen würde", sagte ich, derweil wir uns unserer Suite näherten, „würdest du in die höchsten, exklusivsten Kreise eintreten."

„Du weißt, dass mich das nicht interessiert."

„Aber es ist dein Geburtsrecht, Lincoln."

„Das Ministerium ist mein Geburtsrecht." Er öffnete die Wohnzimmertür und folgte mir hinein.

„Du würdest mächtigen Personen aus der ganzen Welt vorgestellt werden. Möglichkeiten würden sich dir auftun, die du sonst nie hättest."

„Ich will nichts von alledem." Er zog die Stirn kraus und schloss die Tür. Das Klicken war laut in der schweren Stille. Ich wandte mich ab, aber er schnappte meinen Arm und zog mich sanft an sich. „Charlie, ich kenne diesen Blick. Sag mir, was los ist."

„Du bist ein Prinz, Lincoln."

Er schnaubte. „Ich bin nichts dergleichen. Der Mann, der mich gezeugt hat, ist ein Prinz."

„Aber das ändert alles!"

Er strich mein Haar zurück. „Es ändert gar nichts. Ich weiß das schon eine Weile und nach dem Ball habe ich entschieden, dass er kein Mann ist, den ich näher kennenlernen möchte.

Selbst wenn er mich anerkennen würde, ändert es trotzdem nichts. Ich werde immer Leiter des Ministeriums sein und du wirst meine Frau."

„Aber ... ich bin eine Kanalratte."

„Du bist *meine* Kanalratte."

Ich prustete ein wässriges Lachen heraus und legte meinen Kopf gegen seine Brust. Er schloss mich in seine Arme und küsste meinen Kopf. „Du bist überwältigt", sagte er. „Die Reise war lang und ermüdend und wir waren seit unserer Ankunft sehr beschäftigt."

„Nicht zu vergessen die Verlobung mit dem Mann, in den ich mich vor ein paar Monaten verliebt habe."

„Ich würde dich gern dran erinnern, dass wir seit dem Abend verlobt sind, an dem wir Buchanan aus Bedlam gerettet haben."

„Nicht in meinem Kopf."

Ich spürte sein Lächeln in meinen Haaren. „Jetzt, wo alles geklärt ist, lassen wir es langsamer angehen."

„Heißt das kein Training mehr?"

„Dein Training wird nachmittags weitergehen. Die Art, wie dein Sattelgurt angeschnitten wurde, macht mir Sorgen und ich will, dass du so gut wie möglich auf das vorbereitet bist, was uns bei unserer Rückkehr erwartet." Seine Arme spannten sich an. „Es wird meine oberste Priorität sein, den Täter zu finden."

„*Unsere* Priorität. Du arbeitest nicht allein."

„Du wirst mir nicht helfen, wenn dein Leben in Gefahr ist."

Ich seufzte. Diese Antwort hatte ich erwartet, seit er den angeritzten Sattelgurt vor unserer Abreise aus London entdeckt hatte. Während der sabotierte Gurt leicht zu erkennen gewesen war, bedeutete das nicht, dass der Angreifer es nicht wieder versuchen würde. Auch wenn Lincoln es seither nicht erwähnt hatte, vermutete ich, dass es ihn beschäftigt hatte. Die Rückkehr nach London würde den stahlharten Ministeriumsleiter wieder auf den Plan rufen, der seit unserer Ankunft in Paris so gut wie verschwunden war.

Er machte sich als Erster los und hielt mich auf Armeslänge fest. „Gute Nacht, Charlie."

„Nicht einmal ein Gute-Nacht-Kuss?"

Er überlegte einen Moment, dann beugte er sich vor und gab mir einen Kuss auf die Wange. „Das muss reichen."

Ich sank in einen tiefen Knicks und neigte den Kopf. „Wie Sie wünschen, Eure Hoheit."

„Ich habe mich schon gefragt, wie lange es dauert, bis du dich über mich lustig machst."

Ich richtete mich auf und schob die Schultern zurück. Seine Lippen bebten, verzogen sich aber nicht zu einem Lächeln. „Wenn die anderen nur wüssten, wie gut du Spaß verstehst."

„Sie würden dir nicht glauben. Abgesehen davon würde ich niemandem außer dir gestatten, sich über mich lustig zu machen."

„Was bin ich nur für ein Glückspilz."

„Gute Nacht, Charlie."

Ich griff nach seiner Hand und er hielt im Weggehen inne, die Augenbrauen hochgezogen, während dieses freche Lächeln noch immer um seine Lippen spielte. Er hatte nie besser ausgesehen. Entspannung tat ihm gut. „Ich fühle mich *wirklich* wie ein Glückspilz, Lincoln. Ich bin das glücklichste Mädchen auf der ganzen Welt."

KAPITEL 3

Seth, Gus und der Koch freuten sich, uns zu sehen. Zumindest waren sie froh, *mich* zu sehen. Mit breitem Grinsen umarmten sie mich der Reihe nach brüderlich. Lincoln nickten sie nur zu oder murmelten ein halbherziges „Willkommen zurück, Sir." Obwohl sie ihn länger kannten, fühlten sie sich in Anwesenheit ihres Herrn nicht hundertprozentig wohl. Mein Zukünftiger.

„Wir sind verlobt", platzte ich heraus, bevor wir auch nur die Eingangsstufen von Lichfield Towers erreicht hatten. Zum Beweis streckte ich meine Hand aus.

„Gute Güte", murmelte Gus und inspizierte den Diamanten von allen Seiten. „Der ist ein Sümmchen wert."

Seth stieß ihm den Ellenbogen in die Rippen. „Ein Gentleman spricht nicht über Geld. Der ist sehr beeindruckend, Charlie, aber ich glaube, du hättest auch einen größeren verlangen können." Wir waren außer Hörweite von Lincoln, der dem Fahrer half, unser Gepäck abzuladen. Trotzdem beugte Seth sich näher zu mir. „Er hätte dir den Everest gegeben, wenn du ihn darum gebeten hättest."

„So ein Mädel ist sie nicht", schnappte der Koch, legte mir seinen fleischigen Arm um die Schultern und drückte mir einen Kuss auf den Kopf. „Ich freu mich für dich, Charlie, aber ..." Er warf Lincoln über die Schulter einen Blick zu. „Bist du dir sicher? Der ist schwierig."

„Das weiß ich so gut wie jeder andere, aber ich liebe ihn trotzdem." Ich küsste seine weiche Wange. „Danke für deine Sorge."

Wir alle schauten zu Lincoln. Die Droschke, die uns vom Bahnhof hergebracht hatte, fuhr davon. Lincoln schaute seine Männer finster an, das Gepäck zu seinen Füßen.

„Ich glaube, er möchte eure Unterstützung", flüsterte ich.

Gus trabte die Treppen wieder herunter, aber die beiden anderen gingen mit mir ins Haus.

Seth nahm meinen Mantel und hängte ihn am Kleiderständer auf. „Einer von uns sollte Fitzroy beiseitenehmen und *dieses* Gespräch mit ihm führen."

„Welches Gespräch?", fragte ich, während ich die Hutnadel aus meinem Hut zog.

„Das, bei dem wir ihn bedrohen, wenn er dich nicht anständig behandelt."

Ich lachte. „Das Gespräch möchte ich sehen."

„Da mach ich nicht mit", sagte der Koch und verschränkte die Arme.

Seth warf einen Blick durch die offene Tür, wo Gus und Lincoln die Treppen heraufstiegen, Koffer unter jedem Arm und in jeder Hand. „Ich nominiere Gus."

„Wofür?", fragte Gus, derweil er sich seitwärts durch die Tür schob.

„Später", brummelte Seth durch ein gepresstes Lächeln, das er für Lincoln aufgesetzt hatte. „Herzlichen Glückwunsch, Sir. Charlie ist eine gute Wahl für Sie."

Ich klatschte ihm meine Handschuhe gegen die Brust, sodass er sie nehmen musste. „Ich bin kein Pferd und zum Verkauf stehe ich auch nicht."

„Bring Charlies Gepäck nach oben", sagte Lincoln kühl. „Koch, mach uns Tee und bring ihn ins Empfangszimmer. Wir müssen etwas besprechen."

„Wir alle?", fragte der Koch.

„Wir alle."

Ich folgte Gus hinauf in meine Räume und packte meine neuen Sachen aus, sobald er gegangen war. Nachdem ich mich frisch gemacht und ein schickes, dunkelgrünes Kleid mit einer passenden Jacke angezogen hatte, auf deren Schultern Kupferepauletten angebracht waren, ging ich zurück ins Empfangszimmer, wo die vier Männer in meinem Leben auf mich warteten. Drei von ihnen lächelten mich an. Lincoln tat es nicht, doch sein messerscharfer Blick folgte mir, bis ich auf dem Sofa saß. Seit wir Frankreich verlassen hatten, hatte er nicht mehr gelächelt. Auf dem Schiff hatte ich ihn dank seiner Seekrankheit gar nicht gesehen, aber selbst als wir an Land gingen, hatte er noch krank ausgesehen und kaum etwas gesagt. Als ich ihn im Zug zurück nach London gefragt hatte, was nicht stimmte, hatte er lediglich erwidert, er wäre wachsam. Es dauerte etwas, bis mir klar wurde, dass er sich wegen eines Angriffs auf mich sorgte.

Lincoln reichte mir eine Tasse Tee sowie ein Stück Kuchen und setzte sich dann neben mich. „Iss. Trink. Es war ein langer Tag."

„Ich bin nicht müde." Ich trank den Tee fast ganz aus und stellte die Tasse mit einem zufriedenen Seufzen beiseite. Seit wir England verlassen hatten, hatte ich keine anständige Tasse Tee mehr bekommen. Die Franzosen waren beim Essen, beim Wein und bei der Mode besser als wir, aber sie wussten nicht, wie man guten Tee kochte.

„Überraschen euch unsere Neuigkeiten?", fragte ich, da noch niemand ein Gespräch angefangen hatte. In meinem neuen Kleid und mit dem Diamantring am Finger fühlte ich mich sehr auffällig. Es war, als würden sie mich jetzt alle mit anderen Augen sehen, wie eine erwachsene Frau und nicht mehr das Mädchen, das ihr Leben auf den Kopf gestellt hatte. Oder vielleicht hatte das mehr etwas damit zu tun, wie *ich* mich fühlte.

„Ja", sagte Seth, während die anderen beiden „Jou" murmelten.

„Wirklich?"

Während der ohnehin schon rotwangige Koch noch röter wurde, wandten die beiden anderen ihre Blicke ab. „Wir hatten nicht gedacht, dass ihr, äh, eure Beziehung offiziell macht", sagte Seth.

Lincoln knallte seine Tasse auf die Untertasse. Er blinzelte jeden von ihnen der Reihe nach an, aber da sie mit großem Interesse ihre Kuchenstücke betrachteten, bemerkte es keiner. Ich unterdrückte den kindischen Wunsch, „Siehste, ging nicht nur mir so" zu sagen. Stattdessen räusperte ich mich und lächelte in meine Teetasse.

„Erzähl mal, wie dir Paris gefallen hat, Charlie", sagte Gus grinsend, was dank seiner Zahnstümpfe und der Narbe, die ein Augenlid herunterzog, eher gruselig war. Es wärmte mir trotzdem das Herz. Ich hatte ihn vermisst. Ich hatte sie alle vermisst. „Wars so, wie du gedacht hast?"

„Besser. Es ist eine wunderschöne Stadt. Wir haben alles gesehen, was es zu sehen gibt, und die köstlichsten Speisen gegessen. Abgesehen von Schnecken." Ich verzog das Gesicht. „Dein Freund Fernesse sendet herzliche Grüße", sagte ich zu Seth. „Er möchte, dass du ihn besuchst."

„Es ist unwahrscheinlich, dass ich in näherer Zukunft nach Paris reise", murmelte er.

Als er nichts weiter sagte, fügte ich hinzu: „Es geht ihm sehr gut."

„Das freut mich zu hören." An Lincoln gewandt sagte er: „Sie werden einen Bericht wollen, Sir?"

„Ist während unserer Abwesenheit etwas passiert?", fragte Lincoln.

„Nichts Außergewöhnliches. Wir hatten keine Besucher, nicht einmal die Komiteemitglieder."

„Ich hatte sie alle darüber in Kenntnis gesetzt, dass ich bis auf Weiteres abwesend bin."

„Wirst du heute noch eine Nachricht schicken, dass wir zurück sind?", fragte ich.

„Ich ziehe es vor, damit bis zum Morgen zu warten."

„Ich ziehe es vor, wenn du es ihnen nie sagst, aber ich schätze, es muss sein." Ich strich mit dem Daumen über das Goldband meines Verlobungsringes. „Sie werden überrascht sein."

„Die werden einen verfluchten Schock kriegen", sagte Gus. „Das Treffen wird sicher kein Spaß."

Ich schenkte Lincoln ein grimmiges Lächeln. „Danke, dass du

bis morgen wartest. Ich bin mir nicht sicher, dass ich ihnen nach einem so langen Tag entgegentreten kann."

„Du musst ihnen nicht entgegentreten", sagte er. „Überlass sie mir."

„Es geht uns beide an. Wir machen das zusammen." Als er protestieren wollte, hob ich meine Hand. „Zusammen, Lincoln, und das ist mein letztes Wort."

Mir war nicht bewusst, wie energisch ich geklungen hatte, bis ich sah, wie Gus alarmiert die Augen aufriss und Seths sorgenvoller Blick zu Lincoln sprang.

Der blinzelte jedoch nicht einmal. „Ich werde für morgen Nachmittag ein Treffen anberaumen. Dann habe ich morgens Zeit, mit Holloway zu sprechen."

„Holloway!" Gus verzog das Gesicht. „Der hockt im Gefängnis. Warum wollen Sie mit dem reden?"

„Sie brauchen Holloways Erlaubnis, um zu heiraten, du Depp." Seth verdrehte die Augen.

„Aber der ist doch nich ihr richtiger Vater. Kann das Gericht Ihnen nich die Vormundschaft für sie geben, Sir?"

„Vielleicht, aber das Prozedere braucht Zeit." Lincoln schien das nicht näher ausführen zu wollen, also erklärte ich ihnen, dass Holloway in den Augen des englischen Gesetzes mein Vater war, da er so getan hatte, als wäre ich seinerzeit in Frankreich von seiner Frau geboren worden. „Wir haben einen Brief der Hausmutter des Waisenhauses, in dem steht, dass er nicht mein leiblicher Vater ist. Falls wir vor Gericht ziehen müssen, kommt uns das zugute, ebenso wie seine Verurteilung. Die Gerichtsbarkeit bewegt sich allerdings sehr langsam. Wenn wir jetzt Holloways Erlaubnis erhalten, müssen wir nicht warten." Ich legte meine Hand auf Lincolns. „Wir wollen nicht warten."

Der Koch räusperte sich. „Ich sag das ja nur ungern, aber wer macht ab jetzt die Arbeit des Hausmädchens?"

Gus stöhnte. „Ich kehre keinen Kamin mehr aus. Der Ruß setzt sich überall fest. Das letzte Mal hab ich mir den noch tagelang aus den Augenwinkeln gewischt."

„Weichei", murmelte Seth.

„Wir werden morgen Anzeigen schalten, eine für eine erfahrene Haushälterin und eine weitere für einen Butler", sagte Lincoln. „Sobald diese Stellen besetzt sind, werden sie nach Bedarf weitere Bedienstete einstellen."

„Sie machen sich keine Sorgen, dass sie Ministeriumsgeheimnisse erfahren?", fragte Seth.

„Alle Ministeriumsdokumente werden weggeschlossen. Jegliche Treffen finden hinter verschlossenen Türen statt. Keiner wird das Ministerium, unsere Arbeit oder Übernatürliches erwähnen, außer unter vier Augen."

Gus und der Koch warfen sich Blicke zu. Ich verstand ihre Sorgen. Egal wie vorsichtig wir waren, eine neugierige Magd konnte Geheimnisse aufdecken, wenn sie das wollte.

„Ich werde den Angestellten klarmachen, dass es Konsequenzen hat, wenn sie nicht diskret sind", fuhr Lincoln fort.

„Versuche, nicht deine drohende Stimme zu verwenden", sagte ich zu ihm.

„Meine drohende Stimme?"

„Oder den Blick."

„Welchen Blick?"

„Den, den du benutzt, wenn du versuchst, Leute einzuschüchtern, damit sie tun, was du sagst. Ich weiß jetzt, dass es nur ein Blick ist und nichts bedeutet, aber Neuankömmlinge werden das nicht wissen. Wir wollen die armen Hausmädchen ja nicht direkt verschrecken, bevor sie überhaupt angefangen haben."

Seth biss sich auf die Lippe, aber es hielt sein Lächeln nicht auf. Zum Glück war Lincoln zu sehr damit beschäftigt, mich anzustarren, um es zu bemerken. „Ich werde weder meine drohende Stimme noch meinen Blick anwenden." Er sagte das, ohne seinen Kiefer zu bewegen, weswegen ich glaubte, dass er überhaupt nicht verstanden hatte, was ich meinte.

„Seth, hilfst du mir später, die Anzeigen zu formulieren?", fragte ich. „Du weißt doch bestimmt, wie man das macht."

„Meine Mutter hat sich um die Angestellten gekümmert", sagte er. „Aber ich tue mein Bestes. Ich kenne einen erfahrenen Butler, der eine Stelle sucht. Er war zwei Jahrzehnte lang unser Butler, bis Mutter ihn gefeuert hat."

„Bevor oder nachdem sie mit dem zweiten Lakaien durchgebrannt ist?", fragte Gus mit so unschuldigem Gesicht, dass ich ein Kichern unterdrücken musste.

Seth erstach Gus förmlich mit seinem Blick. „Sie hat ihn gefeuert, weil er sich durch den Weinkeller meines Vaters getrunken hat. Erst nachdem Doyle weg war, ging alles den Bach runter. Ich hatte keine Ahnung, wie sehr er die anderen Angestellten in der Spur gehalten hatte, bis der zweite Lakai am gleichen Tag in Mutters Schlafzimmer einzog, an dem Doyle ging. Bis der neue Butler ankam, war alles zu spät."

„Vielleicht ist das der wahre Grund, warum deine Mutter Doyle gefeuert hat", sagte ich. „Und nicht wegen des Trinkens."

„Zweifelsfrei. Kurz darauf haben wir alles verloren, um die Spielschulden meines Vaters zu bezahlen, und Mutter hat aus Trotz das Land verlassen." Er strich sich die Krawatte glatt und reckte den Hals aus seinem Kragen. „Wo wir gerade von meiner Mutter sprechen, ich habe einen Brief von ihr erhalten."

„Ist das relevant?", fragte Lincoln.

„Es interessiert mich", sagte ich.

„Der zweite Lakai ist verstorben", fuhr Seth fort. „Mutter kehrt dauerhaft nach England zurück."

„Oh? Ihr Wiedereintritt in die Gesellschaft wird ... interessant."

Gus kicherte.

„Deswegen spreche ich das nicht an." Seth räusperte sich. „Sie hat darum gebeten, in Lichfield wohnen zu dürfen, bis sie sich um eine dauerhaftere Wohnsituation gekümmert hat."

„Natürlich", sagte ich im gleichen Moment, wie Lincoln grummelnd protestierte. „Sie ist so lange wie nötig willkommen."

„Danke, Charlie. Ich bin mir sicher, dass ihr Aufenthalt von kurzer Dauer sein wird."

„Sie hat weder Geld noch die Möglichkeit eines Einkommens", sagte Lincoln auf direkteste Art. „Wie will sie denn an ein Haus kommen?"

„Sie bekommt eine jährliche Zahlung aus dem Besitz meines Vaters und hat noch Freundinnen in London. Sie wird eine von ihnen überzeugen, sie als Gesellschafterin aufzunehmen. Sie werden feststellen, dass sie sehr gut darin ist, ihren Willen zu bekommen", murmelte er in seine Teetasse.

„Stell euren Butler morgen ein", sagte Lincoln. „Was deine Mutter angeht, kann sie hier wohnen, solange sie uns nicht in die Quere kommt."

„Danke."

„Wann erwartest du sie?", fragte ich.

„In zwei Wochen."

„Wo wir grad bei Müttern sind", sagte Gus zu mir. „Haste was über deine rausgefunden?"

„Ein wenig. Die Hausmutter hat mir erzählt, woran sie sich erinnert, aber es war nicht viel." Ich gab wieder, was die Hausmutter gesagt hatte. Erst als Lincolns Finger sich um meine schlossen, merkte ich, wie verloren ich klang.

„Du hast ihren Geist nicht beschworen?", fragte Gus.

„Nein."

„Warum nicht?"

„Ich zögere nach allem, was mit Estelle Pearson passiert ist. Meine Mutter war Nekromantin, also kennt sie möglicherweise den gleichen Zauberspruch, um meine Kontrolle auszuhebeln. Das können wir nicht noch einmal riskieren."

„Das würde sie doch ihrer eigenen Tochter nich antun", sagte Gus.

Ich zuckte mit den Schultern. „Das können wir unmöglich vorher wissen."

„Beschwöre sie", sagte Lincoln schnell. „Sprich mit ihrem Geist, aber gestatte ihr nicht, Lichfield zu verlassen und in einen Körper einzutreten."

„Ich weiß nicht", sagte ich zurückhaltend. „Was ist, wenn sie ihre Macht auch als Geist ausüben kann?"

„Sie is deine Mutter, Charlie", sagte Gus. „Die macht doch nich solche Probleme wie diese Pearson Tante."

„Mütter stellen die Interessen ihrer Kinder auch nicht immer über ihre eigenen", grummelte Seth vor sich hin.

„Beschwöre sie", sagte Lincoln erneut und nickte mir zu.

Ich blinzelte ihn an. „Jetzt?"

„Wann immer du dazu bereit bist."

„Ich … ich schätze, ich bin jetzt bereit." Ich sah jeden der Reihe nach an und bekam nur ermutigendes Nicken zur Antwort. Es schien, als wäre die Entscheidung für mich getroffen worden. Wenn sie alle glaubten, es sei sicher, dann sorgte ich mich vielleicht umsonst. Ich atmete tief aus, aber meine Nerven waren zum Zerreißen gespannt. „Ellen Marie Mercier, ich rufe deinen Geist zu mir. Ellen Marie Mercier, bitte komm in die Welt der Lebenden, um—"

Der Nebel schoss aus der Ecke der Decke auf mich zu und stoppte abrupt neben dem Tisch, auf dem ich meine Tasse und meinen Teller abgestellt hatte. Mit schon fast schmerzlicher Langsamkeit formte sich die weiße Wolke zu einem Gesicht.

Einem Gesicht, das meinem bemerkenswert ähnlich war, jedoch durch Krankheit hohle Wangen und tief liegende Augen aufwies.

Ich packte Lincolns Hand, als der Geist etwas auf Französisch sagte. „Sprichst du Englisch?", flüsterte ich. „Mutter."

Ihre schlanken Brauen zogen sich zusammen. Zwei geisterhafte Arme streckten sich zu mir, als wollten sie mich umarmen, aber sie gingen durch mich hindurch. „Meine Kleine?", sagte sie mit einem melodischen französischen Akzent.

Ich nickte. Mehr schaffte ich nicht mit meinen überlaufenden Augen und der Enge im Hals.

Sie biss sich auf die bebende Unterlippe und ich merkte, dass ich genau das Gleiche tat. Es brachte mich zum Lächeln. „Ich heiße Charlotte. Meine Freunde nennen mich Charlie."

Sie sah die anderen im Raum an, ehe ihr Blick auf meine Hand fiel, die mit Lincolns verschränkt war. Sie runzelte die Stirn. „Und deine Familie?"

„Ich habe keine Familie", erklärte ich ihr. „Sie sind … weg." Es schien leichter zu sein, sie glauben zu lassen, sie wären tot. Leichter und netter. Schließlich hatte sie verzweifelt darum gebeten, dass ich in eine *gute* Familie gegeben wurde. Ihr jenseitiges Leben mit der Wahrheit zu belasten, wäre grausam.

„Bist du glücklich gewesen, meine Tochter?"

Ich nickte und lächelte. „Ja. Ich bin glücklich."

Sie schien meinen Gebrauch der Gegenwartsform nicht zu

bemerken, aber Lincoln tat es. Sein Daumen zeichnete kleine Kreise auf meine Knöchel.

Meine Mutter kam näher und kniete sich vor mich, so wie man es tut, um mit einem kleinen Kind zu sprechen. „Ich habe darauf gewartet, dass du mich rufst, und jetzt bist du erwachsen. Wie alt bist du, Charlotte?"

„Fast neunzehn. Ich habe erst diese Woche von dir erfahren, als ich St. Madeleines in Paris besucht habe."

Ein Schock wogte durch den Nebel und verwischte ihre Gesichtszüge, ehe sie sich wieder klar herausbildeten. „Warum?"

„Das Paar, das mich als Baby aus dem Waisenhaus genommen hat, hat mir nichts über meine Vergangenheit erzählt. Ich habe erst kürzlich erfahren, dass sie gar nicht meine leiblichen Eltern waren."

Ihre Finger strichen über meinen Hals, aber ich spürte nichts. „Die Kette?"

„Die Hausmutter gab sie mir vor eine Woche. Sie ist sicher verwahrt."

„Aber du musst sie tragen!"

Ich warf Lincoln einen Seitenblick zu. Seine Finger drückten meine, aber er bat mich nicht, die Worte meiner Mutter zu wiederholen. „Warum muss ich sie tragen?", sagte ich, damit er verstand, worum es ging.

„Um dich vor ihm zu beschützen. Vor deinem Vater."

„Victor Frankenstein ist tot. Er kann mir nichts mehr tun."

Ihre Hand umfasste ihren Hals. Keine geisterhaften Tränen schimmerten in ihren Augen, die Finger zitterten nicht. „Gut." Sie spuckte das Wort förmlich aus. „Ich hoffe, er schmort in der Hölle."

Ich wollte sie nach ihrer Beziehung fragen, aber es fühlte sich zu peinlich und intim an, insbesondere mit den anderen im Raum. „Er hat versucht, meine Nekromantie zu nutzen, um seine Kreaturen zum Leben zu erwecken", erklärte ich ihr. „Er hatte keinen Erfolg."

„Gott sei Dank. Dieser Mann … er hat auch versucht, mich zu benutzen. Er hat mich ausgetrickst. Ich bin froh, dass es dir nicht leidtut, dass er tot ist."

„Tut es nicht."

„Trotzdem musst du die Kette tragen. Das Haustier wird dich schützen."

„Haustier?"

Sie wedelte in einer typisch französischen Geste mit der Hand. „Ich kenne das richtige englische Wort nicht."

„Lincoln hat es als Kobold übersetzt, eine Art spitzbübische Kreatur."

„Das Wort ist so gut wie jedes andere." Ihr Blick wanderte zu unseren verschränkten Händen und dann wieder zurück zu mir. „Wo ist die Kette?"

„Lincoln hat sie."

„Warum?"

„Wir waren uns nicht sicher, was für eine Macht darin steckt. Wir wollten Nachforschungen anstellen, aber da du hier bist, kannst du uns irgendetwas darüber sagen?" Vielleicht hätte ich meiner Mutter persönlichere Fragen stellen sollen, aber dazu konnte ich mich nicht überwinden. Es schien einfacher, über die Kette zu reden.

„Sie hält den Kobold gefangen, der freigelassen wird, wenn du die drei Worte sprichst, während du sie trägst." Sie runzelte die Stirn. „Ich habe eine französische Hexe bezahlt, um sie herzustellen, und die Worte sind Französisch. Du musst den Akzent genau treffen. Versuch es bitte für mich: *Je libère toi.*"

„*Je libère toi.*"

„Gut. Zieh die Kette heute an, jetzt, und behalte diese Worte. Das Haustier wird dir helfen, wenn du es rufst, aber du darfst es nicht unnötig rufen. Es treibt gern Unfug und läuft vielleicht davon, wenn keine akute Gefahr besteht."

„Wie kann eine unkontrollierbare, widerspenstige Kreatur mich retten?"

„Ich weiß es nicht. Ich habe sie nicht erschaffen. Sei versichert, sie wird dich retten. Aber wenn du grundlos rufst, wird sie nach Abenteuern suchen."

„Wie bekomme ich sie wieder in den Bernstein zurück?"

„Sie wird schnell müde. Nachdem sie dir das Leben gerettet hat, wird sie zurück in den Bernstein wollen, um zu schlafen. Wenn es so ist, ist sie leicht zu kontrollieren. Ein anderes Mal ist

es nicht so leicht. Du musst sie fangen und ihr befehlen, zurückzukehren."

„Das klingt unvorhersehbar."

„Das ist die Magie oft."

„Kennst du viele Übernatürliche? Hexen", fügte ich hinzu,
als sie mich verwirrt ansah.

Sie schüttelte den Kopf. „So wenige sind übrig, und die
meisten wollen nicht gefunden werden."

„Hatte deine Familie magische Fähigkeiten?"

„Meine Mutter war Nekromantin, aber sie starb, als ich noch
sehr klein war. Mein Vater heiratete eine fromme Frau. Sie lehnte
mich ab, fürchtete mich. Geh nicht dorthin. Sie werden dich
nicht so behandeln, wie eine Enkelin behandelt werden sollte."

Ich wusste genug über fromme Menschen, um die furchtbare
Wahrheit in ihren Worten zu erkennen. „Ich werde sie nicht
aufsuchen", versicherte ich ihr.

„Es tut mir leid, liebe Charlotte, aber du bist ganz allein, da
deine Adoptiveltern jetzt tot sind, ja?"

„Ganz und gar nicht. Lincoln und ich haben uns kürzlich
verlobt."

Ihre flüchtige Form schimmerte, als wäre ihr kalt. „Ich verstehe." Sie studierte ihn sorgfältig und schwebte zweimal um
seinen Kopf, ehe sie sich wieder vor mir niederließ. „Er sieht
stark aus."

„Ist er."

„Es gibt ein anderes englisches Wort." Sie schnalzte mit der
Zunge, während sie überlegte. „Ein… einschü…?"

„Einschüchternd." Es war mir plötzlich unangenehm, so über
ihn zu sprechen, während er im Raum war.

Lincoln musste wissen, dass ich über ihn sprach, denn er
drückte erneut meine Hand.

„Du glaubst, er liebt dich?", fragte meine Mutter.

„Ich weiß es."

Sie stand auf und strich ihre Geisterkleider glatt. „Charlotte,
es ist meine Pflicht als deine Mutter, dich zu warnen. Männer
sind nicht wie wir. Sie haben keine weichen Herzen. Für sie ist
Liebe nur ein Mittel, um zu bekommen, was sie wollen."

„Du irrst dich, Mutter", sagte ich bestimmt. „Es tut mir leid, dass du schlechte Erfahrungen gemacht hast, aber ich kenne einige sehr gute, freundliche Männer. Zum Beispiel die hier im Raum."

„Du bist eine junge Frau", sagte sie sanft. „Und auch behütet."

„Nicht so sehr, wie du vielleicht glaubst."

„Du musst auf mich hören, wenn ich dir sage, dass du vorsichtig sein sollst. Ich bin deine Mutter und möchte, dass du glücklich bist. Finde einen Mann, der nicht so … stark ist. Einen, der weniger einschüchternd ist, der tut, was *du* willst."

Ich presste meine Lippen aufeinander. Diese Begegnung drehte sich in eine Richtung, die mir nicht gefiel, aber ich hatte nicht das Herz, ihr weiter zu widersprechen. „Ich werde deinen Rat bedenken. Danke, Mutter. Mama. Darf ich dich so nennen?"

„Natürlich." Ihr süßes Lächeln füllte einen Moment lang die hohlen Wangen und vertrieb die dunklen Schatten um ihre Augen. „Das ist ein Wort, das ich eines Tages von deinen Lippen zu hören hoffte. Ich wünschte, ich wäre am Leben, um dich zu umarmen, liebste Tochter, aber diese Geistform muss für den Moment reichen."

„Wir werden uns wiedersehen, nicht wahr?", fragte ich, wieder den Tränen nahe.

„Natürlich. Du darfst meinen Geist rufen, wann auch immer du mich brauchst. Ich bin für dich da, Charlotte. Immer."

Ich nickte, da ich vor lauter Tränen nicht mehr reden konnte.

„Versprich mir, dass du dir die Kette von ihm holst." Sie nickte in Richtung Lincoln. „Wenn er sich weigert, stiehlst du sie. Hör auf mich, deine Mutter, nicht auf ihn. Ich weiß, was das Beste für dich ist. Du wirst immer einen Platz in meinem Herzen haben. Verstehst du?"

Erneut nickte ich.

„*Bon*. Jetzt müssen wir Adieu sagen." Sie küsste ihre Fingerspitzen und hielt sie hoch. Ich küsste meine und berührte ihre, obwohl ich nichts spürte.

„Auf Wiedersehen, Mama", flüsterte ich. „Ich gebe dich frei."

Sie glitt davon, hinauf zur Decke und verschwand schließlich ganz.

„Sie ist weg?", fragte Lincoln.

Ich nickte.

„Und?", fragte Gus. „Was hatse gesagt?"

„Gus", zischte Seth. „Das ist privat."

„Ich hab nach den unprivaten Sachen gefragt."

„Sie hat über den Bernsteinanhänger gesprochen", erklärte ich ihnen. „Sie sagte, dass ich ihn jederzeit tragen sollte." Ich erwähnte, wie und warum sie ihn in Auftrag gegeben hatte und wie man den Kobold aus dem Bernstein entließ. „Die Worte müssen auf Französisch gesprochen werden, während ich den Anhänger trage."

Lincoln zog seine Hand aus meiner. „Diese Kreatur klingt zu unberechenbar. Wir können nicht riskieren, dass sie entwischt."

„Sie wollte, dass ich sie dir stehle, wenn du sie mir nicht zurückgibst."

Er füllte meine Teetasse auf und reichte sie mir. „Forsche weiter nach. Vielleicht finden wir etwas in der Bibliothek."

„Du hast jedes Buch in der Bibliothek gelesen und ein hervorragendes Gedächtnis. Erinnerst du dich daran, etwas über einen Kobold gelesen zu haben?"

Falls er die Herausforderung in meiner Stimme hörte, ließ er es sich nicht anmerken. „Alle möglichen Kreaturen werden erwähnt, aber nichts, was in Bernstein gefangen gehalten wird. Vielleicht ist das eine neue Methode."

„Also gut, ich werde sehen, was ich herausfinde." Ich sagte ihm nicht, dass ich die Kette wiederbekommen würde, so oder so. Wenn meine Mutter es für wichtig hielt, dass ich sie trug, dann würde ich das tun. Ich wollte nicht mit Lincoln streiten. Nicht wenn gerade alles so schön war zwischen uns.

* * *

LINCOLN GAB SCHLIEßLICH nach und ließ mich mit ins Gefängnis kommen, nachdem ich ihn in einem seiner seltenen schwachen Momente erwischt hatte—mitten in einem Kuss.

Mit seiner Tür im Rücken und seinen Händen auf meiner Taille schob ich ihn sanft weg und erklärte ihm schlicht, dass ich mitkommen würde. Er seufzte resigniert. „Das hatte ich befürchtet."

Was folgte, war eine Liste von Regeln, die größtenteils darauf hinausliefen, dass ich wachsam und in seiner Nähe bleiben sollte. Das tat ich, denn seine Anweisungen waren absolut vernünftig—und er hatte Bitte gesagt.

Das Eingangstor des Surrey House of Correction ragte wie ein grimmiges, strenges Mittelalterschloss aus der Landschaft, das über seinen Untertanen thronte. Lincoln und ich wurden im Herzen des Komplexes in das Büro des Direktors geführt. Das Gefängnis war wie ein Oktopus mit vier Tentakeln angelegt; die Fenster des zentralen Büros überblickten jeden Innenhof zwischen den Tentakeln. Ein paar Gefangene drängten sich im Windschatten der Ecken, ansonsten waren die Höfe kahl.

„Er befindet sich im Spital", beantwortete Direktor Crease unsere Anfrage. „Sie können ihn nicht besuchen." Er war ein großer, imposanter Mann mit beeindruckendem Schnurrbart und Koteletten, aber ohne Kinnbart. Kleine runde Augen blickten uns mit intensivem Fokus an, als wollten sie in unseren Seelen nach Verbrechen suchen.

Lincoln schob einen dicken Umschlag über den Tisch. Crease warf einen Blick hinein, öffnete die oberste Schublade seines Schreibtisches und ließ ihn hineinfallen, ohne mit der Wimper zu zucken. Er verschloss die Schublade mit einem Schlüssel, den er in seine Westentasche steckte.

„Ich werde einen Wachmann zu Ihrer Begleitung abstellen."

Einige Minuten später wurden wir in ein anderes Gebäude geführt, das mich an die Abteilungen im Bedlam Irrenhaus erinnerte. Männer in formlosen, faden Gefangenenuniformen lagen auf Betten, die in zwei Reihen aufgeteilt waren. Es gab weder Decken noch Pfleger, die sich um sie kümmerten. Einige beobachteten uns misstrauisch, andere schliefen oder waren zu krank, um die Augen zu öffnen.

Lediglich ein Wachmann stand an der Tür. Er wies uns zum dritten Bett auf der linken Seite. Es dauerte einen Moment, bis ich die Gestalt erkannte, die dort zusammengerollt lag und sich den Bauch hielt. Holloway war so verändert. Er hatte Gewicht verloren und der normalerweise ordentliche Mann hatte jetzt einen ungleichmäßigen Bart. Ohne Makassaröl hingen seine Haare strähnig und leblos auf seinem Nacken. Die blauen, spinnenwebartigen Äderchen auf seinen geschlossenen Lidern hoben sich alarmierend von der fahlen, glänzenden Haut ab.

„Holloway", sagte Lincoln. „Sind Sie wach?"

Der Mann, den ich dreizehn Jahre lang liebevoll und weitere fünf weniger liebevoll Vater genannt hatte, öffnete die Augen. Was auch immer ihm fehlte, seine Denkfähigkeit war nicht beeinträchtigt, denn er nahm uns beide wahr und stöhnte dann.

„Das Teufelskind." Seine Stimme war so gebrechlich wie sein Körper. „Bist du gekommen, um mich in die Tiefen der Hölle zu holen?"

„Du bist noch nicht tot", sagte ich mutig, jetzt, wo ich sah, wie krank er war. Ich hatte gedacht, ich würde Ärger und Hass verspüren, aber dem war nicht so. In der Tat fühlte ich gar nichts außer einem Körnchen Sehnsucht nach ihm, das sich ohne großen Aufwand ersticken ließ.

„Was willst du?"

Der Gefangene im Nachbarbett fing an, unkontrollierbar zu husten. Weder der Wachmann noch die anderen Gefangenen scherten sich darum.

„Unterschreiben Sie diese Papiere." Lincoln zog ein gefaltetes Dokument aus der Innentasche seiner Jacke. Er war vorbereitet hergekommen.

„Was sind das für Papiere?", fragte Holloway.

„Charlie wird heiraten."

Holloway stützte sich mühsam auf seinen Ellenbogen. Ich trat vor, um ihm zu helfen, aber er zuckte zusammen und sah mich so entsetzt an, dass ich zurücktrat. „Sie braucht meine Zustimmung." Er lachte leise und legte sich wieder hin. „Was für eine Ironie."

„Unterschreib", sagte ich, „und du bist mich für immer los. Du wirst mich nie wiedersehen müssen."

„Nein."

Lincoln und ich sahen uns an. Er sah aus, als wollte er Holloway verprügeln. „Warum nicht?", fragte ich. „Was kümmert es dich, was ich tue?"

„Die Ehe ist ein heiliges Sakrament in Gottes Augen. Ich

kann nicht zulassen, dass eine Kreatur wie du ein Gotteshaus betritt und Versprechen abgibt, die für gute Christenmenschen vorgesehen sind. Was für ein Vikar wäre ich? Was für ein Mann?"

„Ein vergebender. Ein gütiger." Es war hoffnungslos. Je weiter ich sprach, desto klarer wurde mir das. Holloway war nicht die Art Mann, die den Tod, Lincoln oder mich fürchtete. Er glaubte, im Recht zu sein, und nichts würde ihn davon abbringen.

„Ich habe versucht, dich zu retten", sagte er zu mir. „Ich habe versucht, dir den Teufel auszutreiben—"

„Indem du ihn mir mit einem Messer herausschneidest!"

„Wenn ich bei besserer Gesundheit und nicht in dieser Hölle gefangen wäre, würde ich es wieder versuchen. Jetzt musst du allein gegen den Teufel kämpfen. Wenn dieser Mann, den du heiraten willst, dich wirklich lieben würde, würde er dir helfen, ihn zu bekämpfen." Er seufzte und schien tiefer in das Bett zu sinken. „Weg mit dir, Teufel. Weiche von mir."

Ich wandte mich ab, Lincoln jedoch nicht. Er beugte sich über die Gestalt auf dem Bett und flüsterte ihm etwas ins Ohr. Holloway riss die Augen auf. Sein Adamsapfel sprang auf und ab.

„Was hast du zu ihm gesagt?", fragte ich, während wir dem Wachmann zurück zum Büro des Direktors folgten.

„Ich habe ihm gesagt, dass er bald sterben wird und besser darauf hoffen sollte, dass die Art, wie er dich behandelt hat, nicht gegen die Wünsche seines Gottes verstößt. Vielleicht habe ich einige Bibelverse zitiert, die zur Nächstenliebe gegen jedermann auffordern."

„Woher weißt du, dass er bald sterben wird? Er könnte sich erholen."

Wir kamen im Büro des Direktors an und er hatte keine Gelegenheit, mir zu antworten. Er entgegnete auch nichts, als wir wegfuhren, und ich fragte nicht noch einmal nach. Keiner von uns erwähnte Holloway oder seine Weigerung, sein Einverständnis zu geben.

Lincolns starre Körperhaltung verriet mir, dass er innerlich kochte. Seine schwarzen, unergründlichen Augen starrten aus dem Fenster und die Muskeln in seinem Kiefer waren angespannt.

„Wir werden mit einem Anwalt sprechen", sagte ich ruhig. „Es wird alles gut, Lincoln, du wirst schon sehen." Ein kleiner, kalter Fleck in mir hoffte, dass Holloway sterben und meine Vormundschaft auf den Staat übergehen würde, aber das war nichts, was ich laut zugeben konnte.

Seth fuhr uns zum Bürogebäude der *Times*, wo wir eine Anzeige für eine Haushälterin aufgaben, und dann nach Hause. Ich fühlte mich erschöpft und ruhelos, was nur noch schlimmer wurde, je näher das Treffen mit dem Komitee rückte. Als das erste Mitglied die Einfahrt heraufkam, begann ich meinen Entschluss zu bereuen, ihnen ebenfalls gegenüberzutreten. Während ich mit Lincoln gemeinsame Front machen wollte, war ich für ihren Snobismus nicht in der Stimmung, ganz zu schweigen für Lady Harcourts Eifersucht.

General Eastbrooke traf als Erster ein, dicht gefolgt von Lord Marchbank. Sie beäugten mich neugierig, während wir in der Bibliothek auf die anderen warteten. Ich faltete meine Hände über meinen Verlobungsring, um ihn zu verbergen, bis alle anwesend waren.

„Was macht *die* hier?", fragte Lord Gillingham, noch ehe er die Bibliothek ganz betreten hatte. „Schaffen Sie sie raus."

„Charlie bleibt", sagte Lincoln unumwunden.

„Warum?", fragte Lady Harcourt und schob trotzig das Kinn vor. In ihrem Lavendelkleid sah sie bezaubernd aus, die Taille eng geschnürt, um ihre weibliche Figur zu betonen. An der kunstvollen Frisur musste ihre Magd eine Ewigkeit gearbeitet haben. „Bestehst du immer noch darauf, dass wir sie als deine Assistentin betrachten? Das ist ja schön und gut, aber Lichfield braucht erst einmal Mägde."

„Wir haben eine Anzeige für eine Haushälterin in der *Times* geschaltet."

Ihre Gesichtszüge erstarrten. „Wir?"

„Wo waren Sie, Fitzroy?", warf Lord Gillingham ein.

„Im Urlaub", sagte Lincoln.

Gillingham schnaubte ein Lachen heraus, aber als niemand mit lachte, fragte er: „Und wo?"

„Das geht Sie nichts an."

„Das tut es verdammt noch mal sehr wohl, Mann." Wenn Gillingham wütend wurde, bekam sein Gesicht den gleichen rötlichen Ton wie seine Haare. Er war bereits auf gutem Wege zu dieser Farbe, dabei hatte das Treffen gerade erst begonnen.

Lincoln sagte nichts. Er stand beim Kamin, die Stirn in tiefe Falten gelegt. Ich saß auf dem einzigen freien Sessel und er kam auf die andere Seite des Kamins, um näher bei mir zu sein.

„Sie sind der Leiter des Ministeriums", fuhr Gillingham fort. „Es ist Ihre *raison d'être* und sollte oberste Priorität für Sie haben. Das ist keine Arbeit, wo man einfach kommen und gehen kann. Es ist Ihr Leben."

Ich holte Luft, um ihm zu widersprechen, aber Lincoln legte die Hand auf die Lehne meines Sessels. Wenn er es wünschte, würde ich schweigen—vorerst.

„Gilly hat recht", sagte Eastbrooke. Die körperliche Präsenz des Generals zog immer die Aufmerksamkeit auf sich, wenn er einen Raum betrat, aber es war seine militärische Autorität, die ihn zum stillen Anführer des vierköpfigen Komitees machte. Das, und sein Alter. Mit über sechzig war er der Älteste. „Urlaub ist nichts für Ihresgleichen, Lincoln. Verschwinden Sie so nicht noch einmal."

„Hört auf, alle beide", zischte Lady Harcourt. „Natürlich sollte es ihm gestattet sein, von Zeit zu Zeit mal rauszukommen. Solange es nicht mitten in einer Ermittlung ist oder für längere Zeit, was schadet es?"

„Was es schadet?", wiederholte Gillingham schrill. „Julia, in Anbetracht dessen, was in seiner Abwesenheit—"

„Was ist passiert?", fuhr Lincoln dazwischen.

„Zwei Übernatürliche sind tot."

„Ermordet", fügte Lord Marchbank hinzu.

Ich schnappte nach Luft. „Wie?"

„Du stellst hier nicht die Fragen", höhnte Gillingham.

„Beide erschossen." Marchbank war der Schweigsamste von allen, aber wenn er etwas sagte, hatten seine Worte deutlich mehr Gewicht als die aller anderen. „Es scheint, als wäre der Mörder ein und derselbe Mann."

„Oder Frau", fügte Lady H hinzu. Warum sah sie mich an, während sie das sagte?

„Woher wissen Sie, dass es sich um Übernatürliche handelte?", fragte Lincoln.

„Sie haben Akten in unseren Archiven."

„Du hast die Namen in den Akten auswendig gelernt?" Ungläubigkeit gesellte sich zu seiner Direktheit.

Sie versteifte sich. „Ich habe sie während der Ermittlungen zum Verschwinden meines Stiefsohns durchgesehen in der Hoffnung, dass ein Name aus dem Tagebuch meines verstorbenen Gatten zu einem in den Akten passen würde. An Reginald Drinkwater habe ich mich erinnert, da es ein ungewöhnlicher Name ist. Als sein Tod in der Zeitung stand, habe ich die Adresse überprüft und es stellte sich heraus, dass sie mit der in unseren Akten übereinstimmte. Das zweite Opfer, Joan Brumley, starb genau am gleichen Tag wie Drinkwater und es waren die Zeitungen, die die beiden Tode dem gleichen Mörder zugeschrieben haben. Wäre das nicht gewesen, wären wir nie darauf gekommen, dass auch sie eine Übernatürliche war."

„Was war Drinkwaters magische Fähigkeit?", fragte Lincoln.

„In den Akten stand Levitation, aber wir glauben jetzt, dass es noch mehr war."

„Laut der Polizei und den Zeitungen war Drinkwater Wissenschaftler", sagte Eastbrooke und faltete seine Hände auf seinem beträchtlichen Bauchumfang zusammen. „Er arbeitete im Bereich der Mechanik. Um genau zu sein, mechanische Gliedmaßen für Menschen, die ihre durch einen Unfall oder Geburtsfehler verloren haben."

Noch ein Wissenschaftler aus dem medizinischen Bereich. Mir drehte sich der Magen um.

„Anscheinend waren seine Gerätschaften sehr gut", sagte Lady Harcourt. „Sie funktionierten hervorragend, aber nur, während Drinkwater im gleichen Raum war. Den Informationen zufolge glauben wir, dass er seine Magie genutzt hat, um die mechanischen Gliedmaßen wie echte arbeiten zu lassen, anscheinend aus eigenem Antrieb."

„Der Mann war ein Scharlatan", sagte Gillingham. „Die

Gliedmaßen hätten ohne seine Anwesenheit nie funktioniert. Sie benötigten seine Magie."

„In der Tat." Eastbrooke nickte. „Sehr niederträchtige Arbeitsweise, wenn ihr mich fragt."

„Er hatte keine verkauft", bemerkte Marchbank.

„Das hätte er, wäre er nicht vorher verstorben, da bin ich mir sicher."

„Vielleicht wurde er deswegen getötet", sagte ich. „Vielleicht hat einer seiner Testpatienten herausgefunden, dass die Prothese gar nicht funktionierte und war so wütend, dass er Drinkwater getötet hat."

„Nach deiner Meinung hat niemand gefragt, Charlotte", tönte Eastbrooke. „Wenn Lincoln darauf besteht, dass du jetzt eine Assistentin und keine Magd bist, dann mach dich nützlich und hole Tee oder mach Notizen, anstatt für Dinge einzutreten, von denen du nichts verstehst."

Lincolns kühle Finger strichen über die heiße Haut in meinem Nacken. „Sie werden davon absehen, unter diesem Dach auf eine solche Art mit Charlie zu sprechen."

Eastbrooke stammelte einen Protest, der jedoch von Gus und Seth unterbrochen wurde, die mit Tabletts eintraten.

„Das zweite Opfer, Joan Brumley, war eine Historikerin, deren Ansichten oft kontrovers waren", fuhr Marchbank fort und stellte seine Teetasse beiseite.

„Warum?", fragte Lincoln.

„Sie behauptete, selbst mit den Geistern von historischen Persönlichkeiten gesprochen zu haben."

„Heilige Scheiße", murmelte Gus, was ihm böse Blicke von allen vier Komiteemitgliedern einbrachte. Er servierte weiter Tee und trat dann in die Schatten an der Tür zurück.

„Die Behauptung kam erst kürzlich", fügte Lady Harcourt hinzu, „und auch nicht in einer der respektablen akademischen Zeitschriften. Man machte sich natürlich über sie lustig und es wurde sogar diskutiert, ob man sie in Bedlam einweisen sollte."

„Wir glauben ihr jedoch", sagte Marchbank.

Mein Brustkorb zog sich zusammen. Mein Herzschlag setzte aus. Eine Frau, die mit toten historischen Persönlichkeiten kommunizierte, konnte nur eines sein.

„Sie muss eine Nekromantin sein." Lady Harcourt richtete ihre harten, funkelnden Augen auf mich, während sie von Seth eine Tasse Tee entgegennahm.

Ich zog die Brauen hoch, was hoffentlich herausfordernd wirkte, denn innerlich war mir einfach nur kalt. Eine Nekromantin … tot. Und jemand hatte versucht, auch mich zu töten.

KAPITEL 4

„*D*umme Frau", murmelte Gillingham. „Joan Brumley hätte mit ihren Behauptungen eine verheerende Panik auslösen können."

„Ganz zu schweigen von der Aufmerksamkeit, die sie auf sich gezogen hätte", sagte Eastbrooke. „In diesem Land gibt es genug Verrückte, die ihr geglaubt und versucht hätten, ihre Nekromantie für eigene Zwecke zu verwenden, wie sie es mit Charlotte getan haben."

„Dann ist es nur gut, dass sie gestorben ist." Gillingham nippte an seinem Tee, unbeeindruckt von meinem entsetzten Aufschrei oder Lady Harcourts stummer Rüge.

Lincoln verlagerte sein Gewicht von einem Fuß auf den anderen. „Abgesehen davon, dass beide auf gleiche Art gestorben sind und beide magische Fähigkeiten besaßen, haben Sie irgendwelche anderen Verbindungen herstellen können?"

„Was brauchen Sie noch?", fragte Eastbrooke. „Beide hatten das Potenzial, mit ihrer Magie Schaden anzurichten."

„Aber haben sie das getan?"

„Darum geht es nicht."

„Ich denke doch."

„Es geht darum", presste Eastbrooke hervor, „dass falls sie in die falschen Hände geraten wären, sie sehr gefährliche Werkzeuge gewesen wären."

Wie ich, hätte er sagen können. Der Blick, den er mir unter seinen buschigen Augenbrauen hervor zuwarf, legte nahe, dass er es dachte.

„Wie waren sie?", fragte ich plötzlich.

„Wie bitte?", fragte Lady Harcourt.

„Mir scheint, keiner von beiden tat etwas Schädliches. Diejenigen mit künstlichen Gliedmaßen auszustatten, die keine mehr haben, ist gemeinnützig. Geschichtliche Recherche ist relativ harmlos. Drinkwater und Brumley machen nicht den Eindruck, als hätten sie ihre magischen Fähigkeiten für üble Zwecke verwendet. Niemand kann sie dazu zwingen."

„Das wissen wir nicht sicher", sagte sie. „Jeder hat seinen Preis."

„Nicht jeder", sagte Lincoln.

Sie brauste auf: „Wenn Geld nicht funktioniert, dann Erpressung oder Bedrohung eines geliebten Menschen. Selbst ein Heiliger kann sich zum Schlechten wenden, wenn an der richtigen Stelle Druck ausgeübt wird."

Sie klang rücksichtslos. Da ich ihren Hintergrund als Tänzerin kannte, verstand ich beinahe, warum, nur dass sie die soziale Leiter immer weiter hinaufklettern und immer reicher werden wollte, obwohl sie bereits reich und mächtig war. So viel hatte sie zugegeben, als sie behauptet hatte, Lincoln nicht heiraten zu können. Obwohl sie wusste, dass er der Sohn eines Prinzen war, wusste sie auch, dass er niemals öffentlich anerkannt werden würde. Lincoln stand eine Stufe unter ihrem verstorbenen Mann, und die würde sie nicht herab gehen.

„Wir haben gesehen, was passieren kann", sagte Gillingham mit einem Nicken in meine Richtung. „Das Mädchen wurde aus genau so einem Grund gekidnappt."

„Ich habe weder Frankenstein noch Jasper geholfen", schnappte ich. „Das würde ich auch keinesfalls tun, egal unter was für Umständen."

„Meinst du?" Lady Harcourts Blick stählerner Blick sprang zu Lincoln. „Was, wenn sie jemanden erwischen, den du liebst?"

Ich schluckte. Gegen das Argument kam ich nicht an. Jeder im Raum wusste, dass ich alles tun würde, um Lincoln zu retten, selbst wenn dadurch andere in Gefahr gerieten.

Seine Hand ruhte auf meiner Schulter, aber es gab mir wenig Sicherheit. „Lasst Charlie da raus."

„Das können wir nicht", sagte Eastbrooke. „So einfach ist das. Was mich zu meinem nächsten Vorschlag bringt."

„*Nein.*" Lincoln knurrte das Wort mit der geballten Kraft eines Vorschlaghammers.

„Du musst an einen sicheren Ort, Charlotte. Irgendwohin, wo niemand nach dir suchen wird. Ich kenne genau den richtigen. Überlass es mir."

Lincolns Finger bohrten sich in meine Schulter. Ich war mir nicht sicher, ob ihm bewusst war, wie fest er zupackte. „Sie geht nirgendwo hin."

„Wir sind besonders aufmerksam", sagte ich. „Sobald der Mörder gefunden ist—"

„Wird es einen weiteren geben", sagte Gillingham. „Und dann noch einen und noch einen. Es wird immer jemand hinter dir her sein."

„Er hat recht", sagte Lady Harcourt in einem Ton, der etwas zu geschmeidig war, um wirklich Sympathie auszudrücken. „Lass uns einen sichereren Wohnort für dich finden. London ist zu—"

„Wenn Charlie Lichfield verlässt, dann tue ich es auch", knurrte Lincoln. „Wir sind verlobt."

Angespannte Stille füllte die Bibliothek. Seth und Gus warfen sich Blicke zu, aber sonst bewegte sich niemand. Es war, als wäre die Zeit stehen geblieben und hätte uns in diesen Moment eingesperrt.

„Was!" Eastbrookes Explosion zerbarst das unheimliche Schweigen.

„Wir werden heiraten." Lincolns Stimme war voll ruhiger Autorität mit einem Hauch von Stahl, den möglicherweise nur ich bemerkte.

„Verdammter Dummkopf", sagte Gillingham verächtlich.

Eastbrookes Hand ballte sich auf der Stuhllehne zur Faust. „Das können wir nicht gestatten."

„Dem stimme ich zu."

„Das haben Sie nicht zu entscheiden", sagte Lincoln.

„Denken Sie nach, Mann", sagte Gillingham. „Überlegen Sie, was Sie da tun. Sie werden sich ruinieren."

„Dann werde ich ein glücklicher, ruinierter Mann sein."

Ich berührte Lincolns Hand auf meiner Schulter und lächelte zu ihm hinauf. Sein besorgter Blick beobachtete mich genau, vielleicht auf Anzeichen, ob die Tiraden mir zusetzten. Das taten sie nicht. Mir war egal, was diese Leute dachten.

„Das können Sie nicht", konstatierte Eastbrooke mit einem entschiedenen Kopfschütteln. „Wir verbieten es."

„Sie haben nicht die Macht, mir irgendetwas zu verbieten."

„Sie sind Leiter des Ministeriums und wir sind das Komitee—"

„Ich bin der Leiter aufgrund der Prophezeiung, nicht weil Sie mich *gewählt* haben. Das Komitee hat keine Macht über Charlie oder mich."

Eastbrooke hievte sich auf die Füße und kam einen Schritt auf uns zu. Ich spürte, wie Lincolns Finger sich wieder anspannten. „Ich habe dich großgezogen", knurrte Eastbrooke. „Ich habe dich in mein Haus geholt und dich behandelt wie einen Sohn, und so zahlst du es mir zurück? Indem du mich hintergehst und mit dieser ... dieser ... anbandelst?"

„Tutoren haben mich großgezogen und gelegentlich die Haushälterin. Ich gebe zu, Sie haben mir ein Dach über dem Kopf gegeben, wofür ich dankbar bin, obwohl ich mir keine Illusionen darüber mache, dass das der Güte Ihres Herzens zuzuschreiben war. Sie haben mich nie wie einen Sohn behandelt, General. Tun Sie nicht so."

Eastbrooke fiel schwer auf seinen Stuhl zurück. Er starrte Lincoln mit offenem Mund an. Tiefe Atemzüge hoben seinen Brustkorb.

„Das ist unerhört", sagte Gillingham. „Ich wusste, wir hätten sie loswerden müssen, sobald die Sache mit Frankenstein ausgestanden war. Nichts von all dem wäre passiert, wenn ihr alle auf mich gehört hättet."

„Das reicht, Gilly", sagte Marchbank. An uns gewandt fügte er hinzu: „Eure Entscheidung steht?"

„So ist es", sagte Lincoln.

„Dann müssen wir damit leben, schätze ich, auch wenn ich zustimme, dass es Bedenken gibt."

„Hier bei mir, wo ich auf sie aufpassen kann, ist sie sicherer."

„Ich beziehe mich nicht auf *ihre* Sicherheit, sondern auf den Fortbestand der Effektivität des Ministeriums, und Ihrer, Fitzroy. Lassen Sie mich ausreden. Nehmen wir an, sie wird noch einmal gekidnappt und gezwungen, eine Hexe zu beschwören, die ihre Befehle übergehen kann. Nehmen wir an, der einzige Weg, die Hexe zurückzuschicken, wäre Charlie zu töten. Werden Sie es tun?"

„Das ist ein unwahrscheinliches Konstrukt."

„Aber nicht unmöglich."

„Es wird andere Wege geben, die Hexe zurückzuschicken, wir kennen sie nur noch nicht."

Gillingham schnaubte.

Marchbank wandte sich an Lady Harcourt. „Julia, was denkst du?"

Sie war sehr blass geworden und hatte seit der Verkündung weder einen Muskel bewegt noch eine Silbe gesagt. Für sie musste es sehr schwer sein, unsere Beziehung zu akzeptieren, da sie bis vor Kurzem glaubte, Lincoln wäre noch in sie verliebt. Ihr Blick wanderte von Lincoln zu mir und wieder zurück. „Habt ihr die Zustimmung ihres Vaters?"

„Noch nicht", sagte Lincoln.

„Wenn er nicht einwilligt, müsst ihr warten, bis sie volljährig ist."

Lincoln sagte nichts. Anscheinend würde er ihnen nichts von unserem Plan erzählen, Holloways Vormundschaft anzufechten.

„Ha!" Gillingham schlug mit der Hand auf den Knauf seines Gehstocks. „Guter Punkt, Julia. Es ist unwahrscheinlich, dass er einwilligt."

„Er ist krank", sagte Marchbank. „Das hat mir jedenfalls Direktor Crease vom House of Correction gesagt. Vielleicht stirbt er."

Gillingham benutzte seinen Stock, um aufzustehen und auf uns zuzugehen. Ich wappnete mich für weitere Beleidigungen. Lincoln spannte sich an. „Das geht vorbei, wissen Sie", sagte er zu Lincoln. „Was Sie für Liebe halten, ist nur ein vorübergehender … Drang.“ Er wirkte stolz auf seine Wortwahl. „Sie sind noch jung und werden von ihrem Schwanz beherrscht, aber—“

Lincoln ließ mich los, trat einen Schritt nach vorn und boxte Gillingham gegen die Nase. Gillingham ging zu Boden, wo er sich das Gesicht hielt und die widerlichsten Obszönitäten ausstieß. Niemand kam ihm zur Hilfe.

„Also wirklich, Lincoln“, rügte Lady Harcourt. „War das nötig?“

„Steh auf, Gilly“, sagte Eastbrooke. „So schlimm kann es nicht sein. Er hat den Schlag abgeschwächt.“

„Ich blute!“ Gillingham torkelte auf die Füße, eine Hand über die Nase gelegt, während die andere ein Taschentuch aus der Tasche zog. Eine kleine Blutspur sickerte zwischen seinen Fingern hindurch.

„Seth, Gus, begleitet seine Lordschaft zur Tür.“ Lincoln hielt mir die Hand hin. Ich ergriff sie. „Die Besprechung ist beendet.“

* * *

„Elende … widerliche … Ärsche.“ Der Koch betonte jedes Wort mit einem heftigen Schnitt seines Messers durch eine Zwiebel. „Hör nicht auf die, Charlie. Die sind kaltherzig.“

„Mir ist egal, was sie denken“, versicherte ich ihm. „Wie Lincoln ihnen aufgezeigt hat, haben sie nicht die Macht, mich wegzuschicken. Sie werden sich mit der Zeit an unsere Ehe gewöhnen.“

„Wünschte, ich hätte gesehen, wie Fitzroy Gillingham umhaut.“

„Das war ziemlich befriedigend.“ Ich strich mit der Hand über das Buch vor mir auf dem Küchentisch. Es war ein dicker Schinken zu übernatürlichen Kreaturen, hauptsächlich Dämonen. Bisher hatte ich noch nichts über in Bernstein gefangene Kobolde gefunden, aber ich hatte noch nicht aufgegeben.

Lincoln war nach dem Treffen ausgegangen und hatte Seth und Gus mitgenommen. Sie hofften, mehr über die Morde von der Polizei, Nachbarn und anderen Zeugen zu erfahren. Ich hatte mich entschieden, in der Küche zu lesen, damit ich nicht allein war. Vermutlich hätte ich etwas Hausarbeit machen sollen, aber es war fast Essenszeit und ich wollte wirklich mehr über den Kobold erfahren.

Die Kette hatte ich in Lincolns Schreibtischschublade gefunden. Gestohlen hatte ich sie nicht, schließlich war es ohnehin meine. Allerdings hatte ich sie nicht angezogen, sondern neben das Buch gelegt.

„Schon was gefunden?", fragte der Koch mit einem Nicken in Richtung Buch.

„Nichts." Ich seufzte und klappte es zu.

„Das ist ein hübsches Stück."

„Das ist es, wenn es auch eine sehr merkwürdige Kreatur enthält. Mit bloßem Auge kann man sie kaum erkennen, aber sie ist da."

Er wischte sich die Hände an der Schürze ab und nahm den Anhänger, hielt ihn gegen das Licht und schielte hinein. „Du solltest ihn tragen, zur Sicherheit."

„In Lincolns Schreibtisch ist er sicher."

„Nicht zur Sicherheit des Kobolds, sondern deiner. Wenn deine Mama will, dass du ihn trägst, solltest du auf sie hören."

„Sie hat auch gesagt, dass er unberechenbar und widerspenstig ist. Ich sollte das nicht riskieren."

„Trag die Kette, aber lass den Kobold nicht raus." Er zuckte mit den Schultern. „Das kann doch nicht schaden. Deine Mama würde dir das nicht geben, wenn's gefährlich wäre."

„Nei-n, ich schätze nicht." Ich nahm die Kette und hängte sie mir um, ließ den Anhänger aber über meinem Kleid, damit Lincoln ihn sehen konnte, wenn er zurückkam. Ich würde nicht versuchen, meine Handlungen vor ihm zu verbergen. „Es wird ihm vermutlich nicht gefallen."

„Wenn ihn irgendjemand davon überzeugen kann, dass es kein Problem ist, dann du."

Ich lächelte. „Danke, Koch."

„Sag ihm bloß nicht, dass ich das vorgeschlagen habe."

„Ich schätze, man kann ihn nicht aus Versehen befreien. Ich spreche kein Französisch und ich werde wohl kaum ‚ich befreie dich' in einer fremden Sprache sagen, wenn ich nicht—Oh!"

Der Anhänger glühte in einem hellen Orange auf und seine Wärme drang durch mein Kleid an meine Brust. Ich friemelte den Verschluss auf und warf die Kette auf den Tisch, als wäre sie eine Spinne, die mir in den Schoß gefallen war.

„Was habe ich getan?", flüsterte ich.

„Du konntest doch nicht wissen, dass er zweisprachig ist." Der Koch hob sein Messer, um auf was auch immer aus dem Anhänger kam einzustechen.

Ein plötzlicher gelber Lichtblitz blendete mich. Als ich wieder etwas sehen konnte, blinzelte mich eine kleine Kreatur an, die auf dem Tisch saß. Mein wild hämmerndes Herz beruhigte sich etwas, als die Kreatur sich nicht rührte und ich sie näher betrachten konnte. Sie ähnelte einer Katze ohne Fell mit langen, spitzen Ohren und mandelförmigen grünen Augen, die mir folgten, während ich um den Tisch herum näher zum Koch hinrückte.

„Verstehst du mich?", fragte ich langsam.

Sie legte den Kopf schief und der katzenartige Mund öffnete sich. Ein leises Maunzen entwischte, als würde sie versuchen, mit mir zu sprechen.

„Jetzt weiß ich, warum meine Mutter sie als Haustier bezeichnet hat."

„Sieht aus wie ein gerupftes Huhn."

„Ich finde sie ziemlich süß mit diesen Augen und den Falten über der Nase, als würde sie die Stirn runzeln."

„Fass es an", sagte der Koch.

„Nein! Fass du sie an."

„Ich geh nicht mal in die Nähe von dem Ding."

„Riesenbaby." Ich schob mich näher heran, lächelte die Kreatur an und redete beruhigend auf sie ein. Als ich noch auf der Straße gelebt hatte, hatte ich mich mit streunenden Katzen angefreundet. Die waren gut, um Mäuse fernzuhalten. Vielleicht würde der Kobold auf meine beruhigende Stimme reagieren. „Komm her, Kleiner. Geh zurück in deinen Bernstein."

„Es bewegt sich nicht."

Ich streckte meine Hand aus, aber er wich zurück, außerhalb meiner Reichweite. Die großen grünen Augen blieben die ganze Zeit an mir haften. „Vielleicht sollten wir ihn füttern." Die Streuner waren zutraulicher geworden, wenn wir ihnen etwas von unserem Essen abgegeben hatten. „Reich mir etwas Rind-fleisch."

„Das ist unser Abendessen!"

„Das hier ist ein Notfall, Koch. Wenn Lincoln herausfindet, dass ich ihn freigelassen habe, wird er wütend auf dich sein."

„Auf mich? Warum auf mich?"

„Weil du mir kein Rindfleisch gegeben hast, um ihn zurück in den Bernstein zu locken."

Er wischte sich seine glänzende Glatze mit dem Ärmel ab. „Es kann was von dem Fleisch haben, aber ich füttere das nicht. Das ist dein Haustier, du machst das."

„Also gut."

Er schnitt eine Scheibe Fleisch in kleine Stückchen und reichte mir drei. Ich legte sie auf den Tisch und trat zurück. Der Kobold kroch auf allen vieren zu dem Rindfleisch, schnüffelte daran, aß es aber nicht. Er legte den Kopf schräg und sah mich an, als würde er auf etwas warten.

„Geh zurück in deinen Bernstein", drängte ich. Als nichts geschah, probierte ich es mit einem anderen Befehl. „Kehr zurück, Kobold. Ich schicke dich zurück."

Er maunzte erneut.

„Der sieht nicht magisch aus", sagte der Koch.

„Wie sieht eine magische Kreatur denn aus?"

„Keine Ahnung, aber wenn ich eine magische Kreatur wäre, würde ich mich erst mal hübscher machen, und größer, mit Fell. Ganz, ganz viel Fell überall."

Ich behielt meinen Blick eisern von seinem kahlen Kopf und haarlosen Gesicht abgewandt. Dem Koch wuchsen noch nicht einmal Augenbrauen. „Was sollen wir machen?" Lincoln konnte jeden Moment hereinkommen. Ich schaute zur Tür und biss mir auf die Lippe.

„Vielleicht versteht es ‚geh zurück' auf Französisch besser als auf Englisch."

„Das ist ja schön und gut, aber ich weiß nicht, was ‚geh zurück' auf Französisch heißt. Du etwa?"

„Ich bin eingenickt, als mein Tutor mir diese Worte im Fran-zösischunterricht beigebracht hat."

Ich warf ihm einen vernichtenden Blick zu. „Wir haben jetzt keine Zeit für Scherze."

„Ich denke, du musst es festhalten und auch den Bernstein berühren."

„Das denkst du dir doch jetzt nur aus." Aber ich erinnerte mich, dass meine Mutter etwas Ähnliches gesagt hatte. Der Vorschlag war so gut wie jeder andere. „Wenn er mich beißt, hol den Verbandskasten." Ich nahm die Kette und ließ den Anhänger baumeln, sodass die Kreatur ihn sehen konnte. Dann fing ich ihn mit der anderen Hand. „Komm her, klein—"

Der Kobold stieß ein für seine geringe Größe viel zu lautes Quieken aus und sprang vom Tisch. Er rannte aus der Küche, bevor ich überhaupt registrierte, dass er sich bewegt hatte.

„Er entwischt!" Ich lupfte meine Röcke und sprintete hinterher.

„Es kann nicht raus", sagte der Koch direkt hinter mir. „Die Türen und Fenster sind alle zu."

Gott sei Dank. Ich sah noch die Spitze seines dünnen rosa Schwanzes um eine Ecke verschwinden. Er war auf dem Weg zum vorderen Teil des Hauses.

„Stopp!", schrie ich. „Komm zurück, du kleine Ratte!"

„Beschimpf es nicht, sonst will es bestimmt nicht zurückkommen."

Zum Glück war die Haustür geschlossen, also mussten wir es nur in einem der Räume in die Ecke drängen und—

Ich blieb schlitternd stehen, als die Kreatur in die Luft sprang. Sie würde mit dem Kopf voran in die Holztür krachen!

Der Kobold streckte sich und wurde so dünn wie ein Stilett. Selbst der Kopf verformte sich. Dann sah ich, warum.

Er quetschte sich durch das Schlüsselloch und verschwand.

„Das ist ein Zaubertrick", murmelte der Koch.

„Er entkommt!"

Er warf die Tür auf und zeigte hinaus in die Dunkelheit. „Da! In der Einfahrt. Jetzt hat er wieder seine normale Form."

Ich rannte die Stufen hinunter und die Einfahrt entlang, wobei bei jedem Schritt feuchter Schotter hochflog. Erst als ich schon halb am Tor war, merkte ich, dass der Koch nicht mehr hinter mir war. Ein Blick nach hinten zeigte mir, dass er zusammengekrümmt dastand und sich die Seite hielt.

„Lauf", schnaufte er. „Ich fange es, wenn es zurückkommt."

Vor fast drei Monaten war ich als flinker Charlie bekannt gewesen, aus gutem Grund, aber mein Tempo reichte nicht, um die Lücke zwischen mir und dem Kobold zu verringern. Er war so schnell wie jede Katze und sein Zaubertrick, wie der Koch es genannt hatte, gab ihm einen zusätzlichen Vorsprung.

Als ich Lichfields Tore erreicht hatte, war ich völlig verzweifelt. Weder das Licht des Mondes noch der Straßenlaternen reichte, um viel zu erkennen, und der Kobold war nirgends zu sehen. Wieder einmal war ich für eine übernatürliche Kreatur in der Welt verantwortlich, die möglicherweise großes Unheil anrichten konnte.

Für die Komiteemitglieder wäre es ein gefundenes Fressen, wenn sie davon erfuhren.

Ich stand auf dem Bürgersteig, die Hände auf den Hüften und stierte links und rechts in die Dunkelheit. Inzwischen konnte das Vieh schon halb in Clerkenwell sein.

Die Blätter eines nahen Baumes raschelten. Gott sei Dank! „Komm her, du kleines—"

Das Krachen eines Schusses scheuchte die Vögel auf und machte mich taub.

Dann verschwamm alles.

KAPITEL 5

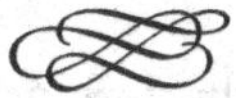

Ein undeutlicher Schatten krachte in meine Seite und warf mich zu Boden. Ich landete auf meinem Ellenbogen und der Schulter und schnappte nach Luft.

„Charlie!", brüllte der Koch. „Charlie, bist du verletzt?" Er tauchte am Tor auf. Seine weiße Schürze ließ ihn wie ein Geist erscheinen, der aus der Dunkelheit trat. Allerdings klang er wie eine bergauf stampfende Dampflok.

„Ich glaube nicht", keuchte ich.

Noch während ich das sagte, sprang jemand aus dem Baum und rannte die Straße hinunter. Eine Waffe baumelte in seiner rechten Hand. Der Koch wollte ihm nachsetzen, hätte den leichtfüßigen Mann aber niemals eingeholt.

„Riskier es nicht", sagte ich, während ich auf die Füße kam. „Er ist bewaffnet."

Der Kobold saß neben mir auf dem Boden und hechelte mit heraushängender Zunge. Seine grünen Augen beobachteten jede Bewegung von mir. Er schien auf etwas zu warten.

„Er hat mich gerettet", murmelte ich.

„Das ist sein Job", sagte der Koch.

„Ja, aber … er hat sich in etwas Großes, Starkes verwandelt, das mich aus dem Weg geschubst hat. Wie konnte er das in dem kurzen Moment vom Abfeuern des Schusses bis mich die Kugel trifft tun?"

„Magie?"

„Vermutlich."

Der Kobold legte sich plötzlich hin und streckte die Pfoten aus.

„Verfolge diesen Mann!", befahl ich ihm. „Los!"

Er legte seinen Kopf auf die Pfoten und maunzte.

„Vielleicht klappt es nur, wenn dein Leben in Gefahr ist. Die Gefahr ist jetzt vorüber."

„Stimmt. Ich denke auch, dass er müde sein könnte. Meine Mutter sagte, das passiert, nachdem er seine Pflicht getan hat." Ich kniete mich auf den Gehweg und klopfte mir auf den Schoß.

Der Kobold hob den Kopf und stand mit einem leisen Maunzen auf. Er kam direkt in meine Hände und ließ sich von mir hochnehmen und an die Brust drücken.

„Ist er nicht süß?"

„Der ist immer noch hässlich." Der Koch schaute in die Richtung, in die der Angreifer verschwunden war. „Wir sollten besser ins Haus zurückgehen."

Der Kobold schmiegte sich den ganzen Weg zurück zur Küche an mich. „Er ist wirklich ein süßes kleines Ding, wenn er nicht gerade wegläuft." Ich hielt ihn mit einer Hand fest und streichelte mit der anderen seinen runzeligen Kopf. „Du hast mir das Leben gerettet, kleiner Kobold. Danke."

Aus seinem Brustkorb drang ein Geräusch wie die strangulierte Version eines Schnurrens und er steckte seinen Kopf unter mein Kinn. Doch merkwürdigerweise streckte er seine Pfote aus und tappte auf den Tisch.

„Ich glaube, er will jetzt zurück." Der Koch reichte mir die Kette, die wir zurückgelassen hatten.

Mit dem Kobold in der einen und der Kette in der anderen Hand sagte ich: „Kehre zurück, Kobold. Geh wieder rein."

Sowohl der Kobold als auch der Bernstein glühten und wurden wärmer, dann zwang mich das blendende Licht, meinen Kopf abzuwenden. Als ich die Augen wieder öffnete, war die Kreatur verschwunden.

Ich hielt die Kette gegen das Licht. Jetzt, da ich wusste, wie er aussah, konnte ich so gerade eben den winzigen Körper des

Kobolds erkennen, der eng zusammengerollt lag. Die spitzen Ohren zeigten nach oben. „Er schläft."

Der Koch zog den Hocker vom Herd herüber und setzte sich. „Verdammt und zugenäht, das war …" Er schüttelte den Kopf.

„Interessant?"

„Nicht das Wort, das ich gewählt hätte."

Lincoln kam in die Küche und sah jeden von uns an. Ich hatte die Tür zum Hof weder auf- noch zugehen hören. Der Koch erhob sich schleunigst und schnitt weiter Gemüse, den Kopf arbeitsam gesenkt.

Ich schenkte Lincoln ein Lächeln, von dem ich hoffte, dass es fröhlich war. „Willkommen zurück. Wo sind Seth und Gus?"

Er riss sich die Handschuhe von den Händen und knöpfte seine Jacke auf. „Kutschenhaus. Was ist passiert?"

„Warum glaubst du, dass etwas passiert ist?"

„Du siehst schuldbewusst aus."

„Tue ich nicht!"

Er legte den Kopf schräg. „Du bist weder tot noch verletzt, also gehe ich davon aus, dass keine unmittelbare Gefahr besteht."

„Etwas ist passiert und wenn du mir eine Chance lässt, erzähle ich es dir." Ich erhob mich. „Aber darf ich dir erst einen Tee machen? Oder möchtest du etwas Stärkeres?"

„Setz dich."

Ich setzte mich. „Also gut, aber ich sorge mich nur um dein Wohlbefinden." Wo sollte ich anfangen? Mit dem schlimmsten Vorfall oder dem besten? Welcher war der schlimmste? „Der Kobold ist aus dem Bernstein entwischt, aber wir haben ihn eingefangen und wieder in den Anhänger geschickt, wo er eingeschlafen ist. Wie ist das jetzt mit dem Tee …"

Er lehnte an der Tischkante, die Arme und Knöchel verschränkt, und beobachtete mich, wie ich eine Kanne Tee zubereitete. Ich bemühte mich, mich nicht unbehaglich zu fühlen, aber sein Schweigen wurde schließlich so angespannt, dass ich mich gezwungen sah, es zu brechen.

„Der Kobold versteht Englisch. Ist das nicht klug von ihm?"

„Und du hast die Worte, die ihn befreien, auf Englisch gesagt."

„Unabsichtlich, natürlich."

„Natürlich."

Ich reichte ihm eine Tasse. „Dann ist er aus dem Haus entwischt, trotz der geschlossenen Fenster und Türen."

„Wie?"

„Er hat seine Form verändert, um durchs Schlüsselloch zu passen."

„Magie", fügte der Koch mit einem wissenden Nicken hinzu.

„Dann ist er weggerannt. Wir haben ihn verfolgt, eingefangen und die Worte gesagt, die ihn wieder zurückschicken, was er befolgt hat. Ganz einfach."

Er stellte die Teetasse zur Seite und nahm die Kette in die Hand. Der Bernstein baumelte von seinen Fingern herab, während er ihn gegen das Licht hielt. „Wie sah er aus?"

„Hässlich", sagte der Koch.

„Wie eine Katze ohne Fell", fügte ich hinzu. „Er bewegte sich auch wie eine Katze und klang ein bisschen so. Er war ein ganz liebes kleines Ding, nachdem er sich müde gemacht hatte."

Er legte die Kette weg und fixierte mich mit einem seiner durchdringenden Blicke. „Er war schnell?"

„Sehr."

„Und trotzdem hast du ihn erwischt."

Ich seufzte. Es war unvermeidbar. „Er wurde sehr müde, nachdem er mir das Leben gerettet hat."

Lincoln versteifte sich. „Weiter."

„Jemand saß in dem Baum am Eingangstor. Ich bin dem Kobold auf die Straße gefolgt und die Person hat auf mich geschossen. Der Kobold hat mich geschubst—"

„Auf dich geschossen!" Er packte meine Schultern und schaute mir suchend ins Gesicht.

„Mir ist nichts passiert, Lincoln. Der Kobold hat mich aus dem Weg geschubst und der Mann ist weggerannt, ohne einen weiteren Schuss abzugeben."

Sein Unterkiefer war starr. „Hast du ihn gesehen?"

„Nein. Es war dunkel, aber ich bin mir ziemlich sicher, dass es ein Mann war und ein flinker noch dazu. Er muss in dem Baum sein Lager aufgeschlagen und darauf gewartet haben, dass ich wieder auftauche. Ich frage mich, wie lange er da oben war."

„Das bekräftigt meine Ansicht, dass du im Haus bleiben solltest."

„Nur für den Moment, bis er geschnappt wird."

„Was den Kobold angeht ..." Er nahm erneut die Kette und runzelte die Stirn. Einen Augenblick lang dachte ich, er würde sie einstecken, damit er sie vor mir verstecken konnte, aber stattdessen hielt er sie mir hin. „Bewahre sie sicher auf."

„Und sprich auf keinen Fall die Worte, die ihn freisetzen?"

„Egal, in welcher Sprache." Er stapfte aus der Küche und ich musste rennen, um ihn einzuholen.

„Wo gehst du hin?"

„Nach draußen, um nach Hinweisen auf die Identität des Schützen zu suchen."

„Ich bezweifle, dass er seine Visitenkarte hinterlassen hat."

Er warf mir einen vernichtenden Blick zu. „Schließ die Tür hinter mir ab und mach sie erst wieder auf, wenn du meine Stimme hörst. Schließe alle Türen ab."

Bis er zurück war, hatten sich auch Seth und Gus zu uns gesellt. Lincoln überprüfte jede Tür und jedes Fenster, ehe er sich mit uns allen in die Bibliothek setzte und die neuen Regeln durchging. Die meisten davon drehten sich darum, mich nicht aus dem Haus oder allein zu lassen.

„Geh und zieh dir deine Trainingskleidung an, Charlie", sagte er, sobald wir alle zugestimmt hatten. „Wir nehmen dein Training wieder auf."

„Jetzt?"

Er sah mich verständnislos an.

Ich zeigte auf die Uhr auf dem Kaminsims. „Es ist fast elf."

„Dann morgen. Früh." Wieder stapfte er aus dem Raum, die Hände hinter dem Rücken. Er nahm zwei Stufen auf einmal und verschwand, ohne auch nur gute Nacht zu sagen.

Mit einem Seufzen folgte ich ihm, nur um ihn vor meiner Zimmertür wartend vorzufinden. Er lehnte an der Wand, die Arme verschränkt. Anscheinend war der Boden zu seinen Füßen unglaublich interessant.

„Lincoln? Geht es dir gut?"

Er beobachtete mich durch seine dichten, dunklen Wimpern.

„Ich glaube, das ist *meine* Frage." Er breitete die Arme aus und zog mich an seine Brust. „Geht es *dir* gut?"

„Ja. Ich wurde nicht verletzt."

„Du hättest verletzt werden können." Er legte seine Wange auf meinen Kopf und atmete tief durch.

„Lass uns nicht daran denken. Der Kobold hat mich gerettet." Ich würde die Kette in die oberste Schublade meiner Kommode unter meine Wäsche stecken. Ich wollte ihn nicht wieder versehentlich freisetzen, aber wenn ich mich bedroht fühlte, wusste ich, wo ich ihn schnell finden konnte. „Es war ein ziemlich seltsames Erlebnis und ich kann es noch nicht so recht fassen."

Er hielt mich noch einen Moment schweigend, dann küsste er meinen Kopf. „Gute Nacht, Charlie. Ich hoffe, du kannst schlafen, trotz allem."

„Ich werde besser schlafen, wenn du bei mir bist."

Er küsste meine Nasenspitze. „Du und der Kobold, ihr passt gut zusammen."

* * *

Das Training war intensiver als üblich. Es gab kein Geplänkel, kaum Gespräche und ganz sicher keine Küsse. Nach zwei Stunden schmerzten meine Muskeln und meine Knöchel wiesen einen Kratzer auf, nachdem ich gegen einen mit Reis gefüllten Sack geboxt hatte. Ich war erleichtert, als Seth uns unterbrach— bis ich sein Gesicht sah. Es war sehr besorgt.

„Sie haben einen Besucher, Sir." Sein Blick sprang zu mir, dann fort. „Es ist Direktor Crease."

„Vom Gefängnis?" Ich sah Lincoln an, doch der hatte nicht reagiert. „Das kann nichts Gutes heißen, wenn der uns persönlich aufsucht."

„Sag ihm, ich bin gleich unten", sagte Lincoln.

Ich rannte aus dem Ballsaal in mein Schlafzimmer, wusch mich hastig und zog mir mein dunkelgrünes Kleid an. Obwohl ich mich beeilte, war Lincoln schneller im Empfangszimmer, wo er mit dem Direktor des Surrey House of Correction bereits tief im Gespräch war.

„Guten Morgen, Mr Crease", sagte ich.

Der Direktor erhob sich. „Miss … äh … ich fürchte, ich habe beim letzten Mal Ihren Namen nicht verstanden."

„Charlotte ist meine Verlobte." Lincoln klang etwas abgelenkter als sonst. „Sie wollten mir gerade sagen, warum Sie hier sind, Crease."

Crease strich sich über seine wolligen Koteletten. „Mit großer Sorge muss ich Ihnen mitteilen, dass Holloway geflohen ist."

KAPITEL 6

Mir drehte sich der Magen um. Ich fasste mir an den Hals, wo Holloways Messer damals meine Haut verletzt hatte, als er mich im Innenhof angegriffen hatte. Um meinen Namen und meine Identität aus den Zeitungen herauszuhalten, hatte Lincoln der Polizei erzählt, Holloway hätte den Koch angegriffen, aber der hätte ihn überwältigen können.

Lincoln legte mir beruhigend die Hand auf den Rücken. „Wie?", fragte er. „Ich dachte, er wäre zu krank, um sich zu bewegen."

„Der Arzt dachte, er wäre tot."

„Tot!", wiederholte ich. „Hat er das nicht überprüft?"

Crease zuckte zusammen. „Er behauptet, das hätte er getan und hätte keinen Puls gefühlt. Der Körper wurde in ein unbewachtes Außengebäude gebracht. Als die Angestellten der Leichenhalle ihn am Morgen holen wollten, war der Körper weg."

„Also könnte er tatsächlich tot sein", sagte ich.

„Sie glauben, dass Leichendiebe ihn mitgenommen haben, Miss … Charlotte?"

„Oh, äh, ja. Die Stadt ist voll davon. Wussten Sie das nicht?" Ich war mir nicht sicher, was schlimmer war—ein lebender Holloway auf freiem Fuß oder ein wiederbelebter.

„Normalerweise würde ich Ihnen zustimmen, aber die Tür

war verriegelt und die Fenster sind dauerhaft vernagelt. Die Polizei nimmt an, dass jemand die Tür geöffnet, den kranken Holloway herausgetragen und die Tür wieder von außen verschlossen hat."

„Und der fehlende Puls?"

Er zuckte mit den Schultern. „Ein Fehler des Arztes."

„Das ist ein sehr schwerwiegender Fehler."

„In der Tat", sagte er mit einem Zucken seiner Koteletten. Er räusperte sich und schien auf etwas zu warten. „Ich dachte, Sie sollten es wissen, da er hier festgenommen wurde und Sie kürzlich Interesse an ihm gezeigt hatten."

„Danke", sagte ich, da Lincoln in Schweigen verfallen war. „Es war sehr freundlich von Ihnen, uns zu informieren."

„Das war es, nicht wahr? Ich bezweifle, dass die Polizei sich die Mühe gemacht hätte." Crease bewegte sich nicht zur Tür.

Ich dachte allmählich darüber nach, ob wir ihm Tee anbieten sollten, als Lincoln zur Tür ging und nach Seth rief. Er flüsterte ihm etwas ins Ohr und Seth kehrte kurz darauf mit einem Umschlag zurück. Er war identisch mit dem, den Lincoln Crease im Gefängnis anlässlich unseres Besuches bei Holloway gegeben hatte.

Crease steckte ihn in seine Jackentasche. „Guten Morgen, Sir, Miss." Er setzte seinen Hut auf, berührte die Krempe und ging.

„Was meinst du, ist er lebendig oder tot?", fragte ich, sobald Crease in die Droschke gestiegen war, die draußen auf ihn wartete. „Er kann doch nicht am Leben sein. Seine Gesundheit könnte sich nicht genug verbessert haben, um ohne Hilfe zu fliehen, und niemand schert sich so sehr um ihn, dass er eine Befreiung riskieren würde. Er muss tot sein. Was eine grässliche Alternative aufwirft."

„Wer hat seinen Geist beschworen und ihm geholfen, wieder in seinen Körper einzutreten?"

Seth und Gus gesellten sich zu uns und ich wiederholte, was Crease uns erzählt hatte. „Es muss noch einen Nekromanten geben", sagte Gus mit einem Schulterzucken. „Jemand, von dem wir nichts wissen, wie diese Brumley. Eine andere Erklärung gibt es nicht."

Lincoln fuhr sich mit der Hand durch die Haare. „Wie auch

immer, jemand hat ihm geholfen. Bist du dir sicher, dass niemand ihm nahe genug steht, um eine Flucht zu organisieren?"

„Nein", sagte ich. „Niemand."

„Ein Familienmitglied?", fragte Seth.

„Er hat keine Familie."

„Ein Gemeindemitglied?"

„Die einzigen Gemeindemitglieder, die uns je zu Hause besucht haben, waren eine Handvoll alter Damen, aber die kann ich mir nicht als Helfer für eine Flucht aus dem Gefängnis vorstellen." Ich begann, auf den Fliesen der Eingangshalle hin und her zu laufen. „Das ist ein Rätsel. Vielleicht sollten wir die Archive noch einmal nach Nekromanten durchsuchen. Vielleicht hast du einen übersehen."

„Habe ich nicht", sagte Lincoln.

„Es muss noch einen geben. Du wusstest ja auch nichts von Joan Brumley. Vielleicht hat jemand Kinder bekommen, von dem du dachtest, er hätte keine, und seine Nachfahren haben ihre Magie geheim gehalten. Joan Brumley könnte Kinder haben."

„Das ist möglich." Aus seinem Tonfall schloss ich, dass er es für unwahrscheinlich hielt. „Wenn es noch eine Nekromantin gibt, ist sie dem Ministerium nicht bekannt."

„Ja, du hast recht." Ich lief weiter hin und her. Lincoln beobachtete mich mit gerunzelter Stirn, aber es war Gus, der mir den Weg abschnitt.

„Es wird alles gut, Charlie", sagte er sanft.

„Wird es? Heute Morgen hatte ich nur einen Mörder, um den ich mir Sorgen machen musste, jetzt sind es zwei und einer davon könnte tot sein."

„Er wird dich nicht töten", sagte Seth. „Er ist dein ... *war* dein Vater. Ich bin mir sicher, dass ein Teil von ihm dich noch mag."

„Wenn er glaubt, dass es mich rettet, wenn er mich umbringt, dann wird er mich lieber töten."

„Wir werden ihn finden", versicherte Lincoln mir. „Aber zu dritt brauchen wir vielleicht länger."

Ich sagte ihm nicht, dass wir vier waren. Es war sinnlos, mit ihm zu streiten, wenn er vollkommen recht damit hatte, mich im

Haus zu behalten. Ich hasste es, sah aber keine andere Möglichkeit—für den Moment.

Er berührte sacht meine Finger, zog sich dann aber zurück,
um Befehle an seine Männer zu erteilen. Kurze Zeit später
machten sie sich auf den Weg, um Nachforschungen anzustellen,
auch wenn ich mir nicht sicher war, wie sie Holloway finden
wollten. Ohne zu wissen, ob man nach einer Leiche oder einem
lebendigen Mann suchte, war es unmöglich zu wissen, wo man
anfangen sollte.

Der Tag zog sich, ebenso wie der nächste und der danach. Bis
zum dritten Tag hatten sie in Erfahrung gebracht, dass Holloway
sich weder im Haus eines Gemeindemitglieds aufhielt noch bei
einem seiner Bekannten. Wie Gus es formulierte, fühlten sie sich,
als würden sie durch den Schlamm watend gegen einen Sturm
ankämpfen.

Zu den Mordfällen von Drinkwater und Brumley gab es
ebenfalls wenig Neues. Zuerst einmal hatte keiner von beiden
Kinder, die unter ihren Namen registriert waren, sodass ich ihre
Ministeriumsakten schließen konnte. Lincoln hatte in Joan Brumleys Haus einbrechen können und einen Stapel Rechercheno-
tizen mitgebracht, die ich durchgehen konnte. Während ich viel
über verschiedene historische Persönlichkeiten lernte, gab es
keine direkten Hinweise auf ihre Nekromantie oder sonst
irgendwelche Gründe, weswegen sie gestorben sein könnte. Ich
konnte nur raten, dass jemand ihre Unterstellung anstößig fand,
unser Nationalheld, der Duke von Wellington, sei ein herablas-
sender Rüpel gewesen.

Trotz meiner sorgfältigen Untersuchung ihrer Dokumente
und Lincolns Durchsuchung ihres Hauses hatten wir nichts
gefunden, was auf eine bestimmte Person als Täter hindeutete.
Auch hatten wir keine Verbindung zwischen den Opfern gefunden. Brumley war als alte Jungfer gestorben und hatte allein in
ihrem Elternhaus gelebt. Sie hatte wenige Freunde, lediglich eine
Cousine und keine echten Feinde, da sie von den meisten ihrer
Kollegen als harmlose Verrückte abgetan und weitestgehend
ignoriert wurde.

Drinkwater hatte eine Witwe, aber keine Kinder hinterlassen.
Mrs Drinkwater hatte London unmittelbar nach der Beerdigung

ihres Mannes verlassen, um bei ihrer Schwester in Acton zu wohnen. Es war unklar, ob das eine dauerhafte Lösung sein oder sie in ihr eigenes Zuhause zurückkehren würde. Ich vermutete, dass sie das zu irgendeinem Zeitpunkt tun musste, und wenn es nur dazu war, die Habseligkeiten ihres Mannes durchzugehen. Ihre übereilte Abreise bedeutete, dass Lincoln leichtes Spiel hatte, ins Haus und die darüberliegende Werkstatt zu kommen und jeglichen Papierkram mitzunehmen.

Ich durchsiebte die Aufzeichnungen von Drinkwaters sogenannten Patienten und teilte Lincoln ihre Namen und Adressen mit. Mit Hilfe von Seth und Gus fand er so viel wie möglich über ihre Handlungen zum Zeitpunkt von Drinkwaters Tod heraus. Nach drei Tagen hatten sie nicht einen einzigen Verdächtigen ausfindig gemacht. Da allen Patienten mindestens eine Gliedmaße fehlte, wurde es als höchst unwahrscheinlich erachtet, dass sie Drinkwater töten konnten. Das schloss jedoch nicht ihre Familienmitglieder aus, die ihre Wut an ihm ausgelassen haben könnten. Der Mann hatte diesen armen Leuten falsche Hoffnungen gemacht. Während ich nicht bezweifelte, dass er glaubte, Gutes zu tun und deren Lage zu verbessern, hätte er niemals seine magischen Gliedmaßen an echten Personen ausprobieren dürfen, bis andere Tests positiv ausfielen.

Die Ankunft von Seths Butler war eine willkommene Abwechslung in der Monotonie. Er war ein vornehm aussehender Kerl mit grauen Strähnen in seinen braunen Haaren und einem glattrasierten Gesicht, das wenige Falten aufwies. Nachdem ich mit ihm eine halbe Stunde lang im Empfangszimmer gesprochen hatte, fragte ich mich, ob die fehlenden Falten auf die fehlende Mimik zurückzuführen waren. Zum Glück war ich Expertin darin, die Bedeutung einer lediglich angehobenen Augenbraue zu entziffern, und wir verstanden uns recht gut.

Er bezog eins der Zimmer unter dem Dach, die für die Angestellten reserviert und jüngst von Seth und Gus geräumt worden waren. Die beiden wohnten jetzt in größeren Schlafzimmern in der zweiten Etage. Ich hatte die Änderung nicht erst mit Lincoln besprochen, aber er hatte keine Einwände gehabt, als er es erfahren hatte. Ich war mir sogar fast sicher, dass er mit dem neuen Arrangement ganz zufrieden war.

Sobald Doyle sich eingerichtet und seine neue Position geschmeidig eingenommen hatte, machte ich mich daran, die Bewerbungen für die Haushälterinnenstelle durchzulesen, merkte aber schnell, dass ich Hilfe brauchte. Doyles erste Aufgabe als Butler war es, die Zeugnisse zu sichten und die Bewerberinnen herauszupicken, die für die besten Familien in London gearbeitet hatten. Eine stach deutlich heraus.

Am folgenden Nachmittag kam Mrs Webb in Lichfield an und brachte eine Aura von Grimmigkeit mit. Ganz in Schwarz gekleidet, mit dunklen Haaren und marmorweißer Haut, erinnerte sie mich an das Foto einer Toten, das ich einmal gesehen hatte. Es schien wie ein glücklicher Zufall, dass Mrs Webb in einem Haus arbeiten sollte, in dem die Hausherrin Nekromantin war.

Trotz ihrer makabren Erscheinung bewegte sie sich mit eleganter Haltung und konnte sich gut ausdrücken.

„Warum haben Sie Ihre vorherige Position verlassen, Mrs Webb?", fragte ich.

„Ich habe wieder geheiratet, Miss." Sie wirkte bedrückt. „Leider lebte er nur ein Jahr nach unserer Hochzeit und ist kürzlich verstorben."

„Oh, das tut mir leid."

„Daher benötige ich wieder eine Anstellung. Ihre Anzeige erschien mir wie ein Geschenk des Himmels, als ich sie in der *Times* sah. Der Gedanke, mir meine Mägde selbst einzustellen, gefällt mir. Dann kann ich mich erst bezüglich ihres Charakters versichern, verstehen Sie? Ein sanftes, einfaches Gemüt ist sehr wichtig bei einer Magd, meiner Meinung nach. Sie wollen kein Mädchen mit hochtrabenden Ideen, und sicherlich keine, die allzu hübsch ist."

„Sie haben Erfahrung mit dem Einstellen von Bediensteten?"

„Im Laufe der fünf Jahre in meiner früheren Position habe ich vier Mägde eingestellt, die sich alle als hervorragende Arbeiterinnen bewährt haben. Hätten Sie gern eine Liste meiner anderen Pflichten?"

„Ja, bitte."

Sie ratterte daraufhin alles herunter, was sie in ihrer vorigen Stelle getan hatte, mit einem stolzen Glanz in den ansonsten stumpfen Augen.

„Anfangs wird es viel Arbeit sein", sagte ich, „bis Sie—und die Mägde—sich eingearbeitet haben. Wir sind schon seit einiger Zeit unterbesetzt und es gibt viel zu tun."

„Ich scheue harte Arbeit nicht. Es wird mich von ... den jüngsten Ereignissen ablenken." Sie schenkte mir ein wackeliges Lächeln.

Die Ärmste. Der Tod ihres Mannes musste ein herber Schlag gewesen sein. „Mrs Webb, mein Verlobter und ich würden uns freuen, wenn Sie direkt anfangen könnten."

„Verlobter?"

„Mr Fitzroy. Sie werden ihn morgen kennenlernen, wenn Sie dann beginnen können." Und wenn ich Lincoln lange genug im Haus halten konnte.

„Miss Holloway, ich ... ich bin etwas verwirrt. Ich wusste nicht, dass hier ein Gentleman lebt. Ich hatte angenommen, Sie wären ganz allein. Sein Name stand nicht in der Anzeige."

„Da Sie mir unterstellt sind, haben wir uns entschieden, nur meinen Namen anzugeben. Ist unsere Situation hier in Lichfield ein Problem für Sie?" Wenn sie sich als prüde herausstellte, wäre ich schwer enttäuscht. Sonst schien sie in jeder Hinsicht passend zu sein.

„Nein, aber ich muss darauf bestehen, dass der Anstand gewahrt wird. Den jungen Mägden zuliebe, verstehen Sie?"

„Ich darf Ihnen versichern, dass der Anstand Mr Fitzroy sehr am Herzen liegt." Viel zu sehr, verdammt. Ihn nur zu küssen frustrierte mich zunehmend.

„Dann sehen wir uns morgen. Ist acht Uhr zu früh?"

„Ganz und gar nicht."

Doyle brachte sie zur Tür und bot mir dann an, Tee zu bringen.

„Servieren Sie ihn in der Küche", sagte ich.

Seine Augenbrauen flogen ihm förmlich von der Stirn. „In der Küche, Miss?"

Es war dieser Moment, der mir bewusst machte, dass unser stiller, unkonventioneller Haushalt sich verändern würde, und ich war mir nicht sicher, ob ich mir alles an den neuen Arrangements gefallen würde. „Ich muss mit dem Koch über die Mahlzeiten sprechen … und dergleichen." Das musste ich nicht. Der Koch entschied, was wir aßen und erhielt ein wöchentliches Budget, mit dem er alles einkaufte, was er benötigte. Ich hatte noch nie eingreifen müssen. „Vielleicht schicken Sie ihn her zu mir. Mit dem Tee."

Ich wartete, bis der Koch kam, gefolgt von Doyle mit einem Tablett. Darauf stand nur eine Teetasse. Der Koch beobachtete mit verschränkten Armen und auf den Teppich tippendem Fuß, wie Doyle den Tee ausschenkte.

„Danke", sagte ich und nahm die Tasse von Doyle entgegen. „Und jetzt bringen Sie bitte noch eine für den Koch."

Doyle riss entsetzt die Augen auf. „Miss! Das wäre sehr unangemessen."

„Ich bestimme, was hier angemessen ist und was nicht, nicht Sie. Wenn Ihnen die Art, wie ich meinen Haushalt führe, nicht gefällt, dürfen Sie gehen."

Doyles Wangen bebten. Er riss die Augen noch weiter auf. Ich rechnete damit, dass er hinausstürmen und seine Sachen packen würde, aber kurz darauf beruhigten sich seine Wangen und die Augenlider senkten sich. „Sehr wohl, Miss. Ich werde umgehend eine weitere Tasse holen."

„Sie haben mich gerufen, Miss?", fragte der Koch, sobald wir allein waren.

„Miss? Für dich immer noch Charlie."

Er sah mir lange in die Augen, seufzte dann und setzte sich ohne Aufforderung. „Irgendwann muss ich das lassen."

„Vielleicht, aber jetzt noch nicht. Wir haben zu viel zusammen durchgemacht, um plötzlich so förmlich zu werden."

„Ja, das stimmt. Also möchtest du jetzt das Menü besprechen, wo Lichfield plötzlich so förmlich wird?"

„Bloß nicht. Ich wollte einfach nur meinen Tee in netter Gesellschaft genießen. Doyle wollte mich nicht in der Küche haben, also habe ich beschlossen, dich stattdessen herzuholen. Du hast doch nichts auf dem Herd, oder?"

Er grinste. „Ich hab nur geputzt. Macht ja sonst keiner mehr."

„Das ändert sich bald. Die neue Haushälterin fängt morgen an. Sie heißt Mrs Webb."

Doyle kehrte mit der zweiten Tasse zurück und ich bat ihn zu bleiben, während ich beide über unsere neue Haushälterin informierte. Dann nahm ich mir Zeit, Doyle einzuweihen, wie wir Dinge in Lichfield handhabten. Es war schwer zu sagen, ob er unseren formlosen Umgang guthieß oder nicht. Sein Gesicht verriet nichts.

Gegen Ende waren seine Schultern jedoch nicht mehr ganz so steif, als er die Tassen einsammelte. „Bitte vergeben Sie mir meinen Ausbruch vorhin, Miss. So unkonventionelle Haushalte bin ich nicht gewohnt. Ich bin Ihnen sehr dankbar, dass Sie mir diese Möglichkeit bieten."

„Dafür müssen Sie nicht mir danken, sondern Seth."

Er verbeugte sich. „Ich verdanke Lord Vickers viel."

Der Koch kicherte. Sobald Doyle weg war, sagte er: „Lord Vickers klingt schräg."

„Ich glaube, da würde Seth dir zustimmen."

Lincoln kehrte mit Seth und Gus rechtzeitig zurück, um mit mir im Esszimmer zu Abend zu essen. Nachdem sie mir von ihren Fortschritten berichtet hatten, informierte ich sie über unsere neue Haushälterin.

„Sie fängt morgen an."

„So früh?", fragte Lincoln.

„Ja, warum?"

„Ich brauche Zeit, um ihren Hintergrund zu durchleuchten."

„Aber sie hat auf unsere Anzeige reagiert und ihre Referenzen waren exzellent. Doyle kennt ihre früheren Arbeitgeber."

„Hast du überprüft, ob sie lügt?"

„Warum sollte sie lügen?"

Er zog eine Augenbraue hoch.

„Ich schätze, sie könnte der Mörder sein, aber es erscheint mir ein umständlicher Weg, an mich heranzukommen. Abgesehen davon hätte sie mich im Empfangszimmer umbringen können."

„Warst du allein?"

„Doyle war dabei."

„Dann hätte sie nicht angreifen können."

Ich seufzte. „Auch wenn ich immer noch glaube, dass es ein übermäßig obskurer Weg ist, an mich heranzukommen, hast du recht. Sie sollte erst sorgfältig überprüft werden. Ich werde eine Nachricht senden, dass sie einen Tag später kommen soll."

Er schüttelte den Kopf. „Ich werde sie heute Abend noch durchleuchten. Wenn du die Adresse ihres früheren Arbeitgebers hast, wird es nicht lange dauern."

Ich betrachtete ihn eingehend, um zu sehen, ob sein Gesicht Anzeichen von Erschöpfung aufwies, aber es schien ihm gut zu gehen, wenn er auch deutlich brummiger war als sonst. Das schrieb ich der Sorge zu. „Wenn du dir sicher bist."

„Bin ich." Seine Lippen verzogen sich zu einer Art Lächeln.

Ich lächelte zurück. Nach dem Abendessen, ehe er wieder fortging, nahm ich seinen Arm. „Wie lange wirst du unterwegs sein?"

„Nicht mehr als zwei Stunden. Ich muss einfach nur sicherstellen, dass sie dort gearbeitet hat, wo sie behauptet, und das lässt sich mit ein paar Fragen an die jetzigen Angestellten klären."

„Ich glaube, ich werde den Namen Webb in den Akten nachschlagen, nur zur Sicherheit. Schade, dass ich nicht nach ihrem Mädchennamen gefragt habe."

„Gute Idee. Vielleicht erfahre ich ihren Mädchennamen von einem der anderen Angestellten."

Er küsste mich sacht und stieg in die Kutsche, die von Seth gefahren wurde. Ich prüfte die Ministeriumsakten auf dem Dachboden, fand aber keine Informationen über den Namen Webb.

Bei seiner Rückkehr bestätigte Lincoln, dass sie vor ihrer Heirat mit Mr Webb in der Tat mehrere Jahre in Mayfair für die Powells gearbeitet hatte. Ihr Name vor der zweiten Ehe war Cotwell, also suchte ich die Archive noch einmal durch, während Lincoln in sein Zimmer ging.

„Etwas gefunden?", fragte er, als er sich in meinem Wohnzimmer zu mir gesellte.

„Nichts. Komm, setz dich zu mir ans Feuer. Deine Füße müssen eiskalt sein."

Er schaute auf seine nackten Füße. „Sie sind ein wenig kalt."

„Ist dir das gerade erst aufgefallen?“ Ich schnalzte mit der Zunge und befahl ihm, sich zu setzen. Dann setzte ich mich auf seinen Schoß. „Wir finden ihn, nicht wahr?“

„Holloway? Ja.“

„Und den anderen Mörder.“

Er legte seine Arme um mich. „Ich vermute, dass uns die Identität des Mörders zu Holloway führt.“

„Du glaubst, der Mörder hat Holloway geholfen zu fliehen?“

„Es muss eine Verbindung geben. Ich glaube nicht an Zufälle.“

Ich legte meinen Kopf auf seine Schulter und genoss es, wie seine Arme sich enger um mich schlossen, während sein Körper sich allmählich entspannte. „Ich hoffe, du hast recht.“

* * *

Mrs Webbs erster Tag war eine Feuertaufe. Sie hatte nicht nur einen Berg von Hausarbeit zu bewältigen. Zusätzlich kam eine Lieferung mit Möbeln aus Monsieur Fernesses Galerie an und sie hatte die Bewerbungen der Mägde zu durchforsten.

Als der Lieferwagen mit unserem neuen Sofa und den Sesseln kurz nach dem Mittagessen heranrollte, wies Lincoln Gus an, zu Hause zu bleiben und „beim Tragen zu helfen“, während er Seth mitnahm, um mit der Drinkwater Witwe zu sprechen. Ich hatte den Verdacht, dass er Gus als zusätzliche Sicherheitsmaßnahme in meiner Nähe haben wollte, während Fremde im Haus ein und aus gingen. Anscheinend waren noch mehr von unseren französischen Einkäufen auf dem Weg.

Es machte mir nichts aus. Ich genoss Gus' Gesellschaft, aber fürs Dekorieren hatte er kein Auge. „Die Vase passt besser auf den Tisch am Fenster“, sagte ich und stellte sie dorthin. „Und die alte Statue ist grauenhaft. Pack die auf den Dachboden.“

Er schmollte die Tonfigur einer Bulldogge an, die er in der Hand hatte. „Aber die is einzigartig!“

„Trotzdem ist sie grauenhaft. Ich frage mich, wo die her ist.“

„Vom vorigen Besitzer von Lichfield, vermutlich. Das Komitee hat das Haus samt Inhalt gekauft, mit allem drum und dran.“

„Sollten wir das neue Sofa rechts neben den Kamin stellen, wo das alte stand, oder links? Ich kann mich nicht entscheiden." Mir entging nicht, dass ich innerhalb weniger Monate von Essen klauen, um zu überleben, zum Einrichten von Möbeln und Führen eines Haushalts aufgestiegen war. Das Glück war mir auf jeden Fall hold. Das würde ich nie vergessen.

Gus strich sich über sein stoppeliges Kinn. „Weiß nich. In sowas bin ich nich gut."

„Vielleicht fragen wir Seth, wenn er zurückkommt."

„Was is mit Lady H?" Angesichts meiner krausen Nase fügte er hinzu: „Vielleicht nich. Mrs Webb?"

„Warum nicht. Holst du sie bitte? Ich glaube, sie geht in der Küche die Bewerbungen durch."

Er stellte die Statue in eine Kiste, die für den Dachboden gedacht war, und machte sich auf die Suche nach der Haushälterin. Sie trat ein paar Minuten später mit Gus auf den Fersen ein, der ein Tablett mit Tee und Walnusskuchen trug.

„Das sieht hübsch aus", sagte Mrs Webb und strich mit der Hand über die geschwungene Rückenlehne des Sofas. „Was für wunderbare Stücke!"

„Monsieur Fernesse hat ein exzellentes Auge", sagte ich.

Sie schenkte Tee ein und reichte mir eine Tasse. Gus bekam die andere. Ihre Stimmung war überschwänglich, und doch war ihr Lächeln merkwürdig und nicht ganz echt.

„Ich hoffe, Sie haben sich gut eingefunden, Mrs Webb. Ich weiß, es braucht seine Zeit, bis Sie sich an unsere Gepflogenheiten hier in Lichfield gewöhnt haben, aber ich hoffe, Sie werden hier glücklich."

„Das ist noch schwer zu sagen." Sie stand vor dem Kamin, die Hände vor sich gefaltet.

I nippte. „Sehen Sie hier im Raum irgendetwas, von dem Sie denken, dass es geändert werden sollte?"

Sie hob die Brauen und sah sich noch einmal um. „Nein. Es ist sehr hübsch."

„Gut." Ich nippte wieder und diesmal schien der Tee merkwürdig zu schmecken. „Ist das eine andere Sorte?"

Sie nickte. „Es ist meine eigene Mischung, die ich für meine letzte Herrin gemacht habe. Sie fand sie beruhigend."

„Ich glaube nicht, dass ich beruhigt werden muss."

„Ich bestimmt nich", sagte Gus schmunzelnd. Er nippte ebenfalls und verzog das Gesicht. Angesichts Mrs Webbs gerunzelter Stirn seufzte er und nahm noch einen Schluck. „Der is ... besonders."

Er war grauenhaft, aber ich nahm ebenfalls noch einen Schluck, um Mrs Webbs Gefühle nicht zu verletzen. Dann stellte ich die Tasse weg, gerade noch rechtzeitig, denn alles verschwamm vor meinen Augen und ich fühlte mich einen Moment lang schwindelig.

„Es gibt mehrere passende Kandidaten für die Stellung als Magd", sagte Mrs Webb.

„Ja?" Der Raum drehte sich. Ich streckte die Hand aus, um mich auszubalancieren.

„Soll ich ihre Referenzen überprüfen?", dröhnte sie weiter.

Ich versuchte zu nicken, aber es fühlte sich an, als würde mir der Kopf wegrollen, also ließ ich es. Mein Herzschlag wurde langsamer und das Blut kroch durch meine Adern wie eine Schnecke.

„Charlie!", krächzte Gus. „Charlie! Da war was im Tee."

Ich drehte meinen schweren Kopf in seine Richtung und sah gerade noch, dass er zur Seite kippte wie ein sinkendes Schiff. Er rutschte auf die Lehne des Sessels, die Augen geschlossen. Oh Gott, was passierte hier?

„Mrs Webb?" Das Lallen kam doch sicher nicht von mir. „Hilfe."

Ich musste ebenfalls zur Seite gerutscht sein, denn Mrs Webb kam schräg auf mich zu. Jetzt war das Lächeln auf ihrem Gesicht echt. Nicht grausam, aber zufrieden. „Sie kommen mit mir."

KAPITEL 7

Gus war in der Nähe.

Dieser erste Gedanke wich den Hammerschlägen in meinem Kopf aus und erreichte mein betäubtes Gehirn. Der Körper neben mir *musste* seiner sein. Niemand sonst schnarchte so. Gott sei Dank lebte er. Lebten wir beide.

Ich zwang ein trockenes Augenlid auf und streckte die Hand nach seiner schlafenden Gestalt aus, konnte mich aber nicht bewegen. Meine Hände waren hinter meinem Rücken gefesselt. Meine Füße waren ebenfalls zusammengebunden. Ich lag mit dem Rücken zu Gus auf der Seite auf einem klumpigen Bett. Der Raum, in dem wir uns befanden, hatte feuchte Wände aus Ziegeln. Fenster gab es nicht und eine Steintreppe führte hinauf zu einer Tür. Das einzige Licht stammte von einer Fackel, die in einer Wandhalterung flackerte. Wir waren allein.

„Gus", flüsterte ich. „Gus, wach auf."

Er murmelte etwas vor sich hin und schnarchte dann weiter. Ich stupste ihn mit beiden Füßen an, wodurch er mit einem Ruck aufwachte. „Hä? Charlie?"

„Hier, hinter dir."

Stöhnend drehte er sich. Seine Augenlider flatterten. „Mir platzt der Schädel."

„Mir auch, aber sonst bin ich unverletzt. Du?"

Er öffnete die Augen und zappelte etwas. „Ein paar wunde Stellen hinten an meinen Knöcheln, aber nix Schlimmes. Was is passiert? Wo sind wir?"

Ich setzte mich auf. Mir wurde schwindelig und alles verschwand im Nebel, der sich nach einer Weile verzog. Das Hämmern in meinem Kopf blieb, aber ich versuchte es zu ignorieren und trotzdem zu denken. „In einem Keller?"

Gus setzte sich ebenfalls stöhnend auf. „Ich werde diese verdammte Haushälterin erwürgen, wenn ich sie in die Finger kriege. Ich hab den ekeligen Tee nur ihr zuliebe getrunken."

Es wurmte mich, dass Mrs Webb mich überlistet und ich sie eingestellt hatte, aber nicht so sehr, wie es mich wurmte, dass ich auf ihre Lügen hereingefallen war. Dass Lincoln ihr auch auf den Leim gegangen war, tröstete mich ein wenig.

„Wenn ich mich drehe", sagte Gus und rutschte auf dem Gesäß herum, sodass sein Rücken wieder zu mir zeigte, „kann ich versuchen, dich loszubinden."

„Gute Idee. Sei leise. Ich will Mrs Webb nicht darauf aufmerksam machen, dass wir wach sind. Ich hab's nicht eilig herauszufinden, was sie mit uns vorhat."

„Um Hilfe rufen steht dann wohl nich zur Debatte."

„Richtig. Passanten würden uns vermutlich sowieso nicht hören. Wir sind in einem Keller und die Wände sehen ziemlich dick aus."

Er fummelte an den Seilen um meine Handgelenke herum und murmelte Obszönitäten, da er nicht weiterkam. „Der Teufel soll die Hexe holen."

„Sieh es positiv, Gus. Wir sind nicht tot."

Er brummte.

„Das bedeutet, dass Mrs Webb nicht diejenige ist, die herumläuft und Übernatürliche tötet, sonst hätte ich es wahrscheinlich nicht lebend aus Lichfield herausgeschafft. Dich hätte sie auch nicht mitgenommen."

„Warum hat sie mich mitgenommen?", fragte er.

„Ich weiß es nicht, aber ich hoffe, dem Koch und Doyle geht es gut."

Er brummte wieder und verdrehte sich. „Ich kann nich sehen, was ich da mache."

„Lass mich mal versuchen."

Aber es war hoffnungslos. Der Knoten war zu kompliziert und ich konnte ihn nicht öffnen, ohne ihn zu sehen. Ich stieß eine Reihe von Flüchen aus, für die Gus mich rügte.

„So kannste nich reden, wo du jetzt Herrin von Lichfield Towers bist."

„Das ist mir im Moment scheißegal." Ich zog die Knie an. Wie lange waren wir bewusstlos gewesen? Wusste Lincoln schon, dass ich entführt worden war?

„Du machst dir das zur Gewohnheit", sagte Gus.

„Ist doch nicht meine Schuld, dass jeder eine Nekromantin für seine fiesen Pläne will."

„Fitzroys Pläne sind nicht fies."

Ich seufzte. „Ich weiß. Aber du hast recht, ich werde wirklich schrecklich oft entführt. Kein Wunder, dass das Komitee mich wegschicken will und niemandem sagen, wo ich bin."

„Denk nich so. Du gehst nirgendwo hin. Lichfield wäre ohne dich nich dasselbe. *Wir* wär'n nich dieselben."

Tränen stiegen auf und drückten gegen meine Lider. Ich legte den Kopf zurück, bis ich seine Schulter berührte. „Danke, Gus. Ich würde euch alle enorm vermissen." Und ich konnte Lincoln nicht verlassen. Niemals.

„Er lässt sie dich nich wegholen", sagte er, als könnte er meine Gedanken lesen. Nach einigen Minuten des Schweigens fügte er hinzu: „Also was machen wir jetzt?"

„Auf Mrs Webb warten und sie überreden, uns loszubinden. Dann überwältigen wir sie."

Er lachte freudlos. „Bei dem Plan kann gar nix schiefgehen, Charlie. Überhaupt nix."

Ich stand vom Bett auf und hüpfte schwerfällig durch den Raum. Wonach ich suchte, wusste ich nicht, aber es fühlte sich besser an, als herumzusitzen. Gus machte kurz darauf mit. Er hüpfte zum Treppenaufgang und schaute hinauf zur Tür.

„Du verletzt dich, wenn du stürzt", warnte ich ihn.

„Dann stürze ich nich."

„Wahrscheinlich ist die Tür abgeschlossen."

„Ich muss es versuchen."

Es war ein guter Plan, aber ich hatte einen besseren. „Ich

könnte einen Geist beschwören und ihn bitten, zur Leichenhalle zu gehen, in eine Leiche einzutreten und uns zu retten. Erinnerst du dich an Gordon Thackery? Er hat uns geholfen, Captain Jasper zu schnappen."

„Jep."

„Er ist ein netter Kerl und würde bestimmt wieder helfen."

„Könnte klappen, aber was, wenn wir weit weg sind von der Leichenhalle oder einem Friedhof? Was, wenn Thackery nich weiß, wo wir sind und sich unterwegs verläuft?"

„Er *kann* Straßenschilder lesen."

„Was, wenn ihn jemand sieht, so verwest und ekelig." Er verzog das Gesicht und erschauerte. „Wir wollen der Öffentlichkeit keine Angst einjagen."

„Er ist schlau genug, sich mit einem Hut und Kleidung zu tarnen."

Er schaute wieder zur Tür. „Schätze, es is'n Versuch wert. Trotzdem geh ich da rauf. Käme mir schön blöd vor, wenn die Tür die ganze Zeit offen gewesen wär."

„Sei vorsichtig."

Ich beobachtete, wie er auf die erste Stufe hüpfte, innehielt und dann auf die zweite sprang. Er würde eine Weile brauchen, bis er oben ankam, aber wenigstens tat er etwas. Ich konnte nicht tatenlos herumsitzen.

„Gordon Moreland Thackery, ich rufe dich her. Gordon Thackery, ich bin's, Charlie Holloway. Komm bitte. Ich brauche dich."

Die weiße Wolke drang durch einen Riss im Mauerwerk und fegte durch den Raum. Ich zuckte nicht zurück, als sie durch mich hindurch rauschte und neben dem Bett anhielt. Thackerys vertrautes Gesicht grinste mich an.

„Miss Charlie! Ich hätte nicht gedacht, dass wir uns wiedersehen." Selbst in Geistform waren die zehrenden Folgen des Opiums offensichtlich, die ihm das Leben gekostet hatten. Auch wenn seine Augen klar waren, lagen sie tief in den Augenhöhlen. Seine Wangen waren eingesunken und er wirkte deutlich älter als Mitte zwanzig. So alt war er zum Zeitpunkt seines Todes gewesen, aber seine Fröhlichkeit machte alles wieder wett.

„Wir stecken in Schwierigkeiten." Ich drehte mich, sodass er meine gefesselten Hände sehen konnte.

„Schon wieder ein Abenteuer, was?"

„Gus und ich wurden gekidnappt."

Er warf Gus einen Blick zu, der auf seinem schwerfälligen Weg die Treppe hinauf innegehalten hatte, als ich zu reden anfing. Gordon nickte, was Gus nicht sehen konnte. Er setzte seinen Weg fort.

„Ich kann euch nicht losbinden." Gordon hielt seine Geisterhände hoch.

„Wir hatten gehofft, du könntest dir eine frische Leiche suchen, zurückkommen und uns befreien."

Seine Brauen hoben sich. „Eine frische Leiche?"

„Ich weiß, es ist grauenhaft, aber wir sind verzweifelt."

„Das sehe ich. Ich helfe gern." Er schaute sich im Raum um. „Wo sind wir?"

„Ich weiß es nicht. Wir wurden bewusstlos hierhergebracht. Die Wände müssen dick sein oder wir sind tief unter der Erde, denn ich kann überhaupt nichts hören."

Er umrundete mich und schwebte dann zur Decke. „Ich hole euch raus. Wenn ich das mache, will ich einen vollständigen Bericht aller Abenteuer, die ich verpasst habe."

„Versprochen. Jetzt beeil dich bitte."

Er verschwand und ich seufzte. Mit Gordons Unterstützung fühlte ich mich gleich wohler. Obwohl ich ihn zu Lebzeiten nicht gekannt hatte, vertraute ich ihm. Er hatte sich in der Vergangenheit nicht nur als sehr fähig erwiesen, sondern auch als loyal und ziemlich nett. Ich mochte ihn.

Ein Schlüssel rumpelte im Schloss und Gus und ich schauten uns an. Die Tür ging auf und Mrs Webb erschien wie ein schwarzer Rabe, der drauf und dran war, herabzustoßen. Gus, der einige Stufen zu weit unten stand, um sie anzugreifen, stöhnte und lehnte sich an die Wand.

„Ein bewundernswerter Fluchtversuch, der allerdings nicht gefruchtet hätte." Sie hielt ihre Lampe hoch und beleuchtete ihr blasses Gesicht. Sie wirkte so geisterhaft wie Gordon. „Die Tür war abgeschlossen und ist zu wuchtig, um sie einzurennen, selbst mit Anlauf. Zurück zum Bett, Gus. Sie auch, Miss Holloway."

Ich zog in Erwägung, mich ihr zu widersetzen, entschied mich aber dagegen. Flucht bedeutete jetzt, die Zeit abzusitzen, bis Gordon zurückkam. Wenn wir irgendwie protestierten, konnte sie uns möglicherweise verletzen und dann wären wir nicht in der Verfassung zu fliehen.

„Tu, was sie sagt", wies ich Gus an.

Er rutschte die Stufen auf dem Hosenboden herunter und hopste zurück zum Bett, wo wir uns beide setzten. Mrs Webb stand am Fuß der Treppe, außer Reichweite.

„Ich habe Ihnen vertraut", sagte ich wütend. „Ich habe sie in unser Heim gelassen!"

Sie hob das Kinn, sodass sie nicht wie eine bescheidene Haushälterin wirkte, sondern arrogant und selbstgerecht. Ich konnte nicht glauben, dass ich mich so leicht hatte täuschen lassen. „Es gab keine andere Möglichkeit. Ich würde mich entschuldigen, aber Ihre Morallosigkeit hält mich davon ab."

„Meine was?"

„Ihre Lebensumstände sind widerwärtig. Lichfield ist ein Sündenpfuhl. Eine junge Frau, die allein mit einem älteren Mann in seinem Haus lebt … undenkbar." Ihre Stimme war mit der Zeit lauter und aggressiver geworden und jetzt spitzte sie die Lippen zu einem festen O.

„Wir schlafen nicht im gleichen Zimmer! Mr Fitzroy ist ein Gentleman und Ihre Unterstellung, dass er es nicht ist, zeigt viel mehr, was Ihre Gedanken beherrscht, als seine oder meine." Ich hob meinen Blick zu Decke. „Ich kann nicht glauben, dass ich mit jemandem über Moral diskutiere, der Menschen entführt und sie im Keller fesselt."

„Verzweifelte Zeiten und all das." Mrs Webb stellte die Lampe zu ihren Füßen auf den Boden. „Abgesehen davon sind Sie nicht verletzt, oder?"

„Die Rückseite von Gus' Füßen ist wund."

„Ja", murmelte Gus. „Bind mich los und ich zeig's dir."

„Er war zu schwer und ich musste ihn die Treppe herunter schleifen, ihn in den Karren hieven und ihn hier herunter schleppen."

Also hatte sie allein gearbeitet. Von einer Person zu entkommen, sollte einfacher sein als von zweien. Hoffnung hob sich in meiner Brust. „Welcher Karren?"

„Ich habe mir einen aus Lichfields Ställen geborgt."

Gus schnalzte mit der Zunge. „Der Tod hat's nich gern, wenn man ihm seine Sachen klaut oder seine Verlobte entführt."

„Sie nennen Ihren Herrn den Tod?"

„Es passt. Ich sollte Sie warnen, der Letzte, der Charlie entführt hat, ist gestorben, ebenso wie die Männer, die ihm geholfen haben. Gewaltsam. War nich schön."

Ich war mir nicht sicher, ob es mir gefiel, dass Gus das Gerücht verbreitete, Lincoln hätte Jasper und seine beiden Helfer getötet. Lincoln hatte mir versichert, dass er das nicht getan hatte, und ich glaubte ihm. Wir hatten nie erfahren, wer den Captain in seiner Arrestzelle ermordet hatte, und vermutlich würden wir das auch nie.

„Was wollen Sie, Mrs Webb?", fragte ich.

„Ich will, dass Sie meinen Mann beschwören und seinen Körper wiederbeleben."

Es überraschte mich nicht. Wenigstens bestätigte es, dass sie nicht die Mörderin der Übernatürlichen war. Ein Lichtblick in dieser sehr herausfordernden Situation. „Warum wollen Sie ihn wiederbeleben?"

„Das geht Sie nichts an."

„Doch. Wenn ich das tue, muss ich gewisse Dinge wissen. Das ist eins davon."

Sie trat auf mich zu und hob die Hand, um mir eine Ohrfeige zu verpassen. Ich zuckte, aber sie schlug nicht zu. „Ich bin keine gewalttätige Frau, aber zurzeit bin ich sehr provoziert. Machen Sie Ihre Situation nicht noch schlimmer, indem Sie mich anlügen."

„Wieso glauben Sie, dass ich lüge?"

„Ich weiß eine Menge über Sie, Miss Holloway. Zum Beispiel weiß ich, dass Sie die Toten beschwören können, indem Sie ihre Namen anrufen. Nur den Namen. Mehr brauchen Sie nicht zu wissen."

„Wie ich sehe, wussten Sie auch, dass ich eine Haushälterin brauche. Wie?"

„Ich habe Ihre Anzeige in der *Times* gesehen."

„Ich glaube Ihnen nicht. Es ist ein zu großer Zufall und ich glaube nicht an Zufälle." Lincoln hatte das Gleiche zu mir gesagt und es fühlte sich befriedigend an, ihr seine Worte um die Ohren zu hauen. Aber wenn es kein Zufall war, musste sie gewusst haben, dass sie in die *Times* schauen sollte. „Mein Gott", flüsterte ich. „Wer hat Ihnen gesagt, dass wir eine Annonce für eine Haushälterin aufgeben würden?"

Sie presste die Kiefer aufeinander. Ihre Augen blitzten auf.

Gus drehte sich zu mir. „Meine Güte, Charlie. Wer würde so was machen?"

„Jemand, der unsere Situation kennt." Das ließ nur Doyle und die Komiteemitglieder. Es sei denn, der Koch, Seth oder Gus hatten es flüchtig jemandem gegenüber erwähnt, der mit Mrs Webb in Verbindung stand. Keiner von uns konnte ahnen, dass eine Zeitungsannonce solche Folgen haben würde. Unsere Suche nach einer Haushälterin war kein Geheimnis.

„*Wer hat es Ihnen gesagt?*", presste ich zwischen zusammengebissenen Zähnen hervor.

„Das ist unwichtig."

„Nicht für mich."

„Sie sind nicht in der Position, Bedingungen zu stellen, Miss Holloway."

Ich hob eine Schulter. „Dann weigere ich mich, den Geist Ihres Mannes zu beschwören."

Sie zog die Oberlippe kraus. Ich konnte nicht glauben, dass ich je gedacht hatte, diese Frau würde zu uns passen. „Mir wurde gesagt, dass Sie das sagen würden." Sie drehte sich um, nahm die Lampe und stieg die Stufen hinauf aus dem Keller. Das Schloss rumpelte.

„Warum ist sie gegangen?" Gus hopste wieder vom Bett, bewegte sich aber nicht weiter. Es war sinnlos. Es gab keine Fluchtmöglichkeit, wenn die Tür abgeschlossen war.

„Ich weiß nicht. Hoffentlich kommt Gordon vor ihr zurück."

„Da würd' ich nich drauf wetten, Charlie. Soviel wir wissen, könnten wir in den schottischen Highlands sein. Wenn wir fliehen, wie kommen wir nach Hause?"

„Ich bezweifle, dass wir weit von London weg sind. Ich habe

weder Hunger noch Durst, also können wir nicht lange bewusstlos gewesen sein. Ich würde mal behaupten, wir sind noch irgendwo in der Stadt."

Das Schloss rumpelte erneut und die Tür öffnete sich. Mrs Webb kam die Treppe herunter, in einer Hand die Lampe, in der anderen eine Pistole. Ich schnappte nach Luft. Gus stellte sich vor mich.

„Das ist sehr mutig, aber ziemlich dämlich von dir, Gus", sagte sie mit einem Lächeln. „Ich plane nicht, Miss Holloway zu erschießen. Warum sollte ich das tun, wenn sie diejenige ist, die meinen toten Mann beschwört?"

„W…was?", stammelte er.

„Ich werde dich erschießen, du Riesenidiot. Warum, glaubst du, habe ich mir denn die Mühe gemacht, dich mitzuschleppen? Ich habe die anderen einfach betäubt, aber mich entschieden, dich mitzubringen, für den Fall, dass sie sich weigert, zu tun, was ich sage. Weigern Sie sich weiter, Miss Holloway, und ich werde ihn erschießen."

„Nicht!"

Sie lächelte. Sie wusste, dass sie mich in der Hand hatte. „Tritt ein wenig zur Seite, Gus. Du möchtest doch nicht, dass ich dich verfehle und sie treffe, oder?"

Gus zögerte und hüpfte dann nach rechts, bis er genug Abstand zu mir hatte.

„Hören Sie, Mrs Webb." Meine Stimme zitterte. Mein Herz wummerte. Wir konnten sie nicht länger hinhalten in der Hoffnung, dass Gordon zurückkam. Ich hatte keinen Zweifel daran, dass sie Gus erschießen würde, wenn ich nicht tat, was sie wollte. „Geister zu beschwören ist gefährlich. Es sollte nur unter extremen Umständen getan werden und auch nur dann, wenn ich absolut sicher sein kann, dass nichts schiefgeht."

„Nichts wird schiefgehen. Wir sind gute Leute, Miss Holloway, auch wenn Sie das zu diesem Zeitpunkt vermutlich nicht glauben."

„Da haben Sie vollkommen recht."

„Mein Mann war ein wenig exzentrisch, aber das sind alle brillanten Männer. Er hilft Menschen. Jedenfalls tat er das, bevor er starb." Ihre Gesichtszüge verzerrten sich, bis sie ihre Gefühle wieder unter Kontrolle brachte. „Ich möchte nur seinen Mörder bestrafen."

„Mörder?", flüsterte ich. „Er wurde ermordet?"

Sie nickte und richtete die Waffe auf Gus. Er zuckte, wurde dann aber ganz still. „Ohne einen ersichtlichen Grund. Es war schrecklich. Ganz schrecklich." Sie legte eine Hand auf ihr Herz, ehe sie sie wieder zu der anderen an die Pistole legte. „Ich will seinen Tod rächen, Miss Holloway, und dafür brauche ich Sie. Nur er kennt die Identität des Mörders."

Ich hatte ein sehr schlechtes Gefühl bei der ganzen Sache. Wie kam die Witwe eines Ermordeten dazu, etwas über Nekromanten und insbesondere über mich zu wissen? „Mrs Webb, hatte Ihr Mann magische Fähigkeiten?"

Sie legte ihren Kopf schräg. Ein trauriges Lächeln machte ihren Blick weicher. „Ja, die hat er. Er kann—konnte—Dinge durch die Kraft seiner Gedanken bewegen."

Ich schloss die Augen. Mir wurde flau im Magen und kranke Sorge machte sich in meiner Brust breit. Wenn ich ihn beschwor und er in einen Körper eintrat, konnte er möglicherweise meine Befehle ebenso übergehen wie Estelle Pearson. Aber wenn ich es nicht tat, würde Mrs Webb Gus erschießen.

Er fluchte leise. „Tu's nich, Charlie. Das geht schief."

Die Frau, die ich als Mrs Webb kannte, stieß ein nicht typisches, unelegantes Schnauben aus. „Das Einzige, was hier schiefgehen wird, ist, dass ich dich erschieße, wenn sie nicht tut, was ich sage."

Ich öffnete die Augen. „Ihr Name ist nicht Webb, oder?"

„Er ist Merry Drinkwater."

Drinkwater. Einer der ermordeten Übernatürlichen war Reginald Drinkwater gewesen.

„Merry. Ha!" Gus musste zu dem gleichen Schluss gekommen sein, denn er klang nicht überrascht.

„Der Name meines Mannes ist Reginald Rochester Drinkwater." Sie packte die Pistole fester. „Rufen Sie seinen Geist an, Miss Holloway. Jetzt! Oder ich schieße."

Ich schluckte. „Reginald—"

„Nein!" Gus bewegte sich zu mir.

Die Waffe ging los. Der Schuss machte mich eine Sekunde

lang taub. Das Echo schien ein Jahrhundert lang von den Wänden ringsum widerzuhallen.

„Gus!" Ich ging neben seinem Körper auf die Knie.

Er bewegte sich, Gott sei Dank, und stöhnte. „Ich lebe noch."

Ich schaute zu Mrs Webb. Sie sah noch blasser aus, wenn das überhaupt möglich war, und ihre Hände zitterten. „Sie haben ihn fast umgebracht!" Blut sickerte durch einen Riss im Ärmel an seiner Schulter. „Er braucht einen Arzt."

„Er muss hierbleiben." Sie wedelte mit der Pistole. „Beschwören Sie meinen Mann, Miss Holloway. Tun Sie es jetzt, oder ich werde wieder schießen."

Ich schluckte. Gus protestierte, aber ich blendete seine Stimme aus. „Reginald Rochester Drinkwater, ich rufe Ihren Geist in diese Dimension. Kommen Sie zu uns."

Der Nebel kam aus einer anderen Ecke des Raumes als der von Gordon. Er flog an uns vorbei und flitzte herum wie ein verängstigter Hase, ehe er sich in den Griff bekam. Reginald Drinkwater war mittleren Alters, schlank gebaut und hatte intelligente Augen sowie eine Brille. Intelligente, kühle Augen. Wenn ich nicht gewusst hätte, wie er gestorben war, hätte es mir das klaffende Loch in seinem Brustkorb verraten. Er lächelte, als er seine Frau sah, doch das änderte sich schlagartig beim Anblick der Pistole. Er schaute sie finster an.

„Guten Tag, Mr Drinkwater", sagte ich zu dem Geist. „Mein Name ist Charlotte Holloway und ich bin Nekromantin."

„Was?"

„Nekromantin. Ich kann die Toten zum Leben erwecken."

„Haben Sie mich gerufen?"

„Das habe ich auf Geheiß Ihrer Frau. Sie hat mich gezwungen." Ich zeigte auf Gus, der sich aufgesetzt hatte und versuchte, seine Wunde zu inspizieren.

Drinkwaters Augen weiteten sich. „Merry?"

„Sie kann Sie nicht hören. Nur ich kann das."

„Ich habe sie unterschätzt." Er lächelte. „Wusste nicht, dass das alles in ihr steckt."

War er stolz? Ich schluckte die Galle herunter, die mir in der Kehle aufzusteigen drohte.

„Sagen Sie ihm, dass er nach seinem Körper suchen muss", sagte Mrs Drinkwater.

„Ich muss nicht wiederholen, was Sie sagen. Er kann Sie hören."

„Reginald." Sie sah ihn nicht direkt an, aber es war nah genug. „Hör mir zu. Ich habe dich rufen lassen, damit du deinen Tod rächen kannst. Ich weiß, dass du das wollen musst."

„Oh ja." Sein Ton gefror mir das Blut in den Adern.

„Du musst deinen Körper finden und … hineingehen. Dann kannst du wieder herumlaufen wie ein Lebender."

Reginald beäugte mich. „Ist das wahr?"

Ich stand ganz still da.

Der Geist schoss auf mich zu. „Ist. Das. Wahr?"

Mrs Drinkwater richtete die Waffe erneut auf Gus.

„Sie werden herumlaufen können", sagte ich. „Aber Sie werden noch immer tot sein, nicht lebendig. Der Körper ist lediglich eine Hülle für Ihren Geist."

Sobald er verschwand, um seinen Körper zu finden, und Mrs Drinkwater gegangen war, würde ich den Befehl erteilen, der ihn zurückschickte. Er musste dazu nicht in meiner Hörweite sein.

„Du bist in Old Brompton begraben", fuhr Merry Drinkwater fort. „Es war eine wunderschöne Zeremonie." Sie lächelte traurig. „Geh, Reginald. Geh und finde ihn, wer auch immer das getan hat."

Er hob die Hand und tätschelte seiner Frau die Schulter. „Gutes Mädchen." Sie fühlte nichts und starrte weiter geradeaus.

„Mr Drinkwater, sagen Sie mir, wer Sie getötet hat", drängte ich. „Es gibt Leute, die Ihren Tod unter die Lupe nehmen. Ich kann den Namen oder die Beschreibung Ihres Mörders—"

„Die Polizei ist inkompetent." Er flog die Treppen hinauf zur Tür.

„Nicht die Polizei." Hysterie machte meine Stimme schrill. „Andere von einer Spezialorganisation."

Er schüttelte den Kopf und der Nebel löste sich auf. Er war weg.

Ich ließ mich aufs Bett fallen und fluchte.

„Ausdrucksweise, junge Dame!" Mrs Drinkwater sah mich finster an.

Ich konnte mich gerade noch davon abhalten, ihr zu sagen, wohin sie sich ihre Scheinheiligkeit schieben konnte—so gerade eben. Ich schaute zu Gus hinunter. „Geht es dir gut?"

Er nickte. „Isser weg?"

„Ja. Mrs Drinkwater, Sie haben etwas sehr Dummes getan, indem Sie Ihrem Mann von seinem Körper erzählt haben. Ich hätte für Gerechtigkeit sorgen können, indem ich Mr Fitzroy den Namen seines Mörders gebe."

„Das ist nicht das Gleiche, wie es selbst zu tun. Nicht so befriedigend." Sie legte die Waffe neben ihrer Lampe auf den Boden. „Kommen Sie hierher, Miss Holloway, weg von Gus."

„Warum?"

„Tun Sie es!"

Ich hüpfte zu ihr. Sie griff in ihre Rocktasche und zog etwas heraus. Erst als sie ihre Hand über meinen Mund legte, wurde mir klar, dass sie mich knebeln wollte. Um zu verhindern, dass ich Reginalds Geist zurückschickte.

Ich machte den Mund zu, wand und wehrte mich, wobei ich mich mit ganzem Gewicht gegen sie warf.

„Halt still!" Sie gab mir eine kräftige Ohrfeige, aber ich behielt den Mund geschlossen.

Gus protestierte und ich sah, dass er auf dem Weg zu uns war, aber noch nicht nah genug, um etwas zu unternehmen.

Sie hielt mir die Nase zu. Jetzt nützte es nichts mehr. Ihr Griff war zu fest und langsam, sehr langsam, ging mir die Luft aus, bis mein Brustkorb brannte.

Ich öffnete den Mund, um nach Luft zu schnappen und sie schob den Knebel hinein. Bevor ich ihn wieder ausspucken konnte, hatte sie ein weiteres Tuch um meinen Kopf und über den Mund gewickelt, um den Knebel an Ort und Stelle zu halten. Ich schluckte reflexhaft und erstickte fast. Heftig hustend fiel ich auf die Knie. Rotz und Tränen liefen mir über das Gesicht. Ich konnte sie nicht kontrollieren, konnte nicht atmen. Sie würde mich doch sicher nicht töten. Nicht so.

Sie trat einen Schritt zurück, um ihr Werk zu betrachten. „Ich wusste, dass Sie den Geist meines Mannes nicht kontrollieren oder zurückschicken, wenn Sie nichts sagen können. Ich könnte Sie töten, aber ich bin keine gewalttätige Frau. Auch habe ich nicht vor, meinen Mann für immer hier festzuhalten. Aber bis er seine Rache geübt hat, werden Sie still sein müssen."

Diese Frau wusste alles über meine Magie. Aber wie, wenn ihr Mann noch nicht einmal gewusst hatte, was ein Nekromant tat?

KAPITEL 8

„Charlie! Charlie!" Ich konnte hören, wie Gus zu mir kam, dann ein Rumsen und Grunzen, als er fiel. Meine Sicht wurde etwas klarer und ich konnte wieder normal atmen.

Mrs Drinkwater nahm die Pistole und zielte auf Gus. „Ich kann nicht zulassen, dass du ihr den Knebel abnimmst. Die Treppe rauf. Jetzt."

„Ich geh nirgendwo hin." Gus setzte sich, streckte die Beine aus und tat sein Bestes, unbeweglich zu wirken.

Mrs Drinkwater zielte auf seinen Kopf. „Also gut, ich brauche dich nicht mehr. Du hast deinen Zweck erfüllt. Auch wenn ich niemanden töten möchte, werde ich es tun, falls nötig."

Ich versuchte, Gus zum Gehen zu ermutigen, aber mein Ruf kam nur gedämpft heraus und verursachte einen weiteren Hustenanfall.

„Ich geh ja schon, ich geh ja schon." Ich war nicht sicher, ob seine knurrige Zustimmung mir oder ihr galt.

Ich sah zu, wie er die Treppen hinauf hopste, gefolgt von Mrs Drinkwater. Er schaffte es, ohne zu fallen, aber bis er oben war, schnaufte er kräftig.

Sie schloss die Tür ab. Ich war allein.

Die Binde um meinen Kopf schnitt mir in die Wangen. Ich

rieb meine Schulter dagegen, aber sie war zu eng und bewegte sich nicht. Verdammt. Verdammt sollten beide Drinkwaters sein.

Ich wusste nicht, ob es klappen würde, wenn ich die Worte, die den Geist zurückschickten, mit Knebel im Mund sprach, aber ich versuchte es trotzdem. Es klang dumpf und ich hatte keine Ahnung, ob es Erfolg gehabt hatte.

Die nächste Zeit verbrachte ich damit, entweder den Knebel loszuwerden oder meine Fesseln zu lösen, aber es war sinnlos. Alles, was ich erreichte, war ein weiterer entkräftender Hustenanfall, gefolgt von einer wütenden Tränenflut, bei der ich wieder fast am Knebel erstickte.

Ich lag auf der Seite auf den kalten Steinplatten und starrte die Tür oben an der Treppe an. Obwohl ich sie in Gedanken aufzwang, blieb sie fest verschlossen. Wo war Gordon? Warum war er noch nicht zurück? Wie viel Zeit war vergangen?

Der einzige Trost war, dass Drinkwater hinter dem Mann her war, der ihn getötet hatte. Wenn man seiner Frau glauben konnte, stellte er für niemand anderen eine Gefahr dar. Sobald er seine Rache geübt hatte, würde sie uns freilassen und ich konnte ihn zurückschicken.

Ich setzte mich auf und rutschte über den Boden zum Bett, wo ich wartete. Und wartete. Mein Magen knurrte und ich musste mich erleichtern. Die Haut an meinen Wangen fühlte sich wund an von der Binde und Spucke sickerte aus meinen Mundwinkeln. Nicht automatisch zu husten war eine Willensanstrengung.

Endlich öffnete sich die Tür und Reginald Drinkwater stand in seinem Körper da, einen Kerzenleuchter in der Hand. Die flackernden Flammen beleuchteten sein blutleeres Gesicht, seine seelenlosen Augen und das klaffende Loch in seiner Brust. Er kam die Stufen herab, allein. Weder Gus noch seine Frau waren bei ihm.

„Guten Abend", sagte er. „Die Tat ist getan. Mein Mörder ist tot."

Ich zog die Augenbrauen hoch.

„Er hat es verdient." Sein grimmiges Lächeln wirkte dank der Leichenblässe seiner Lippen noch grimmiger.

Ich zog die Brauen höher und versuchte zu sagen: „Warum hat er Sie getötet?"

„Ich kenne seinen Namen nicht", sagte er, da er meine gedämpften Worte nicht richtig verstanden hatte. „Ich war ihm noch nie zuvor begegnet. Nur, da er den Fehler gemacht hat, nach dem Mord Selbstgespräche zu führen, wusste ich, wo er zu finden war. ,Ein weiterer erfolgreich erledigter Auftrag verdient ein Bier im The Feathers', hatte er gesagt. The Feathers ist ein heruntergekommener Pub in Clerkenwell. Ich habe mir einfach ein Bier gekauft, mir die Zeit vertrieben und darauf gewartet, dass mein Mörder hereinkommt. Ich habe ihn mit einem Jobangebot nach draußen in eine Gasse gelockt."

Job. War er ein Auftragsmörder? Wer würde jemanden anheuern, um Drinkwater umzubringen?

Jemand, der kein Blut an den Händen wollte.

Ich wand mich und wackelte mit meinen tauben Fingern.

„Ich kann Sie erst befreien, wenn Sie mir versprochen haben, mich nicht zurückzuschicken", sagte er.

Nein. Oh nein. Warum konnte er nicht einfach ins Jenseits zurückkehren? Ich schüttelte den Kopf.

Die Muskeln in seinem Gesicht verhärteten sich. Er presste die Lippen aufeinander. Wäre noch Blut durch seinen Körper geflossen, wäre eine Ader an seinem Hals oder der Schläfe hervorgetreten. „Ich werde niemandem Schaden zufügen. Ich will einfach nur meine Arbeit weiterführen." Er lief in dem Keller von Wand zu Wand, der Hall seiner Stiefel laut auf den Steinen. „Stellen Sie sich vor, ich könnte mein Ziel erreichen und meine Magie in die Prothesen schicken, die ich kreiere. Stellen Sie sich den Nutzen für die Menschheit vor!" Er blieb dicht bei mir stehen. Ich wankte zurück, weg von dem Verwesungsgestank. „Meine Magie funktioniert noch, wissen Sie? Der Tod hat sie nicht beeinflusst."

Er runzelte die Stirn und ich fühlte, wie ich plötzlich vom Bett abhob. Er ließ mich schweben! Ich stieg höher und höher, bis mein Kopf die Decke streifte. Für den Fall, dass eine Bewegung seine Konzentration störte, verhielt ich mich ganz still. Es war beängstigend und trotzdem auch seltsam aufregend. Ich fragte mich, wie lange er mich dort oben halten konnte und ob es Grenzen beim Gewicht eines Objekts gab.

Mit einem abfälligen Schnauben ließ er mich wieder herunter. „Beeindruckend, nicht wahr?"

Sobald ich die Matratze unter mir spürte, rutschte ich von ihm weg, obwohl ich wusste, dass das nichts nützte. Mit dieser Macht konnte er mich hochheben und mit Wucht gegen die Wand werfen.

„Ich würde Sie wirklich gern losbinden, aber ohne Versprechen, mich nicht zurückzuschicken, geht es nicht", sagte er. „Habe ich es?"

Ein Versprechen zu brechen ging mir gegen den Strich, aber ich sah keine andere Option. Ich nickte.

„Gutes Mädchen. Eine weise Entscheidung. Sobald ich einen Weg finde, meine Magie zu bändigen und auf die Prothesen zu übertragen, werde ich ins Jenseits zurückkehren. Aber vorher nicht."

Bändigen? Wie sollte man etwas so Sphärisches und Wildes zusammentreiben wie eine Herde Schafe?

Er stellte den Kerzenleuchter auf dem Boden ab und begann, meine Fußfesseln zu lösen. „Sobald mein Vermächtnis aufgerichtet ist, kann ich in Frieden gehen. Ich werde in der wissenschaftlichen Gemeinschaft unsterblich sein, und auch außerhalb, hoffe ich."

Ah, ja, Unsterblichkeit. Dieser Verlockung erlagen viele Irre.

Sobald er meine Füße und Hände befreit hatte, entfernte er den Knebel. Ich spuckte den Stoffklumpen aus meinem Mund und schluckte mehrmals. Mein Kiefer schmerzte und meine Zunge fühlte sich doppelt so groß an wie normalerweise, aber ich schien keine bleibenden Schäden davongetragen zu haben.

„Sie dürfen gehen", sagte er.

Ich konnte es nicht glauben. Ich wurde tatsächlich freigelassen. Trotz meiner steifen Glieder eilte ich die Stufen hinauf und warf die Tür auf.

„Vergessen Sie Ihr Versprechen nicht!", rief er mir nach.

„Werde ich nicht", krächzte ich.

Ich fand mich in den Diensträumen eines bescheidenen Hauses wieder. Gegenüber des Flurs war die Küche, links und rechts geschlossene Türen. War Gus hinter einer davon? Ich konnte nicht ohne ihn gehen und das Haus war groß genug, sodass es mehrere Minuten dauern würde, jeden Raum zu durchsuchen. Von Mrs Drinkwater fehlte jede Spur, aber Mr Drinkwaters unbeholfene Schritte hallten auf der Kellertreppe. Er kam herauf. Ich hatte nur Sekunden.

„Kehre zurück ins Jens—"

„Stopp!" Mrs Drinkwater stand im Türrahmen der Küche, die Pistole auf mich gerichtet. „Wie sind Sie herausgekommen?" Ihr Blick sprang über meine Schulter. „Reggie! Du bist zurück."

Mir rutschte der Magen in die Kniekehlen. *Sag es ihm nicht. Bitte sag es ihm nicht.*

„Was tust du da, Merry?", fragte Drinkwater. „Ich habe sie freigelassen."

„Charlie! Charlie, bist du das?" Gus' Ruf drang durch die geschlossene Tür zu meiner Linken. Gott sei Dank war er am Leben.

„Gus! Ja, ich bin es."

„Ist alles in Ordnung?"

„Mir geht es so weit gut." Ich beäugte Mrs Drinkwater und sie senkte die Waffe.

„Dann ist es erledigt?", fragte sie ihren Mann. „Dein Mörder ist tot?"

Drinkwater kam und stellte sich neben mich. „Es ist getan. Ich bin in der Werkstatt, wenn du mich brauchst. Auf wiedersehen, Miss. Vergessen Sie Ihr Versprechen nicht."

Mrs Drinkwater runzelte die Stirn. „Deine Werkstatt? Reggie … willst du etwa bleiben?"

„Natürlich. Ich habe viel zu tun. Aus der Kommission ist zwar nichts geworden, aber das macht nichts."

Kommission?

„Dann …" Sie sah mich an. „Warum hast du sie dann freigelassen? Ich habe sie davon abgehalten, den Spruch zu sagen, der dich wieder zurückschickt. Sie wird dir nicht gestatten zu bleiben, weißt du?"

Diese leeren, toten Augen richteten sich auf mich. „Sie haben mir Ihr Wort gegeben." Sein grantiger Ton ließ mir das Blut in den Adern gefrieren.

Ich schluckte. „Mrs Drinkwater liegt falsch. Ich habe nur …
mit mir selbst geredet."

Sie richtete sich auf. „Ich bin nicht dumm. Ich habe Sie
gehört." An ihren Mann gewandt sagte sie: „Jetzt, wo du Rache
geübt hast, solltest du in jedem Fall zurückgehen. Du willst doch
keinen Ärger mit jemandem da oben." Sie schaute zur Decke.

„Niemand wird ärgerlich sein, schon gar nicht, wenn sie sehen,
was ich nach ein paar weiteren Monaten hier erreichen kann.
Meine Liebe, ich stehe kurz vor dem Durchbruch. Ich weiß es."

Sie zuckte zusammen. „Vor deinem Tod warst du nicht allzu
nah dran."

„Ich muss doch sehr bitten! Woher willst *du* das wissen?"

Sie schluckte. „Reggie, ich glaube, du solltest gehen. Abgesehen davon können wir Miss Holloway und Gus nicht wochen-
oder monatelang im Keller einsperren, oder wie lange auch
immer du für deinen Erfolg brauchst. Zum einen wird sie die
Worte direkt sprechen, wenn ich den Knebel herausnehme, um
ihr zu essen zu geben. Wenn sie nicht mitspielt, ist es aussichts-
los, und ich kann dir versichern, dass sie nicht mitspielen wird."

Er zuckte mit den Schultern. „Dann erschieß sie."

Ich schnappte nach Luft und stolperte von ihm weg, aber er
packte meinen Ellenbogen und schubste mich nach vorn. „Los,
schieß."

Seiner Frau klappte die Kinnlade herunter. Ihre Augen traten
hervor. „Das kann ich nicht tun! Das ist Mord."

„Ihren Freund wolltest du vorher auch umbringen."

„Das habe ich ihnen doch nur gesagt, um sie einzuschüchtern, damit sie dich ruft. Ich hätte das nie durchgezogen."

Er schnalzte mit der Zunge. „Schwach."

„Reggie, bitte. Verlang das nicht von mir. Sie werden mich
dafür hängen. Ich habe vorhin absichtlich daneben geschossen.
Eigentlich bin ich ganz zielsicher mit diesem Ding", sagte sie mit
einem entschuldigenden Lächeln.

Nun gut, wenn sie niemanden erschießen würde … „Kehren
Sie ins Jenseits zurück, Mr—"

Er packte zu. Lange Finger legten sich um meinen Hals und
drückten. „Schweig!"

„Charlie!" Gus' Schrei wurde beinahe vom Wummern des Blutes in meinen Ohren übertönt.

Ich bekam keinen Ton heraus. Nicht einmal ein Quieken. Es fühlte sich an, als ob sich in meinem Hals alles zusammenzog unter dem Druck von Drinkwaters Fingern. Er war als Toter viel stärker als im Leben, und außerdem furchtlos. Abgesehen davon hatte er bereits getötet ... warum nicht noch einmal?

Ich schlug auf ihn ein, versuchte ihn wegzuschieben und zu treten, und als das nichts brachte, krallte ich nach seinen Fingern, kratzte und grub meine Nägel in sein verwesendes Fleisch. Ich traf auf Knochen.

„Reggie! Stopp!"

Drinkwater stoppte nicht. Meine Lungen schrien nach Luft. Es fühlte sich an, als würde eine Tonne Ziegelsteine auf meinen Brustkorb drücken. Stumme Tränen rollten aus meinen Augenwinkeln über meine Wangen.

Ein Schuss dröhnte. Drinkwaters Körper zuckte und seine Finger lockerten sich.

„Ich bin schon tot. Dämliche Frau", fügte er so leise hinzu, dass es über das Rufen und Hämmern von Gus an der verschlossenen Tür kaum zu hören war.

Drinkwaters gelockerter Griff erlaubte mir, kostbare Luft einzusaugen. Allerdings war ich nicht weit genug von ihm weg, um alle nötigen Worte auszusprechen, die ihn zurücksenden würden. Ich brauchte mindestens ein paar Schritte Abstand, sonst würde er mich wieder schnappen. Ich holte ein paar Mal tief Luft und stieß meine Faust in sein Gesicht. Sein Kopf schnappte zurück. Er konnte keinen Schmerz empfinden, weswegen es nichts bringen würde, ihm auf den Fuß zu treten oder ihm das Knie zwischen die Beine zu rammen. Ich musste rohe Gewalt anwenden, um ihn aus dem Gleichgewicht zu bringen. Leider war rohe Gewalt nichts, was ich besaß angesichts meiner geringen Größe und seiner überlegenen Kraft.

Trotzdem stürzte ich mich auf ihn und schwang die Fäuste, um ihn mit meinen Schlägen abzulenken. Es funktionierte. Er stolperte und schwankte zurück. Leider packte er mich auch und benutzte mich als Anker.

„Verdammtes Mädchen." Er ignorierte meine Schläge und Tritte und legte seine Finger wieder um meinen Hals.

„Reggie, bitte! Du kannst sie nicht töten. Sie hat nichts Falsches getan!"

„Du warst eine brave Frau, dass du mich zurückgebracht hast, meine Liebe. Jetzt verdirb es nicht mit deinen albernen Sympathien. Denk daran, was ich erreichen kann! Ich muss meine Arbeit beenden. Das Leben dieses Mädchens ist unwichtig, wenn du das Wohl der Allgemeinheit betrachtest."

Sie nickte stumm wie eine Marionette. Ich versuchte zu sprechen, sie um Hilfe anzuflehen, aber kein Wort kam aus meinem Mund und sie stand nur mit benommenem Blick da, während sie mir beim Sterben zusah.

Dunkelheit kroch in die Ränder meines Sichtfelds. Ich spürte, wie mir das Leben mit jedem langsamer werdenden Herzschlag entglitt. Irgendwo im Hinterkopf hörte ich Gus schreien und toben, aber er schien so weit weg.

Eine andere Stimme gesellte sich dazu, schrill und weiblich. Ich erkannte sie nicht und konnte auch nicht sehen, wer da gekommen war.

Plötzlich wurden Drinkwaters Hände von mir weggerissen. Ich fiel auf die Knie und umklammerte meine Kehle. Süße, oh so süße Luft strömte in meine Lungen. Um mich her war Lärm— Schreie von verschiedenen Quellen und das Klatschen von Haut auf Haut, dann das Knacken von brechenden ... Knochen?

Mrs Drinkwater kniete neben mir und sah mir ins Gesicht. Sie zitterte. „Wenn Sie leben wollen, müssen Sie hier weg. Jetzt. Ihre Freundin ist galant, aber nur eine Frau."

Ich schaute auf und sah eine Frau in einem scharlachroten und pfauenblauen Kleid, die mit Drinkwater kämpfte. Sie war kleiner als er und ihre Röcke behinderten ihre Tritte, aber sie war leichtfüßiger und eine bessere Kämpferin. Ihre Schläge waren gezielt, während seine wild flogen und wenig bewirkten, wenn sie trafen. Ich musste das von Pocken gezeichnete Gesicht nicht sehen, um zu wissen, dass diese Frau tot war. Ihre Kraft allein war Indikator genug.

Mein wirres, unter Sauerstoffmangel leidendes Gehirn

brauchte einen Moment, um die Puzzlestücke zusammenzufügen. Die tote Frau musste *Gordon* sein.

Sie—er—prügelte wieder und wieder mit gut platzierten Schlägen auf Drinkwater ein. An ihren Bewegungen war nichts Feminines, von der Art, wie sie sich breitbeinig ausbalancierte, bis hin zu der Weise, wie sie ihre Brüste ignorierte, während sie Drinkwater rammte und gegen die Wand warf.

Ich rappelte mich auf und beäugte Mrs Drinkwater sorgfältig, aber sie machte keine Anstalten, die Pistole zu heben. Sie wirkte besiegt, benommen und ziemlich verloren. Die kompetente Frau, die sich in Lichfield Towers vorgestellt hatte, war verschwunden.

„Ist sie auch tot?", fragte sie mich mit kläglicher Stimme.

Ich nickte. „Lassen Sie Gus frei." Ich krabbelte weit von den beiden Kämpfern weg, gerade, als Gordon gegen die Wand krachte.

Drinkwater hatte ihn nicht berührt. Gordon schlug wieder und wieder gegen die Wand wie eine Puppe, die man mit voller Wucht warf. Er konnte gegen Drinkwaters Macht nichts ausrichten. Ebenso wenig wie ich.

Drinkwater wandte sich zu mir.

So wie ich seiner Magie ausgeliefert war, war er meiner ausgeliefert.

„Kehren Sie ins Jenseits zurück, Reginald Drinkwater." Ich sagte die Worte hastig und hoffte, schnell genug zu sein. „Ich entlasse Sie."

Er stolperte auf die Knie. Seine blutleeren Lippen verzogen sich zu einem Knurren. „Nein! Nein, ich bin noch nicht fertig!" Sein Körper sackte nach vorn, sein Gesicht schlug auf dem Boden auf. Der weiße Nebel trat aus und stieg zur Decke. Dort schwebte er einen Moment und raunte mir seine Wut entgegen, ehe er ganz verschwand.

Gordon sackte gegen die Wand. Wäre er noch am Leben gewesen, hätte er um Luft gerungen, aber er brauchte nicht zu atmen. Er schob sich die Haare aus dem Gesicht und lächelte. Die meisten Zähne der Leiche fehlten und die, die noch da waren, waren gelb.

„Charlie! Charlie!" Gus warf die Arme um mich und drückte mich so fest, dass ich nur mit einem Gurgeln antworten konnte.

„Nun mal langsam", sagte Gordon mit einer rauchigen, weiblichen Stimme, die ich nie mit ihm in Verbindung gebracht hätte. „Lass sie los."

Gus zog sich zurück und tätschelte meine Arme. „Geht es dir gut?"

„Ja. Dir?"

Er nickte.

Gott sei Dank. Ich sah Mrs Drinkwater an, die neben der Tür der Vorratskammer stand, in die Gus gesperrt gewesen war. Sie wischte sich die Tränen ab und reichte Gus die Waffe, kleinlaut wie eine Maus.

„Ist alles gut?", fragte Gordon und bewunderte seine langen grauen Haare. Beim darüber Streichen riss er eine Strähne aus. Die Leiche sah recht frisch aus. Sie musste erst kürzlich verstorben sein.

Ich kicherte plötzlich, halb vor Erleichterung und halb, weil er in dem grellen Kleid und den weiblichen Zügen so albern aussah. „Konntest du keine männliche Leiche finden?"

„Was anderes hatten sie in der Leichenhalle nicht."

„Ist kein Friedhof in der Nähe?", fragte ich Mrs Drinkwater. „Hat Ihr Mann nicht dort seinen Körper gefunden?"

„Der in der Old Brompton Road ist ein paar Straßen weiter Richtung Osten", sagte sie.

„Ah. Ich bin nach Westen gegangen." Gordon hob die Röcke an und drehte eine Pirouette. „Ich kann nicht vielleicht den Rest der Nacht in diesem Körper bleiben? Nur um zu sehen, wie es ist, als—"

„Nein!" Drei Rufe übertönten ihn.

Er hielt die Hände hoch. „Schon gut. Begleitest du mich zurück zur Leichenhalle, Miss Charlie?"

„Natürlich." Ich wandte mich an Mrs Drinkwater. „Der Geist Ihres Mannes ist ins Jenseits zurückgekehrt. Versuchen Sie nicht noch einmal, ihn zu beschwören."

Sie nickte schnell. „Werde ich nicht. Ich weiß sowieso nicht, wie das geht."

„Wenn ich Sie wäre, würde ich machen, dass ich aus London

wegkomme", murmelte Gus. „Der Tod wird fuchsteufelswild, wenn er rausfindet, was Sie gemacht ham."

Mrs Drinkwaters Lippen bebten.

„Jag ihr keine Angst ein", sagte ich. „Lincoln ist nicht rachsüchtig. Er wird ihr nichts anhaben."

Gus brummte nur. Er nahm meine Hand und führte mich den Flur entlang. „Ich hasse diesen Ort."

„Sie müssen die Leiche Ihres Mannes loswerden", sagte ich über die Schulter zu Mrs Drinkwater. „Bringen Sie ihn heute Nacht zurück zum Friedhof. Und seien Sie versichert, dass Mr Fitzroy nicht auf Rache aus ist und herkommt. Er steht darüber. Darauf haben Sie mein Wort."

Sie wischte sich eine Träne ab, die aus ihrem Auge gerollt war, und schaute auf die leblose Gestalt ihres Mannes. Ich wusste nicht, wie sie ihn bewegen wollte. Es war mir egal. Ich wollte nur zusehen, dass Gordon die geborgte Leiche zurückbrachte und ebenfalls zurückkehrte. Von verweilenden Geistern hatte ich für einen Tag genug.

Die dunkle, triste Nacht umfing uns. Ich wusste nicht, wie spät es war, aber niemand war im nebeligen Regen unterwegs. Ohne auch nur einen Mantel, in den ich mich kuscheln konnte, war ich bald bis auf die Haut durchnässt und eiskalt. Ich konnte es kaum erwarten, nach Lichfield zurückzukommen und mit einer Schüssel heißer Suppe und Lincolns warmer Berührung am Herd zu sitzen. Er musste schier wahnsinnig sein vor Sorge.

* * *

SETH HOB mich hoch und setzte mich erst wieder ab, als der Koch verlangte, mich auch umarmen zu dürfen. „Gott sei Dank bist du sicher zurück", murmelte Seth. „Wir haben uns solche Sorgen gemacht."

„Jou." Der Koch runzelte die Stirn angesichts der blauen Flecken an meinem Hals. „Tut es sehr weh?"

„Nicht wirklich. Ich bin hauptsächlich müde und sehr hungrig."

„Du brauchst Suppe."

Ich küsste seine Wange. „Du bist wundervoll."

Gus streckte die Hände aus und zeigte seine blutigen Handgelenke. „Was is mit mir? Ich wurde entführt *und* angeschossen, und mir gibt keiner Suppe."

Seth zuckte mit den Schultern und umarmte seinen Freund, bis Gus ihn wegschob, nur um vom Koch gepackt zu werden.

„Lass das, du Schmalzklumpen." Gus grinste jedoch und gestattete Seth, die Wunde an seiner Schulter zu untersuchen.

Der Koch schmunzelte und holte zwei Schüsseln aus dem Schrank. Ich rückte näher an den Herd und seine köstliche Wärme. „Ist Lincoln hier?"

„Der ist unterwegs und sucht dich." Seth schüttelte den Kopf und seufzte. „Der war den Großteil des Tages rein und raus in der Hoffnung, dass du wieder hier aufkreuzt. Ich bin mir sicher, dass er bald durch die Tür da kommt."

Schritte hallten durch den Flur, aber es war nur Doyle. „Miss Holloway, Mr Gus! Ich bin so froh, Sie beide wiederzusehen."

„Danke, Doyle. Geht es Ihnen gut?"

Er nickte. „Der Koch und ich wurden mit grässlichem Tee betäubt, aber er scheint keine bleibende Wirkung hinterlassen zu haben."

Der Koch reichte mir eine Schüssel. „Abgesehen davon, dass wir taub wurden, als Fitzroy uns angeschrien hat, weil er wissen wollte, was passiert ist. Und dann wütend wurde, weil wir keine Antworten hatten."

Ich atmete tief durch, während er mir Brühe in die Schüssel schöpfte. „Wo sucht er?"

„Das ist das Problem, er wusste nicht, wo er anfangen sollte", sagte Seth. „Die Mrs Webb, die bei den Powells angestellt war, ist nicht die gleiche Haushälterin, die wir als Mrs Webb kannten. So weit keine große Überraschung."

„Sie hat uns ausgetrickst."

„Nimm es dir nicht zu Herzen." Er legte mir den Arm um die Schulter und gab mir einen Kuss auf den Kopf. „Also, wer war sie wirklich und wo hat sie euch hingebracht?"

„Und wie sind Sie entkommen?", fügte Doyle hinzu.

Gus und ich berichteten einige Details, wobei wir alles Übernatürliche außen vor ließen, um Doyle nicht zu überfordern. Der Koch fluchte mehrmals, ebenso wie in geringerem Maße Seth, doch Doyle war der perfekte Butler und zog lediglich ein saures Gesicht oder schnappte entsetzt nach Luft.

„Teuflisch", murmelte er.

„In der Tat", sagte ich. „Und wenn solche Dinge Ihnen zusetzen, Doyle, dann müssen wir Sie gehen lassen, fürchte ich. Gefährliche Zwischenfälle passieren hier mit alarmierender Häufigkeit."

„Vielen Dank für Ihre Offenheit. Ich werde das berücksichtigen." Dies war keine eindeutige Antwort, wie mir auffiel.

Ich hatte auch nicht vergessen, dass er unter Verdacht stand. Mrs Drinkwater hatte von jemandem Hilfe bekommen, der wusste, dass wir eine Haushälterin suchten. Doyle wirkte vielleicht unschuldig und besorgt, aber ich hatte ihn noch nicht abgeschrieben.

Bis ich meine Suppe ausgelöffelt hatte, war Lincoln noch nicht zurückgekommen, also zog ich mich in meine Räume zurück, nachdem ich das Reinigen und Versorgen von Gus' Wunde überwacht hatte. Ein Klopfen an meiner Tür mehrere Minuten später jagte meinen Puls in die Höhe.

Es war nur Seth. „Schau nicht so enttäuscht", sagte er. „Darf ich hereinkommen?"

„Willst du wissen, was wirklich passiert ist, da wir jetzt allein sind?"

„Gus hat es mir schon erzählt."

„Du bist so ernst", sagte ich. „Was ist los?"

„Das Komitee kam, kurz nachdem wir dein Verschwinden entdeckt hatten."

Ich zog die Nase kraus. „Warum?"

„Fitzroy hat jedem von ihnen Nachrichten geschickt und verlangt, jedes kleinste Detail über die beiden Tode der Übernatürlichen zu erfahren."

„Er hat angenommen, dass meine Entführung mit den Morden zu tun hatte?"

„Hat er. Und in seiner Korrespondenz erwähnte er deine Entführung und verlangte, dass sie sofort zur Befragung nach Lichfield kommen."

„War das hilfreich?"

„Sie haben keine weiteren Informationen preisgegeben und

ihm dann erklärt, dass sie recht hatten und er nicht. Und dass du weggeschickt werden solltest."

Ich setzte mich mit einem resignierten Seufzer in den Sessel am Feuer. „Ich vermute, das kam nicht so gut an."

„Fitzroy wurde sehr still."

„Er ist gefährlicher, wenn er still ist." Es bedeutete, dass er sich emotional abschottete. Ein gefühlskalter Lincoln war ein rücksichtsloser Lincoln.

„Charlie ..." Er setzte sich mir gegenüber, stützte die Ellenbogen auf seine Knie und senkte den Kopf, sodass ihm die blonden Locken über die Stirn in die Augen rutschten. „Das Komitee wird vermutlich versuchen, dich zu kontaktieren, da du jetzt in Sicherheit bist. Julia hat angedeutet, dass sie versuchen werden, dich zu überzeugen, von allein zu gehen."

„Wie?"

„Indem sie dir sagen, dass es für das Ministerium das Beste ist, wenn du nicht hier bist. Und für Fitzroy auch."

Ich sackte zurück und rieb mir die Schläfen. „Sie glauben, ich sei egoistisch."

Er sah mich durch den Vorhang seiner Haare an.

„Glaubst du, dass ich egoistisch bin, Seth?"

„Nein!"

„Sollte ich gehen? Lincoln zuliebe?"

Er richtete sich auf und schob die Schultern zurück. „Nein. Auf gar keinen Fall. Ich will mir gar nicht vorstellen, in was er sich verwandeln würde, solltest du gehen. Vor deiner Ankunft war er ein kalter Eisblock, aber in den letzten Wochen ist er aufgetaut. Du hast ihn menschlicher gemacht."

Es so ausgedrückt zu hören, rührte mich, aber ich fühlte mich verpflichtet, Lincoln zu verteidigen. „Ich bin mir nicht sicher, ob das alles mir zuzuschreiben ist. Ich habe doch nur das zum Vorschein gebracht, was bereits da war, nur sehr, sehr tief vergraben."

Er zuckte mit den Schultern. „Ich wollte dich warnen, damit du dich vorbereiten kannst. Nimm dir das, was sie sagen, nicht zu Herzen."

Ich lächelte ihn an und wollte ihm gerade danken, als Lincoln hereingestürmt kam.

KAPITEL 9

Ich hatte kaum Gelegenheit, seine Anwesenheit zu registrieren, da hob er mich schon aus dem Sessel und drückte mich fest an sich. Eine Hand vergrub er in meinem Haar und hielt meinen Kopf gegen seine Brust gepresst. Das Rasen seines Herzens übertönte alles andere, sodass ich nicht hörte, wie Seth ging. Als Lincoln mich wieder absetzte, waren wir allein, die Tür geschlossen.

Er hielt mich auf Armeslänge von sich weg und sah mich prüfend an. Sein wilder Blick blieb an den blauen Flecken an meinem Hals hängen und hob sich dann fragend zu meinem Gesicht.

„Das ist die einzige Verletzung", sagte ich. „Und es ist auch nicht allzu schlimm."

Er nickte. Schluckte. Mir war sehr bewusst, dass er noch nichts gesagt hatte.

Sein Daumen strich über mein Kinn und er legte den Kopf schräg, um mich zu küssen. Was als unschuldiger Kuss begann, verwandelte sich schnell in einen so sehnsuchtsvollen, dass ich wusste, wie besorgt er gewesen war. Worte waren zwischen uns nicht nötig. All die angestaute Angst und seine immense Erleichterung strömten aus ihm heraus in diesen Kuss.

Ich legte ihm die Arme um den Hals und hielt ihn so fest, wie er mich hielt. Ich wollte ihn in gleichem Maße trösten, wie er mich tröstete, und einige Minuten lang genossen wir einfach nur die Nähe des anderen.

Und dann, als hätte er diesen Teil von sich ausgelöscht, zog er sich zurück und betrachtete mich aus Augen, die so schwarz und trostlos waren wie ein tiefer See im Winter. „Was ist passiert?"

„Was hat Gus dir schon erzählt?", fragte ich.

„Nichts. Ich habe gesehen, dass er zurück war, und er sagte, du wärst hier oben. Ich bin sofort gekommen. Wer war diese Frau, die sich als Mrs Webb ausgegeben hat und wo hat sie dich hingebracht? Warum?"

„Mrs Webb war in Wirklichkeit Mrs Drinkwater."

Ein Muskel in seinem Kiefer pulsierte. „Die Opfer habe ich nicht bedacht. Sie wollte, dass du ihren Mann zurückrufst?"

„Damit er an seinem Mörder Rache üben konnte, allerdings glaube ich, dass sie ihn schlicht vermisst hat. Sie ist ziemlich abhängig von ihm und seiner Meinung von ihr. Nach seinem Tod fühlte sie sich verloren, glaube ich. Allein."

„Sie hat dich gezwungen, seinen Geist zu beschwören, indem sie Gus bedroht hat?"

Ich nickte.

Es dauerte etwas, bis er weitersprach, und ich befürchtete, dass er mit sich rang, ob er mir sagen sollte, ich hätte Gus opfern sollen.

„Ich habe Drinkwaters Geist gerufen und wurde dann geknebelt, damit ich ihn nicht zurückschicken kann. Er ist wieder in seinen Körper eingetreten und hat seinen Mörder getötet, ehe er zum Haus zurückkehrte."

Er strich mit dem Daumen über meine Unterlippe. Seine stählerne Fassade bekam einen Riss, durch den raue Gefühle blitzten, bevor er ihn wieder schloss. „Er kannte seinen Mörder?"

„Er hatte ihn nie zuvor gesehen, aber der Kerl erwähnte, dass er im The Feathers seinen gelungenen Auftrag feiern wollte, also hat Drinkwater dort auf ihn gewartet. Er muss ein Auftragsmörder gewesen sein, hat aber nicht preisgegeben, für wen er gearbeitet hat, bevor Drinkwater ihn umgebracht hat."

Die meisten Leute hätten den Effekt, den diese Nachricht auf

Lincoln hatte, nicht bemerkt, aber ich sah das bedeutungsvolle Zusammenpressen seiner Lippen.

„Seine Frau wollte ihn danach wieder ins Jenseits schicken", fuhr ich fort, „aber er beschloss zu bleiben. Es gab einen Kampf und während er abgelenkt war, sprach ich die Worte, um seinen Geist zurückzuschicken. Mrs Drinkwater kümmert sich um seine Leiche."

„Hast du ihn selbst überwältigt oder hat Gus geholfen?"

„Gus war zu der Zeit in der Vorratskammer eingesperrt und kein Training der Welt wird ausreichen, dass ich gegen eine wiederbelebte Leiche ankomme. Wir hatten Hilfe von Gordon Thackery."

Seine Brauen schossen nach oben.

„Ich habe ihn beschworen, sobald ich im Keller aufgewacht war. Er hat sich einen Körper gesucht und ist zurückgekommen, um uns so zu helfen."

Er nickte bestimmt. „Thackery war eine gute Wahl."

Mehr Lob würde ich nicht bekommen. Es war genug.

„Lincoln, sie wusste so viel über mich. Jemand muss ihr geholfen haben. Ich hatte Doyle im Verdacht, da er wusste, dass wir eine Haushälterin brauchen, aber er kann es nicht gewesen sein. Er weiß nichts von meiner Nekromantie. Oder?"

„Seth hätte ihm das nicht gesagt."

„Ich sage das nur ungern, aber es muss jemand vom Komitee sein."

Er fuhr sich mit der Hand durch die Haare und starrte in den Kamin. Kurz darauf stocherte er in der Glut. Jeder Stoß mit der Feuerzange war heftiger als der vorige, bis ich ihn mit meiner Hand auf seiner stoppte.

„Setz dich mit mir ans Feuer", sagte ich sanft.

„Ich kann nicht." Er hängte die Feuerzange zurück an den Ständer. „Ich muss los."

„Aber es ist spät." Nach Mitternacht laut der Uhr auf dem Kaminsims.

„Geh ins Bett, Charlie."

„Ich würde lieber hier am Kamin sitzen und in deinen Armen einschlafen."

Er drückte mir einen Kuss auf den Schädel. „Gute Nacht."

„Gute Nacht!" Ich warf die Hände in die Luft. „Wie soll das eine gute Nacht werden, wenn du unterwegs bist und ich vermutlich Albträume habe?"

„Ich schaue nach dir, wenn ich zurück bin und dich höre."

Ich stemmte meine Hände auf die Hüften. Da hatte ich mich so darauf gefreut, mit ihm zusammenzusitzen, von ihm gehalten und getröstet zu werden, und er machte sich wieder auf den Weg! „Wirst du die Komiteemitglieder befragen?"

Er drehte sich um und ging mit langen Schritten zur Tür. Ich rannte an ihm vorbei und stellte mich vor ihn.

„Schließ mich nicht aus, Lincoln. Sag mir, was du vorhast."

„Du wirst es nicht gut finden."

Dann würde er wohl nicht zu den Komiteemitgliedern gehen. „Mrs Drinkwater?"

Er wich meinem Blick aus.

„Lincoln! Tu ihr nichts an. Sie ist hier nicht die Böse."

„Das sehe ich anders."

„Du solltest mit ihr sprechen und herausfinden, wer ihr geholfen hat, ja, aber tu es nachsichtig und bei Tageslicht. Ich bin mir sicher, dass sie es dir sagt, wenn du nett darum bittest."

„Ich muss das jetzt tun", presste er hervor. „Und ich kann gewiss nicht *nett* sein."

„Du musst dich erst beruhigen."

„Ich *muss* das *jetzt* tun." Er streckte die Finger aus und ballte sie dann zur Faust. „Geh zur Seite."

Ich verschränkte die Arme. „Die Drinkwaters sind die Opfer. Die arme Frau hat gerade ihren Mann verloren."

„Sie hat dich gekidnappt und dich stundenlang gefangen gehalten, und sie tut dir leid?"

„Sie hat weder mir noch Gus wehgetan, obwohl sie das gekonnt hätte." Mir war nicht klar, wann meine Gefühle ihr gegenüber sich von Wut zu Mitgefühl gewandelt hatten. Vielleicht bei der Erkenntnis, dass sie nur versucht hatte, ihren Liebsten zurückzubringen, und nie vorhatte, jemanden zu töten. An ihrer Stelle hätte ich möglicherweise genauso irrational gehandelt.

Er klatschte beide Handflächen rechts und links von meinem Kopf gegen die Tür und beugte sich vor. Ich machte mir keine

Illusionen, dass er mich küssen würde. Seine Wut stand ihm knallhart ins Gesicht geschrieben. „Sie ist der Grund, warum ich den ganzen Tag krank war vor Sorge. Ich sorge mich nicht gern. Dann kann ich nicht klar denken und das macht mich nutzlos." Er trat zurück. „Beweg dich."

Ich hob das Kinn.

Er packte meine Arme, hob mich hoch und setzte mich neben der Tür wieder ab, die er aufriss.

„Bring sie nicht um!", rief ich ihm nach.

„Ich werde tun, was ich für richtig halte."

Ich sah ihm nach, wie er mit langen Schritten den Flur entlang zur Treppe ging, und lauschte, bis ich ihn nicht mehr hören konnte. Er würde sie nicht umbringen. Er wollte nur Antworten.

Wenn ich mir das wieder und wieder sagte, konnte ich mich vielleicht irgendwann selbst davon überzeugen.

* * *

ALS ICH AM MORGEN AUFWACHTE, war Lincoln noch nicht zurück. Laut Doyle hatte niemand in seinem Bett geschlafen, auch wenn das nicht bedeutete, dass Lincoln nicht zurückgekehrt war, sondern lediglich, dass er nicht zu Bett gegangen war.

Ich war zu unruhig, um allein im Empfangszimmer zu sitzen und für den Butler so zu tun, als wäre ich eine Lady. Also ignorierte ich Doyles missbilligenden Blick und frühstückte in der Küche. Danach gesellte ich mich zu Seth in den Ställen, nur um von Doyle wieder hereingerufen zu werden, der einen Besucher ankündigte.

„Mr Andrew Buchanan für Sie, Miss."

„Buchanan!" Seth und ich sahen uns an. „Ist er hier, um mich zu sehen, oder Mr Fitzroy?"

„Sie, Miss."

Seth folgte mir ins Haus, wo Gus und Doyle dazukamen. Anscheinend sollte ich nicht allein gelassen werden, selbst mit jemanden, den wir kannten. Nicht, dass ich Buchanan vertraute. Nicht im Geringsten. Im Hinterkopf fügte ich ihn zu der Liste von Leuten hinzu, die Mrs Drinkwater geholfen haben könnten, mich zu entführen, auch wenn ich mir nicht vorstellen konnte, warum er das tun würde.

„Miss Holloway." Er stand mit den Händen hinter dem Rücken da und verbeugte sich, als er eintrat. Als er sich aufrichtete, sah ich, dass er sich von seiner Tortur im Bedlam Irrenhaus vollständig erholt zu haben schien. Er hatte wieder Farbe und die tiefen Schatten um seine Augen waren verschwunden. Er schenkte mir ein Lächeln, das die meisten Frauenherzen zum Schmelzen gebracht hätte, meins jedoch nicht. Ich kannte ihn gut genug, um ihn nicht zu mögen.

„Guten Morgen, Mr Buchanan. Sie wirken munter."

„Dank Ihnen." Er räusperte sich und sah jeden meiner Begleiter bedeutungsschwanger an.

„Sie kennen Seth und Gus und haben gerade unseren neuen Butler Doyle kennengelernt."

Doyle verbeugte sich pflichtbewusst.

Buchanan bedachte nur Seth mit einem knappen Nicken. „Schön zu sehen, dass der alte Laden hier endlich ein paar Angestellte bekommt. Falls Sie Mägde benötigen, gestatten Sie mir, Ihnen einige Vorschläge zu machen. Alles mir bekannte, gute Mädchen, das versichere ich Ihnen."

Hinter mir schnaubte entweder Seth oder Gus. Ich war jedoch erstaunt, wie genau er über unsere häusliche Situation Bescheid wusste.

„Kennen Sie eine geeignete Haushälterin?", fragte ich.

„Nur Mägde. Als Haushälterin wollen Sie eine gesetzte Persönlichkeit, und ich kenne keine Frauen, auf die diese Beschreibung zutreffen würde." Er grinste. „Jedenfalls nicht im Angestelltenbereich."

Das glaubte ich gern. Ich konnte mir nicht vorstellen, dass er eine Frau wie Mrs Drinkwater kannte, geschweige denn mit ihr kollaborierte. Ihr zu helfen brachte ihm nichts.

„Ich habe etwas für Sie." Buchanan holte ein kleines Päckchen hervor, das er hinter dem Rücken versteckt gehalten hatte. Es war mit einer roten Schleife zugebunden.

„Was ist das?"

„Öffnen Sie es, dann sehen Sie es."

Ich nahm es nicht entgegen. „Ist das ein Geschenk, Mr Buchanan?"

Sein Lächeln wurde leicht gequält. „Ja. Deswegen die Schleife."

„Das kann ich nicht annehmen."

„Das müssen Sie. Ich schulde Ihnen etwas."

„Das tun Sie nicht. Abgesehen davon haben Sie sich bereits bei uns bedankt."

„Ich wollte Ihnen etwas geben, was meine Wertschätzung für Ihre Bemühungen wirklich ausdrückt. Wenn Sie nicht gewesen wären, wäre ich vielleicht immer noch in Bedlam."

„Dann sollten Sie wohl auch Mr Fitzroy ein Geschenk geben, sowie Seth und Gus. Wir haben alle zusammengearbeitet, um Sie zu befreien."

Er verlagerte sein Gewicht und wurde rot. Dann räusperte er sich. „Sehen Sie, die Sache ist so. Die habe ich nie so behandelt, wie ich Sie behandelt habe. Sobald mir klar wurde, dass ich Sie bei unserer ersten Begegnung ignoriert habe, habe ich … ich mich schrecklich gefühlt. Ich wollte es wieder gutmachen und Ihnen zeigen, dass ich ein neues Kapitel in meinem Leben aufgeschlagen habe."

„Haben Sie das?"

„Ganz gewiss." Er schob die Brust vor. „Ich bin ein neuer Mann. Kein Glücksspiel mehr für mich."

Von den Männern kam ein weiteres Schnauben. Diesmal war ich mir sicher, dass es Gus war. Buchanans Nasenflügel bebten.

„Ich bin froh, das zu hören", sagte ich schnell.

Er hielt mir wieder das Päckchen hin. „Ich weiß, dass Sie mit Fitzroy verlobt sind, aber ich glaube nicht, dass er etwas dagegen hat. Bitte nehmen Sie es, Miss Holloway."

Ich nahm das Geschenk an, nicht weil ich ihm gefallen wollte, sondern weil ich wollte, dass er blieb und mit mir redete. Jedenfalls bis ich ein paar Antworten aus ihm herausbekommen hatte.

Ich setzte mich und bat Doyle, uns Tee zu bringen. Gus und Seth verrenkten sich die Hälse, während ich die Schleife löste und das Geschenk auspackte. Es war ein Buch mit Gedichten von Wordsworth. „Danke."

„Julia sagte, Sie lesen gern."

„Das stimmt. Es ist ein sehr schönes Buch." Die Seiten waren dick und mit Gold umrandet, der Umschlag aus rotem Leder, auf dem der Titel ebenfalls in Gold eingestanzt war.

Er lächelte wieder sein charmantes Lächeln. Ich glaubte gern, dass er ein neues Kapitel aufgeschlagen hatte. Der höhnische Zug um den Mund war ebenso verschwunden wie die halb geschlossenen Lider, als wäre es zu viel Mühe, sie ganz zu öffnen. Er saß mir kerzengerade gegenüber, obwohl ich erwartet hatte, er würde sich bequem zurücklehnen. Er wirkte so verändert, dass ich es nicht über mich brachte, ihm zu sagen, dass ich zwar gern Romane las, Gedichte aber nicht sonderlich mochte.

Ich legte das Buch auf den Tisch und grübelte, was ich jetzt sagen könnte. Mir fiel nichts ein. Die Art, wie er mich anstarrte, machte mich nervös. Das Buch war vermutlich nur ein Vorwand, warum also dieses plötzliche Interesse? Galt es mir oder meiner Nekromantie?

„Vergeben Sie mir meine mangelnde Fassung heute Morgen", sagte ich. „Ich bin gerade erst von meiner eigenen Tortur zurückgekehrt."

„Oh? Hoffentlich nichts allzu Schlimmes."

Ich beschloss, ihm die Wahrheit zu sagen, oder einen Teil davon. Wenn ich wissen wollte, ob er beteiligt war, musste ich direkt sein. „Nun, tatsächlich wurde ich entführt."

„Du meine Güte. Wurden Sie verletzt?" Er wirkte ziemlich überrascht; und auch besorgt.

„Mir geht es jetzt gut, danke. Lady Harcourt hat es nicht erwähnt?"

„Das hat sie nicht. Stand es im Zusammenhang mit Ihrem Ministerium?"

„Höchstwahrscheinlich, aber es ist schwierig, das sicher zu sagen", log ich. „Ich bin überrascht, dass sie nicht darüber gesprochen hat."

„Sie hält es nicht für nötig, mich über alle Bereiche ihres Lebens auf dem Laufenden zu halten. Ich habe den Verdacht, dass sie das Ministerium als ihre ganz eigene Angelegenheit betrachtet. Immerhin habe ich erst kürzlich von seiner Existenz erfahren. Ich erwarte nicht, dass sie mich über alles informiert. Noch nicht."

„Sie möchten in die Angelegenheiten des Ministeriums mehr einbezogen werden?"

Er hob eine Schulter. „Warum nicht? Es ist mein Geburtsrecht."

„Eigentlich ist es das Geburtsrecht Ihres älteren Bruders."

„Er hat kein Interesse. Ich schon. Ich finde dieses okkulte Zeug faszinierend. Ihre Magie zum Beispiel … wie nennt man die noch mal?"

Ich schaute zur Tür, um sicherzugehen, dass Doyle noch nicht zurück war. „Nekromantie."

„Nekromantie. Faszinierend."

Das war eine neue Entwicklung, die ich nicht erwartet hatte. Andrew Buchanan war beim Tod seines Vaters nicht als Nachfolger im Komitee in Betracht gekommen, weil Lord Harcourt seinen zweiten Sohn für nicht verantwortungsvoll genug gehalten hatte. Nach unseren bisherigen Begegnungen zu urteilen, stimmte ich dem tendenziell zu.

„Das Komitee ist lediglich ein beratendes Gremium ohne wirkliche Macht", erklärte ich in dem Versuch, ihn davon abzubringen. „Mr Fitzroy ist der Leiter und trifft alle Entscheidungen."

„Das Komitee hat ihn als Leiter eingesetzt."

„Nein. Das erfolgte aufgrund einer alten Prophezeiung." Ich verhinderte eine weitere Diskussion in dieser Richtung, indem ich das Gespräch zu seiner Stiefmutter lenkte. „Wie geht es Lady Harcourt? Ich sollte sie besuchen und ihr für ihre Besorgnis danken. Sie war gestern bei Mr Fitzroy, als sie von meinem Verschwinden erfahren hat, wissen Sie?"

„In der Tat?" Sein durchtriebenes Lächeln erinnerte mich an den alten Buchanan. „Seien Sie vorsichtig mit meiner lieben Stief-Mama. Sie hat scharfe Krallen und schlägt sie gern in die Dinge, von denen sie glaubt, sie stünden ihr zu. Mein Vater war fest am Haken."

„Warnen Sie mich, weil Sie glauben, ich hätte etwas, das ihr gehört?"

Er strich mit der Seite seines Fingers über seine Lippen. Ich hatte nicht vergessen, dass dieser Mann in Lady Harcourt verliebt gewesen war, bevor sie seine Stiefmutter wurde. Damals war sie Tänzerin im Alhambra gewesen. Ging es bei seinem Besuch darum? Um den Versuch herauszufinden, ob Lincoln und ich wirklich verlobt waren und Buchanan gefahrlos seine Liebschaft mit ihr wieder aufnehmen konnte? Das Treiben dieser Familie war dreckiger als ein Schweinestall.

„Ich hatte eigentlich erwartet, dass sie Ihren Verlobten um Hilfe bittet", sagte er.

„Steckt sie in Schwierigkeiten?"

„Sie hat Sorgen, wenn Sie es so ausdrücken wollen, und mir ist aufgefallen, dass sie Ihren Verlobten so oft wie möglich in ihre kleinen Problemchen involviert."

„Sprechen Sie weiter", sagte ich knapp. Ganz offensichtlich wollte er tratschen. Allmählich dachte ich, dass er sich doch nicht allzu sehr geändert hatte.

„Jemand erpresst sie mit ihrer Vergangenheit."

„Als Tänzerin?"

Er nickte. „Sie bekam einen Brief, in dem ihr gedroht wurde, ihr Geheimnis offenzulegen."

„Das ist grässlich", sagte ich mit äußerster Aufrichtigkeit. Lady Harcourt bemühte sich so sehr, sich von ihren Wurzeln im Mittelstand zu befreien, und es sah wirklich so aus, als wäre sie erfolgreich. Aber bei meinem Besuch im Alhambra war mir auch klar geworden, dass da noch Neid von anderen Tänzerinnen schwelte, die nicht so viel Glück gehabt hatten oder so skrupellos gewesen waren. „Sie hat keine Ahnung, wer den Brief geschrieben haben könnte?"

„Keine, jedenfalls behauptet sie das. Allerdings bin ich nicht ganz überzeugt. Sie hat sich geweigert, mir den Brief zu zeigen."

„Wie können Sie dann sicher sein, dass eine Bedrohung besteht?"

„Wegen ihrer Angst. Nichts außer einer Drohung dieser Art würde bei ihr eine solche Angst verursachen. Sie befürchtet ernsthaft, dass ihre Vergangenheit in den Klatschspalten aufgedeckt wird."

„Und Sie machen sich Sorgen, dass sie zu nervös wird?"

„Das tue ich."

„Das ist sehr süß von Ihnen, Mr Buchanan. Ich bin mir sicher, dass sie Ihre Sorge schätzt. Jeder braucht einen Vertrauten, auf den er sich in schwierigen Zeiten stützen kann."

Sein Mund zuckte zur Seite. „In der Tat."

„Es überrascht mich, dass sie Mr Fitzroy überhaupt damit belästigen würde, wenn Sie doch da sind, um ihr zu helfen."

„Sie scheint ihn für ausgesprochen kompetent zu halten. Mehr als mich, da bin ich sicher. Wissen Sie, ob sie mit ihm über diesen Brief gesprochen hat?"

„Er war in letzter Zeit sehr beschäftigt."

„Damit, Sie aus den Klauen der Kidnapper zu retten?"

Ich schob die Schultern zurück. „Ich habe mich selbst befreit, danke." Irgendwie.

„Das hat sie", warf Gus ein. „Und mich auch."

Buchanan ignorierte ihn. „Ich bin froh, dass ich das mit Ihnen besprechen konnte, Miss Holloway. Wenn ich meine Stiefmutter auch anbete und alles für sie tun würde, ist mir bewusst, dass sie ihre Fehler hat. Einer davon ist die Freude am Manipulieren von Dingen zu ihrem Vorteil. Ich möchte nicht, dass Sie erst von Julias Intrigen erfahren, wenn es zu spät ist."

Ich konnte mich nicht entscheiden, ob er auf Lincoln eifersüchtig war, sich um die beiden Sorgen machte, weil er in sie verliebt war, oder ob er sie verabscheute und ihre Intrigen untergraben wollte, wie er es nannte. Vielleicht beides. Liebe und Hass waren zwei Seiten einer Medaille. Das hatte jedenfalls meine Adoptivmutter immer zu mir gesagt.

„Danke", sagte ich. „Sie müssen sich darüber keine Gedanken machen. Wenn Lincoln Lady Harcourt helfen möchte, dann wird er das tun. Aber das ist auch alles. Nur helfen." Was konnte ich anderes sagen? Es schien absurd, ein solches Gespräch mit ihm zu führen. Wäre Lincoln hier, hätte er Buchanan achtkantig hinausgeworfen.

„Es freut mich, dass ich mit Ihnen sprechen konnte, Miss Holloway." Er stand auf und versicherte mir, er müsse gehen, als ich höflich die Kürze seines Besuches anprangerte. „Dinge zu erledigen und so."

Ich begleitete ihn hinaus, gerade als Doyle mit dem Tee in der

Eingangshalle ankam. Er seufzte, drehte sich um und ging wieder.

Seth, Gus und ich folgten ihm in die Küche, wo wir zusammen mit dem Koch den Tee und Kuchen genossen. Doyle aß auch etwas, auch wenn er sich weigerte, sich in meiner Gegenwart zu setzen.

„Was glaubst du, was das alles sollte?", fragte Seth.

„Frag mich nich." Gus machte sich nicht die Mühe, den Kuchen herunterzuschlucken, bevor er sprach, was ihm einen rügenden Blick von Seth einbrachte. „Die von der Oberschicht sind komische Leute. Ich kapier die nich."

„Amen", murmelte ich in meine Tasse.

Doyle trank seinen Tee aus und machte sich auf die Suche nach etwas Silber, das er polieren konnte. Ich bedeutete Seth, mir in die Spülküche zu folgen.

„Soll ich Wasser holen?", fragte er und nahm den Eimer zur Hand.

„Gleich." Ich behielt meine Stimme gesenkt und meinen Blick auf die Küchentür gerichtet. „Ich hasse es, dich das zu fragen, aber bist du dir sicher, dass Doyle uns nicht an Mrs Drinkwater verraten würde?"

„Ziemlich sicher. Warum sollte er?"

„Geld."

„Der Mann ist unendlich dankbar für seine Stellung hier. Er ist sehr stolz und will arbeiten. Er würde diese Möglichkeit nicht für ein bisschen extra Taschengeld gefährden."

„Oh. Armer Kerl. Du hast recht, aber ich musste fragen. Er wusste, dass wir eine Haushälterin suchen. Um nur eine Sache zu nennen."

„Das war wohl kaum ein Geheimnis. Ihr habt eine Anzeige in die *Times* gesetzt."

„Ja, aber Mrs Drinkwater wusste das nicht, bis jemand sie darauf hingewiesen hat."

„Stimmt. Aber Mrs Drinkwater wusste von deiner Nekromantie, und Doyle nicht."

„Du hast es ihm nicht gesagt?" Als er den Kopf schüttelte, seufzte ich. „Dann kann er es nicht gewesen sein. Ich bin sehr erleichtert, weil er unglaublich effizient ist. Auch wenn ich es nicht leiden kann, wie er mich anschaut, wenn ich in der Küche sitzen will."

„Er wird sich schon noch daran gewöhnen, wie die Dinge in Lichfield gehandhabt werden."

„Glaubst du, er gewöhnt sich an die merkwürdigen Vorkommnisse?"

„Du meinst die eine oder andere Entführung?" Er grinste. „Wir werden ihm irgendwann vom Ministerium erzählen müssen."

Er trug den Eimer hinaus und ich sammelte das dreckige Geschirr ein. Bis er mit dem Wasser zurück war, waren meine Gedanken in Richtung Lincoln gewandert. Hätte er Mrs Drinkwater angetroffen, wäre er schon zurück. Ich fühlte mich nicht so erleichtert, wie ich erwartet hatte. Trotz meiner früheren Befürchtungen *wusste* ich, dass Lincoln ihr nichts antun würde. Vielleicht machte er ihr Angst oder bedrohte sie, aber das war alles.

Doch zuerst musste er sie finden.

Wenn er mir gesagt hätte, was er bisher über die Drinkwaters herausgefunden hatte, hätte ich helfen können, die Suche einzugrenzen, aber er hatte sich geweigert, die Sache mit mir zu besprechen.

„Seth", sagte ich, bevor er die Spülküche verlassen konnte. „Erzähl mir alles, was du über die Drinkwaters weißt."

Er zuckte mit den Schultern. „Du weißt bestimmt mehr als ich, da du in ihrem Haus warst und sie kennengelernt hast."

„Was hat Lincoln von der Polizei erfahren, die Reginalds Tod untersucht hat? Wer waren ihre Freunde und Verwandten? Machen sie Urlaub am Meer? Solche Sachen."

Ein weiteres Schulterzucken. „Ich weiß es nicht. Er erzählt uns nicht viel." Seine Augen verengten sich. „Warum?"

Ich trocknete mir die Hände an meiner Schürze ab. „Komm mit mir, als mein Leibwächter. Ich will—"

„Nein." Seine Hände fuchtelten in der Luft herum. „Absolut nicht. Es ist zu gefährlich für dich. Abgesehen davon, kannst du dir vorstellen, was er mit mir macht, wenn etwas passiert?"

„Nichts wird passieren, wenn du als mein Beschützer dabei bist."

„Dein Vertrauen ehrt mich, aber es ist fehlgeleitet. Das wissen wir beide. Ich bin nicht er und selbst er kann keine Kugel aufhalten."

Nein, aber ich kannte etwas, das es konnte. Ich tunkte eine Teetasse in die Spüle. „Schon gut."

Etwa zwanzig Minuten später, als eine weitere Möbellieferung eintraf, hatte sich ein Plan herauskristallisiert.

Ich bezahlte den Fahrer und seinen Helfer und drängte sie, meinen Scherz für sich zu behalten. Dann zog ich mir schnell meine Jungensachen an, die ich im Kleiderschrank aufbewahrte, und stopfte meine Haare unter eine Kappe. Mit gesenktem Kopf und einer Hand auf dem Bernsteinanhänger um meinen Hals saß ich neben dem Fahrer, während wir durch Lichfields Tor fuhren.

Niemand versuchte mich zu töten und ich konnte auch keine Fremden in der Nähe herumlungern sehen. Ich stieß die Luft aus, die ich angehalten hatte, und sog frische, freie Luft ein.

Der Junge wartete bereits um die Ecke auf uns, da er am hinteren Ende des Anwesens über den Zaun geklettert war. Ich bedankte mich bei Vater und Sohn und bat sie, mich zur Kensington Polizeistation zu bringen.

KAPITEL 10

Sich als Junge zu verkleiden war sinnvoll, um sich aus dem Haus zu schleichen. Um Namen und Adressen von einem Detective Inspector zu bekommen, war es allerdings nutzlos. Der rotwangige Mann, der den Drinkwater-Mord bearbeitete, weigerte sich, mir irgendetwas zu sagen, selbst als ich ihm versicherte, für eine wissenschaftliche Organisation zu arbeiten, die Mr Drinkwater posthum einen Forschungspreis verleihen wollte.

„Sag deinem Herrn, dass ich solche Informationen nicht an Kinder weitergebe. Oder sonst jemanden! Verzieh dich, Junge." Er scheuchte mich mit seinen kurzen Stummelhänden weg und kümmerte sich wieder um seinen Papierkram.

Ich bewegte mich nicht. „Ich kann Sie bezahlen."

Mein Bestechungsversuch brachte mir einen wütenden Blick ein. „Möchtest du verhaftet werden?"

Ich war so schnell wie möglich draußen. Einmal war ich schon in einer Arrestzelle der Polizei gelandet und wollte diese Erfahrung kein zweites Mal machen.

Ich wartete, bis es dunkel war und der Detective Inspector Feierabend machte. Ein Constable schob noch Dienst, aber von dem unbemerkt zu bleiben, würde ein Leichtes sein. Ich wanderte eine Gasse entlang und sammelte unterwegs Kiesel auf. Dann kletterte ich über den hinteren Zaun in einen großen Innenhof.

Gus' Prinzipien zufolge probierte ich als Erstes, ob die Tür offen war. Der Knauf drehte sich zwar, aber die Tür bewegte sich nicht. Sie musste von innen verriegelt sein. An keinem der hohen, schmalen Fenster befand sich ein Schloss, von denen eins wahrscheinlich zu den Arrestzellen führte.

In der Nähe waren keine Kisten, also musste ich auf den Seitenzaun klettern und mich auf die Zehenspitzen stellen, um an das Dach zu kommen. Ich war etwas außer Übung, aber irgendwo hochzuklettern war keine Fähigkeit, die man so schnell verlernte. Das Dach war auch nicht allzu steil, was hilfreich war.

Ich legte mich flach auf den Bauch und packte den Rand der Regenrinne über einem der Fenster. Nach einem tiefen Atemzug schaute ich hinein.

Drei Gefangene saßen in einem weiß getünchten Raum. Im Licht der Lampe sahen sie vollkommen gelangweilt aus. Schnell zog ich den Kopf zurück, ehe sie mich bemerken konnten.

Stück für Stück robbte ich hinüber zu dem anderen Fenster und wiederholte die Übung. In der Dunkelheit konnte ich nichts erkennen. Fehlendes Licht bedeutete wahrscheinlich, dass niemand in dem Raum war. Ich robbte zurück zu dem Teil des Daches, der direkt über der Tür war, und holte einen Kiesel aus der Tasche.

Ich warf ihn so fest ich konnte gegen die Tür, die sich kurz darauf öffnete.

„Jemand hier draußen?", rief der Constable in die Dunkelheit, als er niemanden sah.

Er schnalzte mit der Zunge. „Wenn ich euch schnappe, ihr kleinen Dreckskerle, werde ich—"

Mein zweiter Kiesel traf den hinteren Zaun und der dritte flog darüber und klackerte auf die Pflastersteine in der Gasse. Der Constable kam in Sicht. Mit den Händen auf den Hüften stand er mitten im Hof und sah sich um.

Diesmal warf ich drei Kiesel. Sie landeten alle auf der anderen Seite des Zaunes.

Der Constable zog seinen Schlagstock aus dem Halfter und

riegelte das Tor auf. Mit den Fingern hielt ich mich am Dach fest und schwang herunter durch die offene Tür, wo ich leise im leeren Flur landete. Ein schneller Blick hinaus bestätigte mir, dass der Constable nichts bemerkt hatte. Ich schlüpfte in den dunklen Raum und schloss die Tür. In dem kurzen Moment davor zeigte mir das Licht der Flurlampe einen Wischmopp, Besen und anderes Reinigungsmaterial an einem Ende des Raumes und einen großen Aktenschrank mit vielen kleinen Schubladen am anderen.

Ich presste mein Ohr an die Tür und lauschte. Jemand summte leise, aber ich hörte keine Stimmen. Die Hintertür schloss sich und ein Riegel wurde vorgeschoben. Schritte gingen an der Tür des Lagers vorbei, ohne anzuhalten. Ich wartete noch einen Augenblick und als alles ruhig blieb, kroch ich in den Flur hinaus. Das Büro des Detective Inspectors war zwei Türen weiter und von der Rezeption aus zu sehen, wo der Constable mit dem Rücken zu mir saß, die Füße auf dem Schreibtisch.

Auf Zehenspitzen schlich ich mich in das unverschlossene, fensterlose Büro und verfluchte stumm den Mangel an Licht. Ich tastete in der Dunkelheit herum, bis ich eine Lampe auf dem Schreibtisch gefunden hatte, die ich anzündete. Das Gas zischte etwas, aber nicht allzu laut. Ich prüfte einen Papierstapel und fand den Drinkwater-Fall obenauf.

Ich blätterte an den grässlichen Fotografien vorbei, ebenso wie an den Informationen, die er von Zeugen bekommen hatte. Das brauchte ich nicht. Weiter hinten fand ich den Namen und die Adresse von Mrs Drinkwaters Schwester, aber keine weiteren Verwandten. Wenn sie dort nicht war, hatte ich keine Ahnung, wo sie sein könnte. Lincoln würde diese Information bereits haben und vor mir dort eintreffen. Eigentlich hätte er vor Stunden nach Lichfield zurückkommen sollen.

Ich blätterte zurück, langsamer diesmal, um alles zu überfliegen. Ein Name fiel mir ins Auge.

Joan Brumley.

Wie es aussah, arbeitete dieser Detective nicht am Brumley-Fall, aber er oder jemand anderes hatte die beiden Morde in Verbindung gebracht. Das Timing und die Art der Tode musste sie darauf gebracht haben. Ich merkte mir die Details von Brumley, inklusive der Cousine, die als nächste Verwandte gelistet war.

Ich blätterte weiter, nur um wieder innezuhalten, als ich einen weiteren bekannten Namen sah. Zwei. *Oh mein Gott.*

Victor Frankenstein und Captain Jasper.

Sie waren mit zwei anderen Männern unter der Überschrift *bekannte Verbindungen* aufgelistet. Neben ihren Namen standen die Buchstaben ‚VERST‘. Verstorben. Der Detective musste auf Korrespondenz zwischen den beiden gestoßen sein. Ich konnte nicht fassen, dass ich nicht eher darauf gekommen war. Alle drei Männer waren Wissenschaftler gewesen, die sich in irgendeiner Weise mit Wiederbelebung beschäftigt hatten. Frankenstein hatte tote Körper mithilfe meiner Nekromantie zum Leben erwecken wollen, Jasper hatte es mit Medizin versucht und Drinkwater wollte seine Prothesen funktionsfähig machen.

Hatten sie sich über ihre Forschungsergebnisse ausgetauscht? Hatten Frankenstein und Jasper gewusst, dass Drinkwater magische Fähigkeiten hatte? Stand Drinkwaters Tod irgendwie damit in Verbindung? Und Brumleys ebenfalls?

Mir schwirrte der Kopf bei so vielen Fragen. Ich musste mit Lincoln sprechen. Und doch … er musste es gewusst haben. Er wäre in ähnlicher Manier hier hereingeschlichen wie ich und hätte genau dieselben Papiere durchsucht. Wenn er es wusste … warum hatte er es mir nicht gesagt?

Schritte näherten sich im Flur. Ich löschte die Lampe und duckte mich unter den Schreibtisch, wo ich den Anhänger an meinem Hals umklammerte. Seine Wärme gab mir Sicherheit.

Die Tür ging auf und ein Rechteck aus Licht schien auf den Boden. Polierte Schuhe kamen heran und blieben nur wenige Zentimeter vor meinem Versteck stehen. Mein Herz hämmerte so heftig, dass er es sicher gehört haben musste, selbst über sein Pfeifen hinweg. Papier raschelte. Es schien mehrere Minuten zu dauern, obwohl es vermutlich nur Sekunden waren. Dann, endlich, zogen sich die Schuhe zurück und der Constable schloss die Tür. Es wurde dunkel im Zimmer, aber ich wagte es nicht, mich zu rühren.

Ich wartete, bis ich mir sicher war, dass er nicht zurückkam, und kroch aus meinem Versteck. Auf Zehenspitzen ging ich zur

Tür, öffnete sie, spähte den Flur hinauf und hinunter, ehe ich ganz heraustrat. Der Riegel an der Hintertür war nicht so leise, wie ich es mir gewünscht hätte, aber niemand setzte mir nach, also konnte er so laut nicht gewesen sein. Ich schloss die Tür, rannte über den Innenhof zum Hintertor hinaus und die Gasse entlang.

Erst als ich eine Ecke mit mehreren Straßenlampen erreichte, die Trost und ein Gefühl der Sicherheit spendeten, hörte ich auf zu rennen. Es war noch früh und trotz der Kälte waren Leute unterwegs, die von der Arbeit nach Hause gingen oder abendliche Besuche abstatteten. Ich suchte mir eine Droschke, bezahlte den Fahrer und ließ mich nach Lichfield zurückfahren.

Die Fahrt gab mir Zeit nachzudenken. Ich hatte so viele Fragen und wusste, dass Lincoln die Antworten zu einigen davon haben könnte. Ich hoffte, dass er zurück war, denn ich wollte ihn damit konfrontieren, dass er mir Informationen vorenthielt. Andererseits, wenn er nach Hause gekommen war und mich dort nicht vorgefunden hatte ...

Diese Möglichkeit schob ich beiseite und dachte über alles nach, was ich wusste, was sehr wenig war. Mrs Drinkwater könnte mir vielleicht mehr über die Verbindung ihres Mannes zu Jasper und Frankenstein erzählen, aber sie zu finden würde sich jetzt vermutlich als schwierig herausstellen. Wenn sie nicht untergetaucht wäre, wäre Lincoln schon vor Stunden zurückgekehrt. Ich glaubte nicht, dass ich Erfolg haben könnte, wo er versagte hatte.

Aber ich brauchte Mrs Drinkwaters Hilfe nicht. Es gab andere Möglichkeiten, an Informationen zu kommen.

* * *

Zu meiner enormen Erleichterung war Lincoln nicht zu Hause. Nicht nur das, meine Täuschung, dass ich mich mit Kopfschmerzen in mein Zimmer zurückziehen musste, hatte ebenfalls funktioniert, sodass die anderen völlig überrascht waren, als ich in Jungenklamotten in die Küche spaziert kam. Keiner mehr als Doyle.

Er ließ die Eier fallen, die er dem Koch hatte reichen wollen.

Sie krachten auf den Boden und spritzten auf seine glänzenden schwarzen Schuhe. „*Miss Holloway?*" Sein entsetzter Ton passte zu seinem Gesichtsausdruck.

„So isses, Mr Doyle", sagte ich in meinem alten Slum-Dialekt. „Jetzt mach die Klappe zu, willst ja nicht, dass dich einer für'n Fisch hält."

„Ich ... ich ..."

„Jou, bin wie'n Junge angezogen." Ich zog die Mütze ab und verbeugte mich. „Was gibts zu essen, Koch? Ich bin am Verhungern."

„Reste von Rindfleisch." Der Koch schüttelte den Kopf und räusperte sich. Als er endlich Doyles Aufmerksamkeit hatte, nickte er in Richtung der Sauerei auf dem Boden.

Doyle hockte sich hin, um die Schalenstücke aufzusammeln, warf mir aber immer wieder Blicke zu, als würde er erwarten, dass ich gleich ein Tänzchen aufführte.

Seth und Gus standen an der Tür und blockierten mit verschränkten Armen den Weg, die Gesichter finster. „Du hast Glück, dass Fitzroy nicht hier ist", sagte Seth.

„Ich weiß." Ich lächelte, aber das änderte nichts an den finsteren Gesichtern. „Ich war sicher. Ich hatte mein Haustier dabei." Ich zog die Kette aus meinem Hemd.

„Das machts nich besser", sagte Gus und ließ die Arme sinken. „Du solltest jemandem sagen, wenn du weggehst."

„Ihr hättet mich nicht gehen lassen."

„Und dafür gibts 'nen guten Grund."

Ich seufzte. „Ich kann nicht Tag und Nacht hierbleiben und nichts tun." Nicht wenn Leute mir Dinge verheimlichten.

„Wo warst du?", fragte Seth, der in der Tür stehen blieb.

„Kensington Polizeistation. Ich wollte herausfinden, wo Mrs Drinkwaters Schwester wohnt. Ich würde gern noch einmal mit ihr reden, allerdings ohne, dass Lincoln sie mit Blicken ermordet."

„Und hast du die Adresse der Schwester herausgefunden?"

„Der Detective Inspector wollte nicht mit mir reden." So. Das war keine Lüge.

Ich aß etwas Brot mit Käse und einer Scheibe Rindfleisch, während mein Herz einen schuldbewussten Rhythmus gegen meine Rippen klopfte. Als ich fertig war, spülte ich das Essen mit einem Glas Rotwein herunter. „Lincoln hat keine Nachricht geschickt?"

„Keine", sagte Gus.

„Er ist schon lange weg. Glaubt ihr, ihm geht es gut?"

„Natürlich geht es ihm gut. Dem gehts immer gut."

Ich fand, das war kein ausreichender Grund, sich keine Sorgen zu machen. Und ich machte mir Sorgen. Was noch schlimmer war: Ich hatte keine Ahnung, wo ich nach ihm suchen sollte.

„Lass ihm bis morgen Zeit", sagte Seth leise. „Wenn er bis dahin nicht zurück ist, starten wir eine Suche."

Ich lächelte gequält. „Also gut. Du hast vermutlich recht und er sucht nur nach Mrs Drinkwater." Ich stand auf. „Gute Nacht, allerseits. Diesmal gehe ich wirklich in mein Zimmer."

Seth folgte mir aus der Küche. „Dann macht es dir ja nichts aus, wenn ich sicherstelle, dass du auch dort ankommst, und von Zeit zu Zeit nach dir schaue."

„Vergiss es", sagte Gus und folgte ebenfalls. „Ich stell mich vor ihre Tür."

Ich ließ es zu, dass sie mit mir die Treppe hinaufgingen. Es war egal, ob sie Wache hielten oder nicht, also schloss ich die Tür und dachte nicht mehr darüber nach. Anstatt ins Bett zu gehen, setzte ich mich jedoch ans Feuer und öffnete meine Haare. Sie reichten mir jetzt bis knapp über die Schultern, noch immer deutlich kürzer als sie gewesen waren, bevor ich sie mir mit dreizehn Jahren abgeschnitten hatte. Eines Tages würden sie wieder so lang sein. Manchmal fühlte sich dieser Tag an, als wäre er noch ein ganzes Leben entfernt.

Ich musste eingeschlafen sein. Es war noch dunkel, als ich aufwachte, und nur das orangefarbene Glühen der Kohlen spendete Licht. Ich zündete eine Kerze an, legte mir einen Schal um und schlüpfte aus dem Zimmer. Weder Gus noch Seth waren im Flur geblieben und das Haus war still. Es fühlte sich leer an.

Ich klopfte sacht an Lincolns Tür und trat ein, als niemand antwortete. Sein Wohn- und Arbeitszimmer war unverändert, das Bett gemacht. Ich stellte die Kerze auf den Tisch und kroch unter die Bettdecke, um auf ihn zu warten. Eingehüllt in seinen Duft schlief ich bald ein.

Am nächsten Morgen erwachte ich allein. Ich zog mich schnell an und gesellte mich in der Küche zu den anderen. „Er ist nicht nach Hause gekommen", verkündete ich.

„Was soll'n wir machen?", fragte Gus.

Der Koch stellte einen Teller mit Spiegeleiern und Speck vor mich hin. „Erst essen, später Sorgen machen."

„Mir ist nicht nach essen." Ich schob den Teller weg.

„Ihm gehts gut", sagte Seth.

„Er war wütend, als er gegangen ist. Ich mache mir Sorgen, dass er in seiner Wut Fehler gemacht hat."

„Der macht keine Fehler", sagte Gus und stürzte sich auf seinen Speck. „Abgesehen davon, wenn wir ihn finden wollen, wo würden wir anfangen zu suchen?"

Ich seufzte, denn ich wusste es wirklich nicht. Sie hatten recht. Lincoln zu suchen wäre wie die Suche nach der sprichwörtlichen Nadel im Heuhaufen. Aber ich musste es versuchen. „Wir machen was anderes. Da wir nur die Adressen von den Drinkwaters in London und von Mrs Drinkwaters Schwester haben, stecken wir in einer Sackgasse. Lincoln wird dort schon gesucht haben und meine Vermutung ist, dass sie weder an dem einen noch an dem anderen Ort ist. Also reden wir mit Joan Brumleys Cousine."

„Mit wem?", fragte der Koch.

„Das andere übernatürliche Opfer", erklärte Seth. „Wie finden wir ihre Cousine?"

„Ihre Adresse stand in den Akten des Detectives", sagte ich.

Seth verschränkte die Arme. „Du hast gesagt, du hättest nichts von der Polizei erfahren."

„Das ist nicht exakt das, was ich gesagt habe. Jedenfalls glaube ich, dass Lincoln seine Ermittlungen ausgeweitet hat, als er bei der Suche nach Mrs Drinkwater nicht weiterkam."

„Vielleicht." Gus schob sich den Rest der Eier in den Mund und redete weiter, ehe er geschluckt hatte. „Vielleicht müssen wir ihn auch gar nich finden. Kann sein, dass er mitten in der Jagd steckt und noch nich nach Hause kommen kann."

„Das ist mir klar. Mir ist auch klar, dass er nicht will, dass wir ihn suchen gehen—wenn alles in Ordnung ist."

Seth hielt einen Finger hoch. „*Wir* suchen ihn bei Brumleys Cousine. *Du* bleibst hier."

Ich hatte mir schon gedacht, dass er das sagen würde, und hatte nicht vor, mich darum zu streiten oder mich raus zu schleichen. Sie kamen sehr gut ohne mich zurecht. „Ich habe einige spezifische Fragen, die ihr Miss Brumleys Cousine stellen sollt. Ich schreibe sie euch nach dem Frühstück auf."

Gus wischte sich mit dem Handrücken den Mund ab. „Die glaubt nich, dass wir selbst denken können, Seth."

Seth runzelte nur die Stirn.

Nachdem sie gegangen waren, verbrachte ich die Zeit mit Doyle im Salon. Seit Lincoln in Lichfield Towers eingezogen war, war er nicht benutzt worden und Tücher deckten die wenigen Möbel ab, die vom vorigen Besitzer zurückgelassen worden waren. Nach der Lieferung am Vortag hatte Doyle sich darangemacht, die alten Möbel wegzuräumen und die neuen aufzustellen. Er hatte hervorragende Arbeit geleistet. Gemeinsam schmiedeten wir Pläne und rückten die neuen Möbel an andere Stellen, nur um sie wieder zurückzuschieben, da sie dort besser aussahen.

Als Gus und Seth von ihrem Besuch bei Joan Brumleys Cousine Edith zurückkamen, schwitzte ich. „Und?", fragte ich, bevor sie auch nur Gelegenheit hatte, ihre Hüte und Handschuhe auszuziehen.

„Fitzroy war gestern noch spät dort", sagte Gus.

Ich atmete tief aus. Also war er gesund und munter, Gott sei Dank. „Und?"

„Er hat die gleichen Fragen gestellt, die wir stellen sollten. Größtenteils. Sie kannte den Namen Drinkwater nicht und sie hatte auch keinen Besuch von jemandem bekommen, der sie nach ihrer Cousine gefragt hat, abgesehen von der Polizei und Fitzroy."

„Also besteht vermutlich keine weitere Verbindung zwischen ihnen, außer dass sie beide übernatürlich waren. Weiter. Was noch?"

„So weit Edith Brumley wusste, war ihrer Cousine nicht klar, dass sie eine Nekromantin war. Sie wusste nur, dass sie mit Geistern reden konnte, hatte aber keine Bezeichnung für ihre Magie. Sie hat es überhaupt nicht als magische oder übernatürliche Fähigkeit betrachtet, es war einfach so. Abgesehen von Fitzroy und uns hat ihr gegenüber niemand das Wort Nekromantie benutzt, und die Polizei hat Joans magische Fähigkeiten gar nicht erwähnt."

„Was ist mit Frankenstein und Jasper? Hat Joan die Edith gegenüber je erwähnt?"

„Die Namen waren ihr nicht bekannt."

Verdammt. Das lief nicht so, wie ich erwartet hatte. „Was ist mit meiner letzten Frage? Hatte Joan in letzter Zeit neue Bekanntschaften geschlossen?"

Sie warfen mir identische triumphierende Blicke zu. „Das is der spannende Teil", sagte Gus.

„Das war eine kluge Frage", fügte Seth hinzu. „Es stellte sich heraus, dass Joan einen Verehrer hatte. Edith fand das sehr unwahrscheinlich, da Joan jahrelang als Mauerblümchen galt und sich niemand für sie interessiert hat."

Gus kreiste mit seinem Zeigefinger neben seiner Schläfe. „Kein Wunder."

„Laut Edith hat der Kerl es vermieden, sie kennenzulernen, obwohl sie Joans einzige Verwandte ist. Er hat es immer wieder aufgeschoben, was Edith misstrauisch gemacht hat. Sie dachte, er existiert vielleicht nur in der Fantasie ihrer Cousine. Diese Meinung hat sie geändert, nachdem Joan sehr darüber verzweifelt war, dass der Gentleman den Kontakt abgebrochen hatte. Am einen Tag hatte er noch mit ihr über eine gemeinsame Zukunft gesprochen, am nächsten Tag … nichts mehr. Er ist einfach nicht am vereinbarten Treffpunkt erschienen und da sie keine Möglichkeit hatte, ihn zu kontaktieren, war damit die Beziehung beendet."

„Hat Joan Edith eine Beschreibung von ihm gegeben?"

Beide Männer schüttelten die Köpfe. „Du wirst es nich glauben, Charlie", sagte Gus. Er konnte nicht stillstehen, so aufgeregt war er. „Edith Brumley schreibt Tagebuch. Sie hat nachgeschaut, an welchem Tag Joan so verzweifelt zu ihr kam. Rate mal, wann das war."

„Sag's mir einfach!"

„Am Tag nach Frankensteins Tod."

Ich legte eine Hand auf die Brust. „Mein Gott", flüsterte ich. „Du glaubst, *er* war ihr Verehrer?"

Sie nickten beide. „Er wollte eine Nekromantin und sie war eine."

„Ja, aber ... er dachte, ich wäre die letzte. Deswegen war er doch so erpicht darauf, mich zu kriegen."

„Was, wenn er nicht *wusste*, dass Joan eine Nekromantin war?", sagte Seth. „Vielleicht hat er ihre Artikel in den Geschichtszeitschriften gesehen und gedacht, sie könnte interessant sein. Denk dran, in den Artikeln sprach sie nur davon, mit Geistern reden zu können. Es gab keinen Hinweis darauf, dass sie Geister in Körper schicken konnte, um sie zu reanimieren. Er war sich möglicherweise noch nicht sicher, ob sie das konnte."

„Oder *sie* wusste nicht, dass sie es konnte." Ich wünschte, ich hätte diese Frage auf meine Liste für Edith Brumley gesetzt. „Er könnte bei ihren Treffen versucht haben, mehr über ihre magischen Fähigkeiten herauszufinden, selbst während er nach mir gesucht hat." So, wie er es mit meiner Mutter getan hatte. „Seine Bemühungen wurden durch seinen Tod vorzeitig beendet. Das ist eine umwerfende Entwicklung. Ob Lincoln diese Verbindung auch entdeckt hat?"

„Wir haben Edith gefragt, ob sie noch jemandem von Joans Verehrer erzählt hat, aber sie sagte, das hätte sie nicht getan, weil niemand danach gefragt hat."

„Nicht mal die Polizei?"

Er schüttelte den Kopf. „Die haben nur nach den jüngsten Verbindungen gefragt, nicht nach welchen, die schon Monate her waren. Ich schätze, Edith hielt das auch nicht für relevant, da der Kontakt schon vor einer Weile abgebrochen war."

„Und was jetzt?", fragte Gus. „Willste jetzt den Geist von dieser Brumley beschwören?"

Ich schüttelte den Kopf. „Das ist zu gefährlich. Sie war Nekromantin. Ich kann nicht riskieren, dass sie meine Kontrolle durchbricht." Ich stieß einen zittrigen Seufzer aus, denn ich konnte kaum glauben, was ich vorhatte oder was ich dabei empfand. „Ich werde meinen Vater rufen, Victor Frankenstein."

KAPITEL 11

„**B**ist du dir sicher, dass du das tun willst?", fragte Seth mit stiller Sorge.

„Frankenstein hatte keine magischen Fähigkeiten", versicherte ich ihm. „Also wissen wir, dass er sich meiner Kontrolle nicht entziehen kann."

„Das meinte ich nicht."

Ich spreizte meine Finger auf meinem Schoß und atmete aus. Ich saß auf dem neuen Sofa, von Fernesse persönlich hergestellt, im neu dekorierten Empfangszimmer. Neue Möbel, neue Kleider, neuer Verlobter, und doch fühlte ich mich nicht sehr anders, seit Frankenstein gestorben war. Manchmal, wenn ich mich daran erinnerte, dass er mein Vater war, fand ich die ganze Sache schwer zu greifen. Trotz der äußerlichen Ähnlichkeit waren wir sehr verschieden. Ich hoffte, nie so zu werden wie er. Er hatte Menschen rücksichtslos benutzt, um sein Lebenswerk zu vollenden. Er hatte Menschen benutzt, die er hatte lieben sollen.

„Ich komme zurecht", sagte ich. „Es ist an der Zeit, dass ich ihm gegenübertrete."

„Vielleicht sollten wir auf Fitzroy warten." Gus beäugte die Tür, als würde er Lincoln jeden Moment erwarten.

„Ich möchte lieber nicht warten. Abgesehen davon wissen wir nicht, wann er zurückkommt." Oder ob er unsere Hilfe brauchte.

Ich drehte mich zum Feuer, um die plötzliche Kälte zu vertreiben, und rief Frankenstein. Sein Geist schien aus dem Nichts zu kommen, aus keiner bestimmten Richtung. Er strich wild durch den Raum und sauste durch Gegenstände, bis er schließlich zur Ruhe kam.

Seine Gestalt nahm auf dem Sofa neben mir Form an. „Charlotte!" Er berührte die ausgefranste Wunde, wo sein Auge hätte sein sollen. Lincolns Messer hatte sie in einem tödlichen Stich verursacht.

Ich schluckte. Manchmal vergaß ich, was Lincoln getan hatte. „Guten Morgen." Es fühlte sich falsch an, ihn ‚Vater' oder ‚Sir' zu nennen, also ließ ich es aus. „Ich muss mit dir sprechen."

Er spreizte seine Hände auf dem Schoß, so wie ich es gerade getan hatte, und starrte ihre nebulöse Form an. „Ich … ich bin ein Geist."

„Ja. Du bist vor etwas über drei Monaten gestorben."

Er schaute zur Decke hinauf, dann nach unten zum Boden. „Du hast mich gerettet."

Hatte er alles vergessen? Ich hatte ihn nicht gerettet. Ich war mit für seinen Tod verantwortlich.

„Du wirst mich doch nicht zurückschicken, oder?" Er lächelte und streckte die Hand nach mir aus. Ich spürte nichts, als sie mich durchfuhr. „Du bist meine Tochter … du wärst doch nicht so grausam, mich dorthin zurückzuschicken."

Ich brauchte einen Moment, bis mir klar wurde, dass er sich aufs Jenseits bezog. Es war wohl nicht so utopisch, wie er es sich erhofft hatte. Ich verspürte keinerlei Mitgefühl, keine Sorge. Er hatte sich die Suppe eingebrockt, jetzt musste er sie auslöffeln.

„Charlie", drängte Seth. „Frag ihn, was du fragen musst."

„Wo sind wir hier?", fragte Frankenstein, ehe ich etwas sagen konnte. „Wo bin ich?"

„Lichfield Towers in Highgate."

„Du lebst hier?"

„Ja."

„Du hast es gut getroffen. Braves Mädchen. Ist es ein großes Haus?"

„Ja."

„Gut, gut." Er stand auf und hielt mir die Hand hin. Beinahe griff ich aus Gewohnheit danach. „Wo finde ich meine Leichen?"

„Leichen?"

„Meine Arbeit. Du hast doch alles hergebracht, um meine Experimente fortzuführen, nicht wahr? Hast du Fortschritte erzielt? Bei drei Monaten erwarte ich einige Entwicklungen, insbesondere mit deiner Nekromantie."

„Stopp!" Ich hielt meine Hand hoch. „Setz dich."

Er setzte sich. „Charlotte? Meine Arbeit ...?"

Wenn ich Antworten wollte, musste ich behutsam vorgehen. „Ich werde dir bald das Labor zeigen. Aber erst muss ich etwas wissen."

Sein Blick wanderte über mein Gesicht und blieb an meinen Augen hängen. Sie waren blau, so wie seine, auch wenn sie in Geistform ihre Farbe verloren hatten. Der durchdringende Blick machte mich nervös, aber ich zwang mich, still zu halten. Nach einer Weile seufzte er. „Nun gut. Was möchtest du wissen? Hat es mit deiner Mutter zu tun?"

Es gab so vieles, was ich ihm über sie *sagen* wollte—dass sie schön und warmherzig war, dass er sie schwer verletzt und ihr Vertrauen in Männer zerstört hatte—aber nichts, was ich ihn *fragen* wollte. Ich wollte keine Bestätigung von ihm, dass er sie benutzt hatte, weil sie, nun, nützlich für ihn war.

„Hast du dich mit einer Historikerin namens Joan Brumley getroffen?"

Die Frage ließ seine unbeschädigte Augenbraue auf seiner Stirn nach oben wandern. „Ja. Und?"

„Warum?"

Er zog eine Schulter hoch. „Sie konnte mit Geistern sprechen. Ich hatte vor, ihre Fähigkeiten bezüglich der Reanimierung zu testen, aber ich bin gestorben, ehe ich dazu Gelegenheit hatte."

Ich nickte, sowohl für Seth und Gus als auch für Frankenstein. Er hatte die Antwort geliefert, die wir erwartet hatten. Gott, wie ich ihn hasste.

Ich verschränkte die Hände im Schoß und hob das Kinn. „Kanntest du einen Wissenschaftler namens Reginald Drinkwater?"

Er runzelte die Stirn. „Bei dem Namen klingelt was. Ist das

der Kerl, der versucht hat, künstliche Gliedmaßen dazu zu bringen, dass sie sich von allein bewegen?" Er schnaubte. „Er wollte seine Ergebnisse mit mir austauschen, aber ich habe nur auf einen seiner Briefe geantwortet. Er ist ein Spinner."

„Er hatte magische Fähigkeiten."

Seine Augen weiteten sich. „Ein Nekromant?"

„Nein, aber er hätte dir nutzen können. Du hättest deine Arbeit mit ihm durchsprechen sollen. Jetzt ist er auch tot."

„Schade." Er stand auf und ruckte mit dem Kopf in Richtung Tür. „Komm. Zeig mir das Labor."

„Ich bin noch nicht fertig mit meinen Fragen", schnappte ich. „Weißt du etwas über einen Captain Jasper?"

„Nein." Er fing an, im Raum herumzugehen, manchmal schreitend, manchmal als Nebel schwebend. Trotz seiner Aufregung konnte er nicht gehen, bis ich es ihm erlaubte.

Doch ich war noch nicht so weit. Es musste eine deutlichere Verbindung geben. Drei von ihnen waren damit beschäftigt gewesen, Körper oder Körperteile zum Leben zu erwecken, die Vierte war eine Nekromantin gewesen, ein unschätzbar wertvolles Werkzeug sowohl für Jasper als auch für Frankenstein. Es musste etwas geben, das *alle* vier verband. Zwei hatten magische Fähigkeiten, zwei nicht. Von den beiden, die keine hatten, hatte einer darüber Bescheid gewusst, der andere nicht, bis er mich kennengelernt hatte. Jaspers Kommission für sein medizinisches Serum war von einem anonymen Gönner gekommen.

Moment … Kommission.

Drinkwater hatte ebenfalls eine Kommission erwähnt, auch wenn er gesagt hatte, dass sie vor seinem Tod zurückgezogen worden war.

„Ist jemand an dich herangetreten, um deine Arbeit zu finanzieren?", fragte ich.

Er hörte auf, herum zu sausen, und setzte sich wieder auf das Sofa. „Ein Mann hat mir anonym geschrieben", sagte er. Er klang abgelenkt und frustriert. „Er war an meiner Arbeit interessiert und wollte mehr erfahren. Ich schrieb zurück und erklärte ihm, dass ich ihm mein Labor zeigen würde. Aber das wollte er nicht. Er wollte alles per Korrespondenz erfahren. Ich habe ihm einige Details mitgeteilt, aber nicht genug, dass er meine Idee hätte stehlen können. Dann fragte er mich konkret, ob ich Magie benutzte, um die Körper wiederzubeleben. Ich bestätigte das, gab aber auch zu, selbst keine magischen Fähigkeiten zu besitzen." Er hielt die Hände hoch. „Ich habe dich nie erwähnt, Charlotte, oder Nekromantie."

„Was kannst du mir über ihn sagen?"

„Nichts. Ich habe ihn nie kennengelernt. Die Korrespondenz hörte auf, nachdem ich Magie erwähnt hatte."

„Wo hast du die Briefe hingeschickt?"

„Eine Adresse in der Nähe von Whitehall. Ich kann mich an keine Details erinnern."

„Denk nach."

„Charlotte. Es war für mich bedeutungslos. Ich erinnere mich nicht."

Ich seufzte und wiederholte das Gespräch für Seth und Gus in der Hoffnung, dass ihnen noch etwas einfiel, wonach wir Frankenstein fragen konnten. Sie sahen mich beide hilflos an.

„Ich habe alles beantwortet, was du wissen wolltest", sagte Frankenstein, der wieder ruhelos durch den Raum streifte. „Kann ich *jetzt* mein neues Labor sehen? Ich muss wissen, was du erreicht hast, und dann helfe ich dir, einen Bericht für die Medizinzeitschriften zu schreiben."

Ich stemmte meine Hände rechts und links von mir auf das Sofa und schob mich auf die Füße. Seth und Gus rappelten sich ebenfalls auf und kamen näher.

„Es ist dir egal, nicht wahr?", knurrte ich Frankenstein an. „Du bist mein Vater, aber du interessierst dich kein Stück für mich, nur für deine verdammte Arbeit und deinen verfluchten Ruf."

Er waberte etwas, ehe er wieder zusammenfloss. „Wie bitte?"

„Du hast mich, meine Mutter und Miss Brumley benutzt, um deine verdammten Kadaver zum Leben zu erwecken. Es ist krank genug, dass du so etwas überhaupt tun wolltest, aber es ist noch viel schlimmer, dass du dich einen Dreck um die geschert hast, über die du für deinen Erfolg getrampelt bist."

„Getrampelt! Mein Mädchen, es ist eine *Ehre*, mir zu helfen. Die Auszeichnungen, die du erhalten hättest, hätten deine kühnsten Träume übertroffen, insbesondere, wenn du den Namen Frankenstein angenommen hättest."

„Ich werde *niemals* deinen Namen annehmen. Ich würde lieber Holloway als Frankenstein heißen, und das sagt eine Menge, da mein Adoptivvater versucht hat, mich umzubringen." Mein Finger stach ihm in die Brust, traf aber auf keinen Widerstand. „Ich verabscheue dich. Es tut mir nicht im Geringsten leid, dass du tot bist. Diese Welt ist ohne dich ein besserer Ort. Adieu. Ich hoffe, wir begegnen uns nie wieder, weder in diesem Leben noch im nächsten."

„Charlotte! Du hast wieder auf diese kurzsichtigen Dummköpfe gehört!"

„Ich entlasse dich, Victor Frankenstein. Geh weg. Kehre ins Jenseits zurück."

Er taumelte rückwärts durch die Möbel und in den Kamin. „Nein! Nicht dorthin." Bevor er zu Ende sprechen konnte, verwandelte er sich in Nebel und verschwand.

Ich plumpste auf das Sofa und bedeckte mein Gesicht. Meine Hände zitterten. Tränen traten mir in die Augen, liefen aber nicht. Gut. Ich wollte für diesen Mann keine vergießen.

Ein Arm legte sich um meine Schultern, ein anderer berührte mein Knie. Ich klammerte mich daran und lehnte mich gegen Seth. Niemand sagte etwas, aber ihre Anwesenheit war tröstend.

Natürlich betrat Lincoln in genau diesem Moment den Raum. Ich sah oder hörte ihn nicht hereinkommen und das erste Anzeichen seiner Anwesenheit war, dass Gus scharf nach Luft schnappte.

„Sir", sagte Seth und nahm den Arm weg.

Ich öffnete die Augen und sah Lincoln sehr dicht vor mir stehen, eine tiefe Furche auf der Stirn. Er wirkte erschöpft, zerlumpt und absolut wundervoll. Ich stand auf, stolperte in seine Arme und vergrub mein Gesicht in seiner Jacke. Er fühlte sich warm an und das Schlagen seines Herzens war sowohl Trost als auch Erleichterung.

„Es tut mir leid, dass wir nicht im Guten auseinander gegangen sind", murmelte ich.

Ich hörte, wie Seth und Gus gingen. Lincolns Arm schloss sich enger um mich, als ob er sich wohler fühlte, wenn wir allein waren. Er strich meine Haare zurück und drückte lange seine Lippen auf meine Stirn.

„Hast du mir etwas zu erzählen?", fragte er nach geraumer Zeit.

Ich machte mich von ihm los. „Das ist das Erste, was du mir zu sagen wünschst?"

„Ich komme hier rein, sehe meine Männer dich berühren, du bist in Tränen aufgelöst und wirfst dich in meine Arme. Vergib mir, wenn mir keine andere Reaktion einfällt."

„Ich bin nicht in Tränen aufgelöst und ich habe mich nicht *geworfen*." Ich drückte ihn noch einmal kräftig. „Aber ich bin schrecklich erleichtert, dich zu sehen. Ich habe mir Sorgen gemacht."

„Warum?"

„Weil du seit gestern weg bist und in übler Laune warst, als du gegangen bist. Jede Frau wäre besorgt, wenn ihr Verlobter ohne ein Lebenszeichen so lange verschwindet."

„Du bist keine typische Frau und ich bin nicht der typische Verlobte."

Ich strich ihm oberhalb seiner Bartstoppeln über die Wange. „Ich will dich nicht anders haben."

Er hob die Haare von meinen Schultern und küsste mich, bis sich meine Zehen einrollten und uns heiß wurde. Dann ließ er mich plötzlich los. „Ich bin in ein paar Minuten zurück."

Ich schüttelte den Kopf und lächelte. Seine abrupten Stimmungswechsel verblüfften mich. Bevor Lincoln zurückkam, brachte Gus etwas zu Essen und fragte mich, ob ich ihm schon von Frankenstein erzählt hätte.

„Wir hatten noch keine Gelegenheit dazu", sagte ich.

„Er wird es nicht gut finden, dass du ohne uns zur Polizeistation gegangen bist."

Ich hielt ihm die Tür auf. „Danke, Gus, aber ich werde ihm nichts verheimlichen." Nicht so, wie er mir Dinge verheimlicht hatte.

Er ging, als Lincoln zurückkam. Seine Haare hingen in feuchten Wellen herab und er roch nach der würzigen Seife, die er gern benutzte. Ich fühlte mich von ihm magisch angezogen und kehrte in seine Arme zurück, und zu seinen Lippen. Er schmeckte so gut wie er roch.

Unser Kuss war leider nur allzu kurz. Mit einem frustrierten Schnaufen wies er mich an, mich zu setzen. „Ich will wissen, warum du so aufgebracht warst."

Ich setzte mich in den Sessel am Kamin. „Nachdem du mir erzählt hast, wo du warst und ob du Mrs Drinkwater gefunden hast."

Zwei Herzschläge verstrichen, ehe er antwortete. „Ich war bei ihrer Schwester, habe ihre Nachbarn besucht und die Hotels in der Nähe überprüft. Ich bin in ihr Haus eingebrochen, um alles über ihr Leben und ihren Bewegungsradius herauszufinden, was ich konnte. Als diese Ermittlungen ergebnislos blieben, habe ich die Verwandte dieser Brumley-Person besucht. Ich glaube, dass die beiden Opfer sich gekannt haben könnten." Er rieb sich mit der Hand über die Augen und das Gesicht. Seine sichtbare Erschöpfung setzte mir zu. Es musste ihn wurmen, dass er versagt hatte, aber wenigstens war seine Erschöpfung besser als seine Wut. „Ich habe die Drinkwater-Frau nicht gefunden."

„Ich verstehe. Ich kann nicht so tun, als würde mir das leidtun."

Sein Blick wurde aufmerksamer.

„Bevor du mir vorwirfst, dass ich dir nicht vertraue", fuhr ich fort, „möchte ich dich wissen lassen, dass ich das tue. Du wirst ihr keinen Schaden zufügen, aber das weiß *sie* nicht."

Er blinzelte langsam und schaute weg. „Ich finde es erstaunlich, dass du immer noch meinst, ich sei harmlos, nachdem du Zeuge wurdest, wie ich deinen Vater umgebracht habe."

„Das ist etwas anderes. Er stellte für uns beide eine Gefahr dar, und für Seth und Gus. Du hattest keine Wahl." Ich räusperte mich. „Wo wir gerade von meinem Vater sprechen, ich habe vorhin seinen Geist beschworen."

Der scharfe Blick war zurück und durchbohrte mich wie ein Pfeil. „Deswegen warst du aufgebracht."

Ich sog Luft durch meine Zähne. Mein Zögern blieb nicht unbemerkt, falls das Zucken seiner Augenbraue ein Indikator war. „Ich war nicht faul, während du weg warst", sagte ich. „Kann ich sprechen, ohne dass du mich unterbrichst?"

„Vermutlich nicht."

Ich warf ihm einen vernichtenden Blick zu. „Ich habe mich mit meinem Kobold aus dem Haus geschlichen und bin in die Kensington Polizeistation eingebrochen, um zu erfahren, was sie über den Drinkwater-Mord wissen."

Er kniff die Lippen zusammen, um mich nicht zu unterbrechen, wie ich vermutete.

„Ich habe einiges herausgefunden, von dem ich mir sicher bin, dass du es schon weißt, da du vermutlich ebenfalls irgendwann dort eingebrochen bist."

„Willst du mir jetzt vorwerfen, ich würde dir Informationen vorenthalten?"

„Lincoln, ich dachte, wir hätten vereinbart, in Ministeriumsangelegenheiten Partner zu sein. In allem!"

„Zum einen bist du meine Assistentin, nicht meine Partnerin. Zum anderen macht die Verlobung dich zu meiner Lebenspartnerin, nicht zur Arbeitskollegin."

„Beides ist untrennbar miteinander verwoben. Das hast du selbst mal gesagt. Und außerdem hättest du mich in die Ermittlungen mit einbeziehen sollen, denn ich glaube, ich habe mehr über die Morde herausgefunden als du."

„Daran zweifle ich nicht, da du Frankenstein beschworen hast. Hast du die Verbindung in den Akten des Detectives gesehen?"

„Und auch mit Jasper."

Er wirkte nicht überrascht, also musste er es gewusst haben.

„Das ist nur ein Grund, warum ich seinen Geist beschworen habe. Ich habe Seth und Gus losgeschickt, um mit Edith Brumley zu sprechen, Joans Cousine. Sie haben herausgefunden, dass Joan einen Verehrer hatte, aber jeglicher Kontakt ist urplötzlich abgebrochen, als Frankenstein starb."

Das verursachte eine deutliche Reaktion. Beide Augenbrauen hoben sich. „Er wollte ihre Nekromantie nutzen?"

„Er war nicht sicher, ob sie Leichen wiederbeleben konnte, aber er hatte vor, es auszuprobieren, nur dass er vorher verstorben ist. Als er mich nicht finden konnte, hoffte er, sie benutzen zu können. Er hat sie so benutzt wie meine Mutter."

„Und dich", sagte er leise.

„Ich glaube außerdem, dass ich die Verbindung zwischen Drinkwater, Jasper und Frankenstein gefunden habe. Sein Geist erwähnte, dass er von einem anonymen Geldgeber kontaktiert worden war, der seine Arbeit sponsern wollte. Als er erfuhr, dass Frankenstein eine Nekromantin nutzen wollte, hat er das Angebot zurückgezogen. Drinkwaters Geist hat ebenfalls von einer Kommission gesprochen, die jemand zurückgezogen hat, als er von seinen magischen Fähigkeiten erfuhr."

„Jasper hatte ebenfalls eine Kommission."

„Wir sind diesem Aspekt damals nicht nachgegangen, weil wir die Verbindung nicht erkannt haben."

Er nickte langsam, der Blick nicht fokussiert. „Sein Geldgeber war zum Zeitpunkt seines Todes noch im Boot."

„Glaubst du, es lag daran, dass Jasper echte Medizin und keine Magie genutzt hat, um die Toten wieder zum Leben zu erwecken?"

„Bei dem, was wir wissen, ist es wahrscheinlich."

Es war aufregend, diese Verbindung entdeckt zu haben, und mein Herz schlug höher bei dem Gedanken, dass ich dabei eine Schlüsselrolle gespielt hatte. Doch dann sank es wie ein Stein, als ich über die Bedeutung nachsann. „Jemand anderes war die ganze Zeit über involviert, vielleicht die gleiche Person, die jetzt die Übernatürlichen tötet."

„Vielleicht."

„Aber der Mörder ist nicht derjenige, der Mrs Drinkwater bei meiner Entführung geholfen hat. Sie hätte mich töten können, aber das hat sie nicht getan."

„Das hat sie nicht", sagte er in eisigem Ton.

Ich wartete darauf, dass er noch mehr sagte, mir vielleicht dankte oder das weitere Vorgehen erörterte, aber er schwieg. „Bist du noch böse auf mich?", fragte ich. „Selbst, nachdem ich all das herausgefunden *und* vermieden habe, entführt oder getötet zu werden?"

Möglicherweise war es taktlos von mir, die Sache auf die

leichte Schulter zu nehmen. Seine tiefdunklen Augen hüllten sich in Schatten.

„Es tut mir leid", murmelte ich. „Aber ich hätte mich nicht rausschleichen müssen, wenn du deine Erkenntnisse mit mir geteilt und mir erlaubt hättest, meine Gedanken mit dir zu besprechen. Stattdessen bist du Merry Drinkwater nachgejagt."

Er stand auf und näherte sich, hockte sich aber nicht auf meine Höhe. „Sie hat dich entführt."

Ich stand ebenfalls auf, aber er überragte mich. „Das ist kein stichhaltiger Grund! Hör auf, mich auszuschließen und involviere mich mehr."

„Hör auf, dich in Gefahr zu bringen, dann mache ich das."

Ich stemmte meine Hände auf die Hüften. „Du hast mir versprochen, dass du versuchst, mich mehr mit einzubeziehen, mir zu erlauben, Teil deines Teams zu sein."

„Ich versuche es!"

„Vergib mir, wenn ich das anders empfinde."

Er sog Luft durch seine Zähne und schaute an die Decke. Einen Moment später wich die Starre aus seinem Kiefer und die Adern in seinem Hals pulsierten nicht mehr. Er sah mir in die Augen. Obwohl er ruhiger war, waren die Schatten nicht verschwunden.

„Charlie, dich mit einzubeziehen hätte dich in größere Gefahr gebracht. Das habe ich geglaubt, als wir von den Morden erfahren haben, und ich glaube es noch immer. Mehr denn je, da wir jetzt von einer Verbindung zwischen Frankenstein, Jasper und den Opfern wissen. Ich versuche doch nur, dich zu beschützen."

„Während das durchaus logisch klingt, funktioniert dein Plan nicht. Du hast versucht, mich zu beschützen, und ich wurde trotzdem entführt."

Er zuckte zusammen und trat von mir zurück, als hätten meine Worte ihn geschoben. Schnell blinzelnd drehte er sich um und ging zur Tür.

Mist. Mein Mundwerk war wieder mit mir durchgegangen. „Lincoln, es tut mir leid. Das hätte ich nicht sagen sollen." Ich erwischte seinen Arm und zwang ihn, mich anzusehen. Er sah mir nicht direkt in die Augen, aber wenigstens rannte er nicht weg. „Es ist nicht deine Schuld. Mrs Drinkwater war zu gut organisiert und wusste zu viel über uns, um zu versagen."

Als er mich noch immer nicht ansah, nahm ich sein Gesicht zwischen beide Hände. Endlich begegneten sich unsere Blicke. „Ich liebe dich, Lincoln. Du frustrierst mich manchmal, aber ich liebe dich trotzdem."

Er legte die Hände auf meine Taille und drückte seufzend seine Stirn gegen meine. „Ich werde mein Bestes tun, dich auf dem Laufenden zu halten. Aber bitte verlass das Haus nicht, es sei denn, die Gefahr ist innen."

„In Anbetracht der Tatsache, wie Mrs Drinkwater agiert hat, ist das eine ernstzunehmende Möglichkeit."

Er versteifte sich. „Ich weiß. Trag die Kette ab sofort rund um die Uhr. Bitte."

Ich lächelte. „Da du so lieb darum bittest." Ich zog sie unter meinem Kleid hervor.

Er küsste mich sanft und wir sagten gute Nacht.

Ich schlief unruhig. Am nächsten Morgen, als ich mich bereit machte, zum Frühstück zu gehen und ihn wiederzusehen, entdeckte ich einen Zettel, der unter meiner Tür durchgeschoben worden war. Er war in Lincolns Handschrift geschrieben und besagte, dass er wieder unterwegs war, um weiteren Hinweisen bei seiner Suche nach Mrs Drinkwater nachzugehen. Wohin stand dort allerdings nicht. Ich seufzte. Hatte er es absichtlich weggelassen oder lag es nur daran, dass er noch nicht wusste, wo er landen würde?

* * *

DER MORGEN ZOG SICH, aber wenigstens war ich heute nicht so besorgt, wie ich gestern gewesen war. Lincoln war sicher und letztendlich war das alles, was zählte.

Die Monotonie wurde morgens gegen elf durch einen Besucher unterbrochen. Einen Besucher, den ich weder erwartet hatte noch willkommen hieß.

„Warum kann das Komitee mich nicht in Ruhe lassen?", murmelte ich Seth zu, als ich die schwarze Kutsche durch das Fenster des Empfangszimmers die Einfahrt heraufkommen sah.

„Hoffentlich ist er der Einzige, der kommt", sagte er. „Noch mehr von denen könnte eine Bedrohung darstellen."

Wir warfen uns besorgte Blicke zu. „Du solltest besser Gus holen."

„Warte, bis wir zurück sind, bevor du ihn befragst."

„Ihn befragst?", wiederholte ich.

Er blieb im Türrahmen stehen. „Du willst doch herausfinden, ob er der Drinkwater-Witwe geholfen hat, oder?"

„Ja."

„Gut, denn das möchte ich auch."

Ich sah ihm nach, wie er davon schritt. Wie sollte ich ein Komiteemitglied dazu kriegen, eine Beteiligung an meiner Entführung zuzugeben?

KAPITEL 12

„Guten Morgen, Charlie." Lord Marchbank hatte zur Begrüßung noch nie gelächelt, und das war auch jetzt nicht der Fall. Trotzdem bereitete mir sein grimmiger Ton Sorge. Er war nicht gekommen, um gute Nachrichten zu überbringen.

„Guten Morgen, Sir. Wurde ein Treffen des Komitees einberufen?"

„Nein." Anders als General Eastbrooke und Lord Gillingham sah er mich direkt an, wenn er mit mir sprach. Auch wenn ich das begrüßte, war es dank seines vernarbten Gesichts und seiner harschen Art ziemlich nervenaufreibend. Er war ein furchterregend aussehender Mann. Obwohl er wie ein Gentleman gekleidet war, hätte er auf einem mittelalterlichen Schlachtfeld nicht fehl am Platz gewirkt.

Er reichte Doyle seinen Mantel, den Hut und die Handschuhe. „Ich wollte ohne den Rest des Komitees mit dir sprechen. Hast du dich von deiner Tortur gut erholt?"

„Ja, danke."

Sein Blick sprang zu Doyle, Seth und Gus. „Können wir unter vier Augen sprechen, Charlie?"

„Tee bitte, Doyle." Seth und Gus entließ ich nicht und würde es auch nicht tun. „Ich hätte die beiden gern bei mir", sagte ich, sobald Doyle verschwunden war.

153

Seine Augenbrauen zogen sich zusammen. „Vertraust du mir nicht?"

„Jemand, der weiß, wo man Übernatürliche findet, bringt sie um, und ich bin übernatürlich. Sie haben Zugriff auf die Ministeriumsakten. Also nein, Sir, ich vertraue Ihnen nicht vollständig."

Ein Teil seiner Arroganz wich aus seinen Augen und wurde durch einen Hauch von Unsicherheit ersetzt. Meine Direktheit hatte ihn überrascht. Vielleicht war er etwas Derartiges nicht gewohnt. „Ich glaube kaum, dass du diesen Schluss nach nur zwei Toden ziehen kannst."

„Außerdem hat jemand Mrs Drinkwater geholfen, mich zu entführen. Jemand, der wusste, dass wir eine Haushälterin suchen, der aber auch über meine Nekromantie Bescheid wusste. Das schränkt die Gruppe der Verdächtigen massiv ein."

„Ich frage noch einmal, klagst du mich an?"

„Ich bleibe offen."

Er grunzte. „Gut für dich." Er bedeutete mir voranzugehen.

Ich führte ihn in das Empfangszimmer. Die neuen Möbel und Dekorationen nahm Marchbank mit höflicher Gleichgültigkeit auf. Von allen Komiteemitgliedern war er wohl derjenige, der von seiner Umgebung am unabhängigsten schien, als wäre er kein Teil davon, sondern würde lediglich am Rand verharren, beobachten und zuhören. So war es auch jetzt, als er sich in den Sessel setzte, der am weitesten von mir entfernt stand. Erst sehr viel später fragte ich mich, ob er diese Wahl absichtlich getroffen hatte, um mich zu beruhigen.

„Du warst beschäftigt", sagte er mit Blick auf die neuen Möbel.

„Ziemlich."

Seth und Gus setzten sich nicht. Einer stand neben der Tür, der andere in meiner Nähe, die Arme verschränkt. Beide trugen den gleichen eisigen Gesichtsausdruck und ließen Marchbank nicht aus den Augen.

„Erzähl mir, Charlie, warum du glaubst, ich würde Mrs Drinkwater helfen, dich zu entführen?"

Es war eine Frage, die mich bewegte, seit ich zu dem Schluss gekommen war, dass ihr jemand geholfen hatte. Wer hatte den meisten Nutzen davon? In Marchbanks Fall kam ich nur auf einen Grund. „Sie wollen mich hier weghaben. Mich entführen zu lassen zeigt Lincoln, dass ich verletzlich und eine Zielscheibe für diejenigen bin, die meine Nekromantie nutzen wollen."

„Stimmt, aber das hat die vorige Entführung bereits gezeigt. Eine weitere war nicht nötig. Alles, was diese hier bewirkt hat, war Fitzroys Zorn zu entfachen. Wärst du nicht zurückgekehrt, würde er noch immer nach dir suchen und er hätte nicht aufgegeben, bis er dich gefunden hätte, tot oder lebendig."

Ich schluckte.

„Dich von Lichfield zu entfernen ist sinnlos, wenn es nur dazu führt, dass er sich *nicht* auf die Belange des Ministeriums konzentriert. Ich will ihn auf seine Arbeit fokussiert haben, Charlie, nicht davon abgelenkt."

Wenn es stimmte, was er sagte—und ich hatte noch nicht genug darüber nachgedacht, um das zu entscheiden—dann bedeutete es, dass niemand aus dem Komitee Mrs Drinkwater geholfen hatte. Sie wollten alle das Gleiche—Lincolns Aufmerksamkeit beim Ministerium, nicht bei mir.

Oder? Hatte meine Entführung irgendeinen anderen Zweck erfüllt, den ich noch nicht ergründet hatte? „Ich schätze, das bringt uns zum Grund für Ihren Besuch", sagte ich. „Ich lenke Lincoln ab, und Sie wollen mich aus dem Weg haben, so oder so."

Er strich über die Narbe, die sich durch seinen kurzen, grauen Bart zog. „Du bist sehr direkt."

„Unterwürfig zu sein liegt nicht in meiner Natur. Es tut mir leid, wenn es Sie kränkt, aber ich bin, was ich bin."

„Viele Leute wären gekränkt. Ich gehöre nicht dazu."

Ich nickte zum Zeichen meiner Anerkennung. Keiner von uns sagte etwas, als Doyle mit dem Tee eintrat. Wir warteten, bis er serviert hatte und sahen ihm nach, wie er ging und die Tür hinter sich schloss.

Ich nahm meine Teetasse. „Im Sinne der Direktheit, Sir, ich denke, es ist an der Zeit, dass Sie mir sagen, warum Sie hier sind. Ich bezweifle, dass Sie sich nach meinem Wohlbefinden erkundigen wollten."

„Da irrst du dich. Jedenfalls teilweise. Ich wollte dich fragen, wie es dir geht. Du glaubst es vielleicht nicht, aber ich mag dich,

Charlie. Du bist temperamentvoll, klug und hast etwas an dir, was anderen Mädchen in deinem Alter fehlt. Wärst du meine Tochter, wäre ich stolz auf dich."

Sein unerwartetes Lob ließ mich erröten und zu meinem Schrecken verschwamm meine Sicht. Ich studierte meinen Tee, bis der Moment vorüber war. Ich durfte in meiner Wachsamkeit gegenüber diesem Mann nicht nachlassen. „Wenn Sie mich mögen, warum sind Sie dann hier, um mich zum Weggehen zu bringen?"

Er stellte seine Tasse ab, ohne einen Schluck genommen zu haben. „Ich dachte, es wäre besser, ohne die Anwesenheit der anderen Komiteemitglieder mit dir zu sprechen. Sie neigen dazu, ein gewisses Maß an unnötiger Dramatik in Diskussionen dieser Art einfließen zu lassen, und ich glaube, dass du jemand bist, der Logik und einen gesunden Menschenverstand schätzt."

„Danke", sagte ich, erneut überrascht. War das Teil seines Plans—mich mit seiner Freundlichkeit zu verblüffen und mich dann zu überrumpeln, damit ich Zugeständnisse machte? „Verschwenden Sie keine Atemluft, Mylord. Ich gehe nicht."

„Hör mich an."

Ich stand auf. „Nein."

Er nahm seine Tasse und nippte gemächlich. Mehrere Augenblicke verstrichen. Mit einem Seufzen setzte ich mich wieder hin. Ich konnte hinausstürmen und ihn alleinlassen, aber ihm traute ich zu, hier den ganzen Tag und die Nacht durch zu verweilen.

„Es gibt im Norden eine Schule in der Nähe meines Landsitzes in Yorkshire."

Ich prustete ein humorloses Lachen heraus. „Ich bin zu alt für die Schule."

„Es ist keine normale Schule. Sie ist mehr für junge Damen, die etwas Feinschliff benötigen."

„Ich bin keine Dame und ich brauche keinen Feinschliff." Was immer das war.

„Du könntest als Dame durchgehen, wenn du genug Schliff bekämst—solange deine Vergangenheit verschwiegen wird. Der Schliff wird dir helfen, nachdem das Schuljahr endet."

„Es ist nett von Ihnen, sich über meine langfristige Zukunft Gedanken zu machen", sagte ich zuckersüß. „Und ich dachte schon, Sie wollten mich bis ans Ende meiner Tage an diese Schule abschieben."

„Nicht, wenn du nicht beschließt, dort als Lehrerin zu bleiben. Aber ich denke, du könntest etwas anderes erreichen, wenn du das wolltest. Mehr."

„Mehr?"

„Nachdem deine Schulung zur Dame erfolgt ist, dachte ich, du möchtest vielleicht auf den Kontinent reisen."

„Den Kontinent!"

„Frankreich, Italien oder beliebig viele Länder. Vielleicht sogar Amerika oder Australien und Neuseeland. Die Welt steht dir offen, wie man so sagt." Er hielt eine Hand hoch, als ich protestieren wollte. „Lass mich ausreden. Es wäre eine Chance auf ein neues Leben für dich, einen Neuanfang, wo dich niemand kennt. Niemand wird dir wegen deiner Nekromantie nachstellen."

„Vorausgesetzt, sie wird geheim gehalten."

„Ich hatte angenommen, dass du das wollen würdest, in Anbetracht all dessen, was passiert ist, seit sie entdeckt wurde."

Ich lehnte mich im Sessel zurück, wobei ich den Bausch meines Kleides ignorierte. Ich schüttelte ungläubig den Kopf. „Sie kennen mich überhaupt nicht. Ich verspüre keinen Wunsch nach einem neuen Leben. Ich mag dieses hier. Es enthält meine Freunde und meinen Verlobten."

Neben mir berührte Seth meine Schulter. „Ich glaube nicht, dass es ein Angebot ist, Charlie. Keins, von dem er erwartete, dass du es ablehnst."

Marchbank nippte wieder, scheinbar immun gegen meinen wütenden Blick. „Vickers liegt richtig."

Ich stellte meine Tasse geräuschvoll ab. „Ich dachte, Sie wären der Anständige, Sir, aber wie ich sehe, sind Sie genau wie der Rest gegen mich."

„Nein", sagte er gleichgültig. „Ich bin der Einzige, der dich nicht auf eine abgelegene Insel im Nirgendwo ins Exil schicken will, ohne Hoffnung auf Entkommen."

Mein Magen rutschte mir in die Kniekehlen. Obwohl ich wusste, dass sie mir das antun wollten, machte mich der Gedanke jedes Mal aufs Neue krank. Manchmal fühlte es sich so an, als wäre mein Wunsch nach Freiheit nur durch einen dünnen Vorhang von ihrem Wunsch getrennt, mich zu verstecken, und ein leichter Windhauch würde genügen, um diesen Vorhang wegzuwehen.

„Mit meinem Plan kannst du wenigstens ein gutes Leben führen", fuhr er fort. „Ein weitaus besseres, als du es auf der Straße hattest."

„Aber nicht besser als dieses hier."

„Bist du dir da ganz sicher?"

„Ja! Und was ist mit meiner Verlobung mit Lincoln? Ich werde ihn nicht verlassen. Ich kann nicht." Der letzte Satz klang erstickt. Marchbanks ungerührter Blick ruhte auf mir. „Du sagst, du würdest ihn lieben, aber ich glaube dir nicht."

„Was!"

„Du hast ihn in eine schwierige Lage gebracht. Er fühlt sich verpflichtet, dich zu heiraten, weil er Gefühle für dich entwickelt hat. Das ist keine Liebe, sondern Manipulation."

„Es ist keine *Verpflichtung*", schnappte ich.

„Für ihn schon. Er ist nicht die Art von Gentleman, der mit einer jungen Frau eine Liebelei anfängt und sie dann fallen lässt."

Das war sehr nahe an dem, was Lincoln selbst gesagt hatte. Dass ich nicht die Art von Mädchen war, die man als Geliebte hatte, und dass er mich heiraten *musste*. Ich nahm meine Teetasse wieder zur Hand und hielt sie fest. Ich hob das Kinn. „Ich kann ihn nicht verlassen. Wir gehören zusammen."

„Bist du dir sicher, dass er genauso empfindet?"

„Ja."

„Er ist ein Mann, der sein gesamtes Leben allein war. Ich bin mir sicher, dass ich dir nicht alles durchbuchstabieren muss, Charlie. Du weißt, dass er nie eine richtige Familie hatte."

„Worauf wollen Sie hinaus?"

„Vielleicht ist er jetzt in dich verliebt, verführt von der Idee, eine Frau und eine Familie zu haben, aber sobald der Reiz des Neuen nachlässt, wird er sich wieder sich selbst zuwenden."

„Er *ist* er selbst, jetzt, bei mir." Es war frustrierend, dass ich mich genötigt sah, Lincoln und meine eigenen Beweggründe zu verteidigen. Ich dachte, ich würde nichts um Marchbanks

Meinung geben, oder um die jedes anderen Komiteemitglieds. Das stimmte anscheinend nicht. „Ich habe eine andere Seite in ihm zum Vorschein gebracht. Eine bessere Seite." Ich klang so arrogant, aber ich *musste* es glauben, denn andernfalls hatte Marchbank recht. Und wenn er recht hatte, dann sollte ich Lincoln zu seinem eigenen Wohl verlassen.

„Alte Gewohnheiten sind schwer zu durchbrechen. Menschen verändern sich nicht über Nacht", fuhr er fort.

Da war sicherlich etwas Wahres dran. Lincoln rang damit, mich ganz in die Ministeriumsgeschäfte einzubeziehen, trotz unserer vielfachen Diskussionen darüber. Selbst in der Nachricht, die er mir heute Morgen hinterlassen hatte, hatte er mir gesagt, dass er wegging, aber nicht, wohin.

Aber er würde lernen und sich ändern. Er brauchte einfach nur Zeit zum Umgewöhnen und die konnte ich ihm einräumen. Ich musste im Hinterkopf behalten, dass ich ihn in Zukunft nicht so drängen durfte und ihm gestatten, sich in seinem eigenen Tempo an eine Beziehung zu gewöhnen.

„Ich sehe, dass du ernsthaft über die Dinge nachdenkst, die ich dir mitgebe", sagte Marchbank.

„Ich verlasse ihn nicht. Das ist endgültig. Gus, bitte begleite Lord Marchbank hinaus."

„Gerne", knurrte Gus.

Marchbank hob die Hände in einer Geste der Ergebenheit. „Ich habe meinen Teil gesagt. Danke fürs Zuhören." Er verbeugte sich knapp und ging. Gus folgte ihm hinaus.

Ich hielt den Atem an, bis ich die Kutsche wegrollen hörte. „Bin ich albern, Seth? Oder sogar selbstsüchtig?"

„Weder noch." Er setzte sich neben mich auf das Sofa und tätschelte meine Hand. „Fitzroy braucht dich, Charlie. Davon bin ich überzeugt. Hör nicht auf Marchbank oder sonst jemanden. Tu, was *du* für richtig hältst."

Das war das Problem—was, wenn es sich als falsch herausstellte, zu bleiben?

* * *

„NEIN", sagte Gus mit einem grimmigen Gesicht, das Lincolns bestem Konkurrenz machte. „Du gehst nirgendwo hin, Charlie, und das ist mein letztes Wort."

„Sie macht das schon richtig", sagte der Koch, bevor ich etwas einwerfen konnte. „Sie zeigt denen, dass sie keine Last ist."

„Danke, Koch." Ich lächelte ihn an. Er reagierte, indem er eine Karotte zerschnitt und mir ein Stück reichte. „Gus, ich muss das machen. Jeder glaubt, ich wäre ein Klotz am Bein. Ich muss ihnen beweisen, dass ich ein Gewinn bin, dass ich nützlich sein kann." Ich knabberte an meiner Karotte. „Wenn ich das jetzt nicht mache, wird es nur immer schwieriger."

„Aber jetzt sind da Leute, die solche wie dich töten wollen. Ich sage ja nur, du sollst warten, bis der Mörder gefasst ist."

„Und Holloway", stimmte Seth vom Türrahmen her zu, wo er sich angelehnt hatte. Es war das Erste, was er sagte, seit ich den Wunsch geäußert hatte, nach Mrs Drinkwater zu suchen.

„Bist du auch gegen den Vorschlag?", fragte ich.

Er hielt die Hände hoch. „Ich weise nur auf die Gefahren hin."

„Danke, die Hinweise brauche ich nicht. Mir ist durchaus bewusst, was alles schiefgehen kann."

„Mir gefällt das nich", murmelte Gus und klang dabei resigniert. Vielleicht wusste er, dass ich es mit oder ohne seine Zustimmung tun würde. Er nahm ein weiteres Stück der Karotte und zeigte damit auf den Koch. „Du solltest sie nich noch ermutigen."

Der Koch machte eine rüde Geste und schnappte sich dann die Karotte.

„Lasst es mich so ausdrücken", erklärte ich allen. „Wenn ich Lichfield verlasse, werde ich zwei Dinge erreichen. Erstens kann ich nach Merry Drinkwater suchen."

„Das macht Fitzroy schon", sagte Seth, verschränkte die Arme und wirkte absolut entschlossen, mich aufzuhalten.

„Mit anderen Methoden, als Lincoln sie benutzt. Methoden, die möglicherweise in diesem Fall effektiver sind. Und zweitens werde ich die herauslocken, die mich töten wollen. Oder in Holloways Fall zurechtbringen."

Gus und Seth redeten gleichzeitig drauf los, sodass ich ihren Protest nicht mehr unterscheiden konnte. Ich wartete, bis sie fertig waren, ehe ich das letzte Detail anbrachte.

„Ihr werdet beide mitkommen und ich werde auch meinen Kobold dabeihaben."

Gus hämmerte seine Knöchel auf den Tisch. „Wir können uns doch auf keine Katze verlassen, um dich zu retten!"

„Das ist keine Katze." Der Koch schüttelte den Kopf. „Und sie kann sie besser beschützen als du."

Gus fauchte ihn an. „Halt die Klappe, Mondgesicht."

Der Koch schnaubte nur und warf die Karottenscheiben mit seinen großen Händen in einen Topf. „Das kriegst du besser hin."

Seth drückte sich vom Türrahmen weg. „Was wirst du tun, wenn wir Nein sagen?"

„Den Kobold nehmen und trotzdem gehen", sagte ich.

„Habe ich mir gedacht." Er klopfte Gus auf die Schulter. „Wir holen besser unsere Mäntel."

Gus warf die Hände in die Luft. „Du bist so irre wie die!" Er folgte Seth aus der Küche. Sie diskutierten den ganzen Weg. „Wenn sie stirbt, sage ich dem Tod, dass alles deine Schuld ist."

Doyle kam mit weißen Handschuhen und einem Poliertuch herein. „Kann ich Ihnen etwas bringen, Miss?"

„Nein, danke." Ich musste eine Nachricht schreiben. Falls Lincoln zurückkehrte, während ich unterwegs war, musste ich ihn beschwichtigen. Eine Nachricht genügte da womöglich nicht, aber es war besser als nichts. Hoffentlich.

Ich konnte nicht länger in Lichfield sitzen und darauf warten, dass Lincoln Erfolg hatte. Ich konnte nicht länger so tun, als wäre ich hier sicher. Ich war nicht nur eine Zielscheibe, sondern bestärkte den Glauben des Komitees, dass ich nutzlos und eine Behinderung für Lincoln war. Wenn ich keins von beidem sein wollte, musste ich etwas *tun*. Ich hoffte nur, dass er mit meiner Sichtweise übereinstimmen würde … irgendwann.

* * *

MERRY DRINKWATERS SCHWESTER lebte in Acton in einem modernen, mit roten Ziegeln verklinkerten Haus, das einen kleinen Vorgarten hinter einem eisernen Palisadenzaun besaß. Seth stieg aus der Kutsche und hielt mir die Hand hin, so wie es ein gut erzogener Gentleman für seine Schwester tun würde.

„Ich weiß immer noch nich, warum *ich* nich dein Bruder sein konnte", murmelte Gus vom Kutschbock her.

„Weil jemand der Diener sein muss", sagte Seth.

„Aber warum ich? Warum nich du?"

Seth zupfte an seinen Aufschlägen und grinste, um seine perfekten Zähne zu zeigen. „Sehe ich wie ein Diener aus?"

Gus kniff die Augen zu schmalen Schlitzen. „Schon, nachdem ich dir ein paar verpasst hab."

„Siehst du? Das meine ich. Charlies Bruder würde niemandem Gewalt androhen, um seinen Willen zu bekommen."

„Du bist ein eingebildeter Schnösel."

„Und du bist ein Idiot." Seth bot mir seinen Arm an. „Komm Schwesterchen, bevor der Diener noch auf dumme Gedanken kommt, die ihm nicht zustehen. Und bevor du von irgendwelchen Mördern gesehen wirst."

„Du solltest ihn nicht ärgern", sagte ich, während er mir das Tor öffnete.

„Glaubst du wirklich, er hätte einen brauchbaren Bruder abgegeben?"

„Vielleicht."

Er schnaubte. „Nur, wenn er sich stumm gestellt hätte." Er benutzte den Türklopfer.

Ein Hausmädchen öffnete.

„Guten Tag", sagte Seth und setzte sein charmantestes Lächeln auf.

Das Hausmädchen machte einen Knicks, neigte den Kopf, konnte aber nicht ganz verbergen, dass sie errötete. Es überraschte mich immer wieder, wie leicht Frauen seinem Charme erlagen. „Guten Tag, Sir."

„Mein Name ist Seth Guildford und das ist meine Schwester Charlotte. Ist Mrs Southey zu Hause? Wir würden mit ihr gern über ihre Schwester sprechen."

„Ich schaue nach." Sie öffnete die Tür weiter, um uns in die

Eingangshalle zu bitten, und verschwand dann in ein angrenzendes Zimmer. Einen Moment später kam sie zurück. „Mrs Southey kann Sie jetzt empfangen."

Sie nahm unsere Mäntel und Hüte und führte uns in ein bescheidenes Empfangszimmer mit Blumentapete, Sofa und Vorhängen. Überall waren Blumen, als wäre der Frühling vorzeitig und üppig überall im Raum ausgebrochen. Eine jüngere, aber unscheinbarere Version von Mrs Drinkwater begrüßte uns mit fragend gehobenen Augenbrauen.

„Sie sind Freunde meiner Schwester?", fragte sie und nahm wieder Platz.

„Bekannte", sagte ich. Seth und ich hatten entschieden, dass ich im Wesentlichen das Reden übernehmen würde, um ihr die Nervosität zu nehmen. Er würde nur dann etwas sagen, wenn das nicht funktionierte und stattdessen sein Charme gefordert war. „Es ist sogar so, dass wir sie suchen. Sie scheint nicht zu Hause zu sein. Wissen Sie, wo wir sie finden können?"

„Ich fürchte nicht, aber Sie sind schon die Zweiten, die innerhalb von zwei Tagen nach ihr fragen."

„Tatsächlich?"

„Gestern kam ein Kerl vorbei. Ein ziemlich wild aussehender Kerl und wenig freundlich. Ich habe ihn nicht hereingebeten."

Lincoln. „Vielleicht war es ein Polizist, der Mrs Drinkwater über die Ermittlungsfortschritte im Fall von Mr Drinkwaters Tod in Kenntnis setzen wollte."

„Wenn es einer war, hätte er sich ausweisen müssen. Nicht, dass es etwas geändert hätte. Ich wusste nicht, wo Merry zu finden ist, und weiß es auch jetzt nicht. Sie hat mir gesagt, sie müsste ein paar Tage in Frieden verbringen, wollte mir aber nicht verraten, wo." Eine kleine Falte erschien auf ihrer Stirn. „Ich hoffe sehr, dass es ihr gut geht."

Ich warf Seth einen besorgten Blick zu.

„Was ist?" Mrs Southey berührte den hohen Rüschenkragen an ihrem Hals. „Ist sie in Gefahr?" Sie schnappte nach Luft. „Glauben Sie, Reggies Mörder ist jetzt hinter ihr her? Herr im Himmel, mir ist gerade etwas eingefallen. Was ist, wenn der Mann, der gestern herkam, der Mörder ist? Ich wusste vom ersten Moment an, dass er nichts Gutes im Schilde führte. Zu dunkel, zu … fremdartig. Diese Augen." Sie erschauerte.

Ich biss die Zähne zusammen und zwang ein mitfühlendes „Nun, nun" heraus. „Machen Sie sich nicht verrückt. Deswegen sind mein Bruder und ich hier, um sie zu warnen. Wissen Sie, mein Bruder ist ein Wissenschaftler und ein Freund von Mr Drinkwater."

„War", fügte Seth mit einem traurigen Lächeln hinzu. „Wir waren Kollegen, haben in einem ähnlichen Feld gearbeitet. Von Zeit zu Zeit haben wir unsere Forschungsergebnisse ausgetauscht. Nach Drinkwaters Tod wurden meine Räumlichkeiten verwüstet, aber nichts wurde mitgenommen."

Mrs Southey schnappte erneut nach Luft. „Wonach haben sie gesucht?"

„Forschungspapiere. Wir arbeiteten beide an etwas sehr Geheimem."

„Künstliche Gliedmaßen?"

„Das kann ich weder bestätigen noch verneinen, fürchte ich. Ich würde Ihr Leben nicht auch noch in Gefahr bringen wollen."

Meine Güte. Wenn ich noch mehr die Augen verdrehte, würden sie in ihren Höhlen einmal rund laufen.

„Ich glaube, dass er deswegen getötet wurde", fuhr Seth fort, „aber die Mörder haben nicht gefunden, was sie suchten, also kamen sie in mein Büro, nur um wieder mit leeren Händen zu gehen. Ich fürchte, sie glauben, Ihre Schwester hat eventuell die Papiere ihres Mannes versteckt—um sie in Sicherheit zu bringen."

„Da hätte sie mir doch sicher etwas von gesagt."

„Vielleicht, vielleicht auch nicht. Sie könnte beschlossen haben, dass es sicherer ist, wenn Sie nichts wissen."

Ihre Finger flatterten zu ihren zitternden Lippen. „Das erklärt, warum sie mir nicht gesagt hat, wo sie hingegangen ist."

Ich nickte. Es lief ziemlich gut. „Die Polizei wurde natürlich verständigt, aber ich fürchte, Detective Inspector Tench hält nichts von unserer Theorie. Er will keine Männer abstellen, um sie zu schützen."

Den Namen des Detectives zu benutzen, schien den gewünschten Effekt zu haben. Mrs Southey nickte eifrig zu allem, was ich sagte. „Er wirkte recht faul auf mich. Dicke Leute sind es oft."

Was für ein Glück, dass sie nichts über meine Nekromantie oder mein Leben auf der Straße wusste. Sie schien gegen jeden Vorurteile zu hegen, der nicht so war wie sie.

„Wir haben beschlossen, Ihre Schwester selbst zu warnen", erklärte Seth ihr. „Wir kennen sie schon lange und sie wird uns vertrauen."

Sie nagte an ihrer Lippe und blinzelte ihn an. Er lächelte warm zurück, aber es hatte nicht den üblichen Effekt. Sie beäugte ihn kritisch. „Sie hat Sie nie zuvor erwähnt. Ich dachte, Reggie hätte allein gearbeitet."

„Normalerweise tat er das, aber er hat mich bei seinen letzten Experimenten mit einbezogen. Wenn ich *meine* Papiere hier hätte, würde ich Ihnen das gern beweisen. Leider sind sie weit weg in meinem Büro in Mayfair."

„Mayfair!"

„Mein Zuhause", sagte er mit blauäugiger Unschuld.

Sie richtete sich auf und erinnerte mich an die gerade Haltung ihrer Schwester. Auch wenn sie nicht so gefasst war wie Merry, hatte Mrs Southey eine ordentliche, präzise Art, sich zu bewegen, die beiden Schwestern zu eigen war. „Wo in Mayfair?"

Seth wedelte mit der Hand. „Eigentlich nur ein alter Haufen Steine, aber er ist schon seit Jahren im Besitz der Familie."

Ich erwartete schon halb, dass er seinen Familientitel Vickers hervorkramen würde, aber er lächelte sie nur wieder an. Diesmal funktionierte es. Mrs Southey errötete und berührte ihre Haare.

„Mrs Southey, es ist dringend erforderlich, dass Sie uns helfen, Merry zu finden", sagte er, indem er ernst wurde. „Sie können nicht zulassen, dass dieser Fremde sie zuerst erwischt."

Ich schaute ihn grimmig an, aber er ignorierte mich.

Mrs Southey schluckte deutlich. „Sie haben recht. Ich habe ihm keine Sekunde über den Weg getraut. Ich sollte es dem Detective sagen."

„Das werden wir übernehmen, nicht wahr, Charlotte?"

„Wir sind jetzt auf dem Weg nach Kensington—wenn Sie uns denn sagen, wo wir sie finden können. Wir werden alles umgehend an Tench weiterleiten. Es ist nur richtig so."

„Oh, ich weiß nicht, wo sie ist", sagte sie.

„Vielleicht nicht, aber Sie kennen sie besser als irgendjemand sonst. Es muss doch jemanden geben, dem sie genug vertraut, um ihn für einige Tage zu besuchen."

„Sie hat wenige enge Freunde. Reggie war kein sehr geselliger Mann." Die zusammengekniffenen Lippen und der saure Ton sagten mir deutlicher, was sie von ihrem Schwager hielt, als ihre Worte.

„Was ist mit Freunden aus der Zeit vor ihrer Heirat?"

Sie wurde rot und schaute weg. „Sie hat den Kontakt nicht aufrechterhalten."

„Sind Sie sicher?"

„Ja", schnappte sie.

„Mrs Southey", sagte Seth sanft. „Ihre Schwester ist möglicherweise in Gefahr, wenn er sie vor uns findet. Sie müssen uns helfen, damit wir die Polizei informieren können. Die kann sie nicht beschützen, wenn sie nicht weiß, wo sie ist."

„Es ist nur, dass … sie wäre so beschämt, wenn jemand davon wüsste." Sie biss sich auf die Lippe und sah mich durch gesenkte Wimpern an. „Insbesondere jemand so Bezauberndes wie Sie, Miss Guilford."

Bezaubernd? Ich? „Wir werden ihr Geheimnis wahren", versicherte ich ihr. „Ich bin keine Tratschtante."

„Sehr wahr", sagte Seth. „Sie weiß ein oder zwei Dinge über mich, die sie noch nie erzählt hat. Der Inbegriff der Diskretion ist meine liebe Charlotte."

„Dies ist allerdings ein ziemlicher Skandal." Sie knabberte wieder an ihrer Lippe. „Aber wenn der Mörder sie zuerst findet …"

„Wir werden dafür sorgen, dass er es nicht tut", sagte Seth, setzte sich neben sie und nahm ihre Hand zwischen seine beiden, was ihm ein erstauntes Blinzeln ihrerseits einbrachte. „Vertrauen Sie uns, Mrs Southey. Wir haben für Ihre Schwester nur das Beste im Sinn. Ihr wird nichts geschehen, wenn wir sie zuerst finden."

Er trug etwas dick auf, aber sie schien dem Gedanken zunehmend aufgeschlossen zu sein. Sie hörte auf, sich auf die Lippe zu beißen und seufzte.

„Sie haben recht. Also gut." Sie stieß den Atem aus. „Es gab eine enge Freundin, bevor sie geheiratet hat. Eine Frau namens Redding. Miss Letitia Redding."

Redding! Den Namen kannte ich.

„Und wo werden wir Miss Redding finden?", fragte Seth.

Im Alhambra.

„In einem Theater namens Alhambra." Mrs Southey berührte wieder ihre Haare und begegnete unserem Blick nicht. „Meine Schwester hat früher dort getanzt, als sie noch jünger war, so wie Miss Redding."

Und Lady Harcourt.

KAPITEL 13

*E*s war Lady Harcourt", verkündete ich in der Kutsche. „Sie *muss* diejenige sein, die Mrs Drinkwater geholfen hat."

„Ja", sagte Seth schlicht. Die Erkenntnis schien ihm zu schaffen zu machen, aber ich war nicht in der Stimmung, um Entschuldigungen oder alternative Theorien zu liefern. Ich war zu wütend. Wie *konnte* sie nur? Ich wusste, dass sie mir die Schuld dafür gab, dass Lincoln sich von ihr fernhielt, aber ich hatte nicht gedacht, dass sie mich genug hasste, um mich kidnappen zu lassen.

„Ich kann nicht glauben, dass mir das nicht früher klar geworden ist", sagte ich. „Mrs Drinkwater hatte eine bestimmte Art zu gehen, wie Lady H. Sie konnte in einen Raum *gleiten* wie eine Tänzerin. Und ihre Haltung ..." Ich schüttelte den Kopf, wütend auf mich selbst, weil ich die Verbindung zwischen den beiden nicht gesehen hatte. „Wir müssen uns beeilen."

„Gus fährt so schnell er kann. Außerdem gibt es keinen Grund, alarmiert zu sein."

„Natürlich gibt es den. Lady Harcourt muss Angst haben, dass Lincoln Merry Drinkwater findet und sie ihm von ihrer Beteiligung erzählt."

„Du meinst, sie wird Merry zum Schweigen bringen? Charlie! Sie ist keine Mörderin."

„Bist du dir da ganz sicher?"

„Ja!"

Ich trommelte mit den Fingern auf den Ledersitz. „Vielleicht hast du recht."

„Ich weiß, dass ich recht habe. Sie ist vielleicht nicht die netteste Person, aber sie ist nicht gewalttätig. Abgesehen davon hat sie keinen Grund, Merry Drinkwater etwas anzutun. Sie weiß, dass wir die Polizei nicht informieren werden. Sie zu töten bringt ihr gar nichts. Fitzroy wird wütend sein, aber ihre Beziehung zu ihm ist dank eurer Verlobung voll und ganz vorbei. Sie kann keine Hoffnungen mehr hegen, sie zu erneuern."

„Da stimme ich dir zu. Sie ist nicht so dumm zu glauben, dass Lincoln sie lieben wird, wenn sie mich entführen lässt."

Er kniff sich in den Nasenrücken und schüttelte den Kopf. „Also was für ein Motiv könnte Julia gehabt haben, um ihr zu helfen?"

„Wenn wir von Merry selbst keine Antwort bekommen, werden wir Lady H mit dem konfrontieren, was wir wissen."

Gus hielt die Kutsche direkt vor dem Alhambra an. Seth stieg zuerst aus und öffnete den Schirm. Es regnete nicht sehr stark, aber der Schirm bot Deckung vor den Passanten. Ich setzte die Kapuze meines Mantels auf, als ich auf den Gehweg trat. Jetzt, da wir wieder im Herzen der Stadt waren, war Vorsicht geboten. Niemand hatte versucht, mir zu schaden, seit ich Lichfield verlassen hatte, aber das bedeutete nicht, dass ich unachtsam werden durfte. Ich berührte den Bernsteinanhänger an meiner Brust. Es war beruhigend zu wissen, dass der Kobold darin schlief und auf meinen Befehl wartete.

Wir traten durch die Seitentür in die Promenade ein, den überdachten Rundgang, der um das gesamte Theater lief. Seth faltete den Regenschirm zusammen und betrachtete den fleckigen Teppich, die Spinnweben und die abblätternde Farbe.

„Es sieht tagsüber so anders aus. So ..." Er schüttelte den Kopf.

„Grell? Geschmacklos?"

„Ich wollte überholt sagen, wie eine verblasste Schönheit, die ihre Jugend mit zu viel Rouge aufleben lassen will. Das gedämpfte Licht der Abende versteckt ihr Alter. Dieser Ort ist ziemlich magisch, wenn die Lampen leuchten und die Tänzerinnen in ihren Federn und Kostümen herauskommen. So war es jedenfalls früher."

„Du klingst wehmütig. Ich dachte, du wärst nicht oft hergekommen."

„Also, wo finden wir diese Miss Redding?" Meine Frage ignorierte er.

„Hinter der Bühne." Ich führte ihn die Promenade entlang, blieb aber oben an der Treppe stehen, die hinunter in den Flur hinter der Bühne führte. Die Stimme hielt ich gesenkt. „Versuche nicht, mit ihr zu flirten."

Er grinste. „Bist du eifersüchtig?"

Ich verdrehte die Augen. „Nein, es ist nur so, dass sie vermutlich in ihrem Leben einige Enttäuschungen hinnehmen musste. Lass nicht zu, dass sie sich Hoffnungen macht, es sei denn, du planst was Festes mit ihr anstatt nur eine Nacht."

„Ich versuche es, aber was du oft als Flirten bezeichnest, ist mein normaler, charmanter Charakter. Ich kann nichts dafür, dass die Damen mich interessant finden, selbst wenn ich es gar nicht darauf anlege."

„Und das sagst du alles mit einem absolut ernsten Gesicht."

Er schaute mich verständnislos an.

Ich ging die Stufen hinunter in den Gang, in dem Jonathon Golightly, der Inspizient des Theaters, sein Büro hatte. Innerlich wappnete ich mich für eine unerfreuliche Begegnung mit ihm und seiner Assistentin, Miss Redding. Das letzte Mal, als ich ihn getroffen hatte, hatte er mich hereingebeten, da er mich für eine Verwandte eines potenziellen Investors gehalten hatte. Als er herausgefunden hatte, dass dem nicht so war, hatte er mich gebeten zu gehen.

Miss Redding war hingegen äußerst hilfreich gewesen. Selbst früher Tänzerin, hatte sie mir erzählt, wie Lady Harcourt, damals als Miss D.D. bekannt, vor ihrer Ehe mit Lord Harcourt im Al aufgetreten war. Andrew Buchanan, ihr Stiefsohn, war damals ebenfalls in sie verliebt gewesen. Mr Golightly musste Geld oder Drohungen erhalten haben, um die Sache unter den Teppich zu kehren, aber Miss Redding war entweder nicht Teil des finanziellen Arrangements oder sie war neidisch auf Lady

Harcourts Glück. Sie hatte den Tratsch etwas zu bereitwillig weitergegeben und ihre Giftigkeit hatte einen bitteren Nachgeschmack hinterlassen.

Die Dreiecksbeziehung zwischen Lady Harcourt, Miss Redding und Merry Drinkwater war merkwürdig. Wenn Miss Redding Lady H nicht mochte, aber mit Merry befreundet war, hätte die Beziehung zwischen Lady H und Merry dann nicht auch belastet sein müssen? Warum würde sie jemandem, den sie nicht mochte, helfen, mich zu kidnappen?

Mr Golightlys Bürotür war geschlossen und der Flur leer. Wir schlüpften in die kleine Küche und warteten mehrere Minuten, ohne zu reden, bis wir schließlich Stimmen hörten, eine männliche, die andere weiblich. Seth zog fragend die Augenbrauen hoch, um zu erfahren, ob ich sie kannte. Ich nickte.

„Tee", verlangte Mr Golightly. „Und einen von diesen kleinen Orangenkuchen."

„Davon sind keine mehr da", sagte Miss Redding.

Golightlys gemurmelte Antwort erreichte mich nicht. Kurz darauf betrat Miss Redding die Küche. Sie stieß einen kleinen, überraschten Schrei aus, ehe ich meinen Finger an die Lippen legte, um sie zum Schweigen zu bringen. Ich lauschte auf Schritte, aber Golightly kam nicht nachsehen, was los war.

„Sie!" Miss Reddings weit aufgerissene Augen untersuchten mich, als würde sie eine Veränderung seit unserem letzten Treffen erwarten. „Ich dachte, ich würde Sie nie wiedersehen."

„Ach?", sagte ich etwas dümmlich. Ich hatte noch nicht entschieden, wie ich das Thema Mrs Drinkwater anschneiden wollte. Vielleicht war es an der Zeit, die Wahrheit zu sagen, zumindest einen Teil davon. Hoffentlich hatte das nicht den gegenteiligen Effekt und sie erzählte nichts mehr.

„Guten Tag." Seth hatte neben der Tür gestanden, sodass sie an ihm vorbeigesegelt war, als sie hereinkam.

Beim Klang seiner Stimme fuhr sie herum und stieß noch einen Schrei aus. „Wer sind Sie?" Ihre Hand griff nach ihren blonden Locken und spielte damit herum wie ein schüchternes kleines Mädchen. Vielleicht war das eine Angewohnheit nach Jahren der Scham wegen der Pockennarben in ihrem Gesicht. Auch wenn sie mir gegenüber keine solche Schüchternheit an den Tag gelegt hatte, war Seth eine ganz andere Sache. Der Mann war schön, und wenn man schöne Männer bewunderte, konnte man sich in seinem Schatten leicht unzulänglich fühlen.

Anscheinend war ich gegen seine Anziehungskraft immun. „Das ist mein lieber Freund Seth", sagte ich. „Seth, das ist Miss Redding."

Sie streckte ihm die Hand entgegen. Er nahm sie und küsste sie, dann lächelte er sie an. Sie wurde bis zu den Ohrenspitzen rot. Falls er versuchte, nicht zu flirten, war es ein lausiger Versuch.

„Ihr … Freund?", sagte sie zu mir.

Vielleicht hätte ich ihn als meinen Bruder vorstellen sollen. „Ja."

„Was ist mit Ihrem Verlobten?"

„Woher wissen Sie von ihm?"

„Sie haben mir von ihm erzählt."

Oh. Natürlich. Sie meinte Andrew Buchanan, nicht Lincoln. Nach meinen ganzen Fragen über Lord Harcourts Familie hatte sie beim letzten Mal angenommen, Buchanan und ich wären verlobt. Ich hatte sie in dem Glauben gelassen. „Seth ist eigentlich eher ein Freund von Andrew", sagte ich und hoffte, Seth würde mitspielen. „Da Andrew mich heute nicht hierher begleiten konnte, ist Seth eingesprungen."

„Beim letzten Mal benötigten Sie keine Begleitung."

„In letzter Zeit ist Andrew immer eifersüchtiger geworden. Alberner Kerl."

„Dann ist es umso überraschender, dass er Ihnen *diesen* Kerl mitgeschickt hat."

Seth grinste mich hinter ihrem Rücken an, wurde aber schnell wieder ernst, als sie sich zu ihm umdrehte. „Andrew vertraut mir bedingungslos", sagte er.

„Das tut er", stimmte ich zu, „wegen deines … Leidens." Ich schaute bedeutungsschwer auf seinen Schritt.

Miss Redding wurde knallrot und spielte wieder mit ihren Locken. Seth sah aus, als wollte er mich erwürgen.

„Eigentlich ist Seth der Grund, warum wir gekommen sind. Er ist ein Freund von Reginald Drinkwater. Oder war es, sollte ich wohl sagen. Deswegen sind wir hier, weil Sie die Drinkwaters ebenfalls kennen."

„Ja, das tue ich", sagte Miss Redding. „Die arme Merry. Sie vermisst ihn so schrecklich."

Sie sprach von ihr, als hätte sie sie kürzlich gesehen. Gut. Wir waren auf der richtigen Spur.

„Woher kennen Sie Mr Drinkwater?", fragte Miss Redding.

Seth erzählte ihr die gleiche Geschichte wie Mrs Southey.

„Sie sehen nicht aus wie ein Wissenschaftler", sagte sie, als er geendet hatte.

Seth machte den Mund auf, um zu antworten, aber ich war schneller. „Lassen Sie sich nicht von seinem hübschen Aussehen täuschen. Er ist eigentlich recht intelligent."

„Das ist so nett von dir, Charlotte", sagte er mit einem eingefrorenen Lächeln.

„Wir machen uns Sorgen um Mrs Drinkwater, wissen Sie?", sagte ich. „Nachdem Seth mir alles über Mr Drinkwaters tragischen Tod erzählt hat, habe ich versprochen, nach seiner Witwe zu schauen. Und als dann später Seths Räume verwüstet wurden, bestand er darauf, dass wir sie warnen. Also haben wir sie wieder aufgesucht, aber sie war weder zu Hause noch bei ihrer Schwester. Im Moment ist sie besonders verletzlich und ich glaube nicht, dass sie sich der Gefahr bewusst ist, als Nächstes ins Visier genommen zu werden. Ich hatte gehofft, *Sie* wüssten, wo wir sie finden können, um sie zu informieren."

„Woher wussten Sie, dass wir befreundet sind?"

„Sie hat mir erzählt, dass Sie hier in ihrer Jugend mit Ihnen getanzt hat. Mit Ihnen und Miss D.D."

Ihr Mund verzog sich, während sie mich beobachtete. Miss Redding war eine aufmerksame Frau und nicht so vertrauensselig wie Mrs Southey. Sie zu überzeugen war ein echter Test unserer schauspielerischen Fähigkeiten. „Es ist sehr unwahrscheinlich, dass sie irgendjemandem von ihrer Vergangenheit erzählt hat."

Sie hatte nicht abgestritten, dass Mrs Drinkwater und Lady Harcourt zusammen getanzt hatten. Das war schon mal was.

Ich nahm ihre beiden Hände in meine und drückte. „Es ist gut, dass Sie zu diesem Zeitpunkt skeptisch sind. Mrs Drinkwater muss beschützt werden. Aber ich versichere Ihnen, sie hat es mir selbst gesagt. Wie sonst sollte ich von Ihrer Freundschaft wissen?"

Ihr Mund zuckte nach rechts und links, während sie nachdachte. „Ich schätze, so ist es. Danke, dass Sie vorbeigeschaut haben, um mich zu warnen. Ich werde ihr die Nachricht weitergeben."

„Das würden wir lieber selbst tun", sagte Seth. „Um uns zu überzeugen, dass es ihr gut geht, wissen Sie?"

„Ich bin mir nicht sicher, ob sie zurzeit irgendjemanden sehen möchte."

„Uns wird sie empfangen", versicherte ich ihr und drückte noch einmal ihre Hände. „Ich möchte auch Grüße von Andrews Stiefmutter übermitteln."

„Julia Templeton?"

„Lady Harcourt", verbesserte Seth.

„Warum sollte die Grüße schicken?"

„Sie macht sich auch Sorgen um ihre Freundin und möchte ihr Unterschlupf anbieten, falls es nötig ist", sagte ich. „Wir sollen die Nachricht persönlich an Mrs Drinkwater übermitteln."

Miss Redding schnaubte. „Ist das ein Witz?"

„Warum sollte es ein Witz sein?"

„Weil die hochtrabende Lady Harcourt weder Merry noch mich eines Blickes würdigen würde, sollte sie uns auf der Straße begegnen, ganz zu schweigen von einem Gespräch. Sie würde ganz sicher keinen Unterschlupf anbieten."

„Natürlich würde sie das", protestierte Seth voller Überzeugung.

Ich war Miss Reddings Meinung. Lady Harcourt war verzweifelt genug gewesen, Tänzerin zu werden, um der Armut zu entgehen, und jetzt musste sie ebenso verzweifelt ihren Ruf wahren und ihre skandalöse Vergangenheit geheim halten. Wenn ihre Freunde in der gehobenen Gesellschaft davon erfuhren, war ihr Leben in London vorüber. Sie würde aus der Stadt ziehen müssen, um nicht gebrandmarkt zu werden. Der Liebling der Londoner Gesellschaft würde das nicht wollen.

„Nein, Sir, sie würde uns gar nichts anbieten." Miss Redding entzog mir ihre Hände und verschränkte die Arme. Ihre Schüchternheit war vollständig verschwunden und von der stählernen Härte ersetzt worden, die ich bei unseren ersten Treffen erahnt hatte. „Julia Templeton ist eine manipulative, rücksichtslose Kratzbürste, die alles dafür tun würde, ihre durch Heirat errungene Position zu behalten. Uns, die wir sie als Tänzerin im Al kannten, anzuerkennen, würde bedeuten, ihre Vergangenheit einzugestehen. Sie müssen verstehen, eine Frau wie sie will sich nicht einmal selbst daran erinnern. Also fürchte ich, dass sie niemals so etwas zu Ihnen gesagt hat und es verblüfft mich, dass Sie sie überhaupt erwähnen."

„Ich kann Ihnen versichern, Lady Harcourt hat Mrs Drinkwater Hilfe angeboten." Zwar kein Obdach, aber dafür Unterstützung bei meiner Entführung. „Es muss einen Grund geben", sagte ich, damit Seth verstand.

Sein Gesicht hellte sich auf. Er stellte sich gerader hin. „Jemand hat Lady Harcourt einen Brief geschrieben und darin gedroht, mit Details über ihre Vergangenheit zu den Klatschzeitungen zu gehen. Waren Sie das zufällig?"

„Nein!" Miss Redding verzog das Gesicht. „So etwas würde ich niemals tun."

„Danke." Er beugte sich vor und küsste ihre Wange. „Sie waren eine wunderbare Hilfe. Komm, Charlie. Es ist Zeit zu gehen."

Er nahm meine Hand und zog mich aus der Küche. Ich hatte kaum Zeit, ein „Danke" und „Auf Wiedersehen" über die Schulter zu Miss Redding zu werfen, die sehr rot angelaufen war. Sie wirkte ziemlich verdutzt, aber ich war mir nicht sicher, ob das an unserem plötzlichen Abgang lag oder an Seths Kuss.

Wir rannten so schnell an Mr Golightlys Büro vorbei, dass er uns noch nicht einmal sah, dann die Treppen hinauf und raus in die Promenade.

„Nichts so schnell", sagte ich, als ich stolperte.

Er blieb stehen, damit ich meine Balance wiederfand. „Sie hat sie *erpresst*", sagte er. „Merry Drinkwater hat Julia erpresst, damit sie ihr alles über dich sagt, darüber, dass Lichfield eine Haushälterin sucht *et cetera*."

„Kann schon sein." Ich schüttelte den Kopf. „Aber sie hätte schon vorher von meiner Nekromantie wissen müssen—und von Lady Harcourts Verbindung zu mir. Wie? Wer hat ihr das gesagt?"

„Ich weiß es nicht. Wir werden Merry Drinkwater fragen."

„Wie denn, wenn wir sie nicht finden?"

„Ich glaube, Miss Redding weiß, wo ihre Freundin ist, will es aber nicht sagen. Wir folgen ihr am Abend nach Hause. Wahrscheinlich finden wir Merry dort."

Er öffnete mir die Tür und stieß dabei fast eine Frau um, die gerade das Al betreten wollte. Sie schaute hoch und schnappte nach Luft.

„Mrs Drinkwater!" Ich griff nach ihrer Hand, aber sie rannte davon.

Seth setzte ihr nach. „Gus! Halte sie auf!"

Aber Gus musste halb eingedöst sein. Er schob den Hut zurück, während er sich auf dem Kutschbock aufrichtete. „Was?" Er sah die Frau vorbeirennen, dicht gefolgt von Seth. „Du meine Güte!" Er sprang herab. „Charlie, pass auf das Pferd auf."

„Ich glaube nicht, dass ihr beide hinterher müsst", rief ich ihnen nach.

Aber er hörte nicht auf mich, sondern rannte Seth nach, der unter den misstrauischen Blicken einiger Gentlemen langsamer geworden war. Das Pferd stand ruhig, aber ich griff trotzdem nach der Trense.

Eine Hand im Handschuh packte meine und etwas drückte sich in meinen Rücken.

„Tu, was ich sage. Ich habe eine Waffe." Holloway! Oh Gott. Also war er nicht tot.

Schade. „Was willst du?" Ich hielt meine Stimme gesenkt, gleichmäßig, um ihn nicht zu erschrecken. Wenn ich mich plötzlich bewegte, drückte er vielleicht ab.

„Ich will dich retten, mein Mädchen."

„Ich bin nicht dein Mädchen und ich muss auch nicht gerettet werden."

„Natürlich musst du das. Sieh dich doch an, wie du dich mit Männern umgibst." Er spuckte die Worte heraus, als würden sie widerlich schmecken. Trotz seiner starken Überzeugungen litt er an einer Krankheit. Sein Griff fühlte sich schwächer an und seine

Hand zitterte. Ich konnte durch unsere Kleidung die Hitze seines Fiebers spüren und sein Atem stank. „Der Teufel steckt in dir, *Hure.*"

Es war sinnlos, mit ihm zu streiten. Er würde nicht zuhören. Sein Verstand war verschlossen, vielleicht verwirrt von Fieber, Wahnsinn oder beidem.

Nur wenige Passanten waren unterwegs und die schienen meine Not nicht zu bemerken. Ich schrie weder noch flehte ich um Hilfe. Holloway war verrückt genug, mich mitten auf der Straße zu töten. Ich wollte mich umsehen, ob Seth und Gus etwas bemerkt hatten, wagte es aber nicht.

Er schubste mich. „Rauf."

„Du willst, dass ich fahre?"

„Wir gehen an einen sicheren Ort. Weit weg von hier, sodass ich das Biest in dir ohne Störung austreiben kann."

Ich plumpste auf den Sitz und packte die Leinen. Er legte den Arm um meine Schultern und positionierte den Lauf der kleinen Pistole an meinem Hals. Der Kragen meines Mantels verbarg sie, aber es schaute sowieso niemand zu uns.

„Ich weiß nicht, wie man fährt", sagte ich lahm.

„Beweg die Leinen."

Ich tat es und das Pferd lief los. Ein anderer Kutscher beschimpfte uns lautstark, da er schnell bremsen musste, um einen Zusammenstoß zu verhindern. Als er sah, dass eine Frau fuhr, schüttelte er den Kopf. „Du solltest zu Hause sein! Überlass das Fahren denen, die es können!"

Das Pferd folgte dem Verkehr in gleichmäßigem Tempo. Ich entdeckte Gus, der um eine Ecke bog. Er sah mich nicht und ich rief ihn nicht. Er würde bald bemerken, dass die Kutsche weg war. Er und Seth taten mir leid. Sie würden in Panik geraten, wenn sie mein Fehlen entdeckten.

Aber ich würde nicht versuchen, Holloway zu bekämpfen oder meinen Kobold zu rufen. Noch nicht. Ich hatte die perfekte Möglichkeit, ihn zu fragen, wer ihm zur Flucht aus dem Gefängnis verholfen hatte, und die wollte ich nicht verstreichen lassen.

Ich konnte nur hoffen, dass er mich nicht zuerst zu töten versuchte.

KAPITEL 14

„Wer hat dir geholfen, aus dem Gefängnis zu fliehen?" Das fragte ich schon zum dritten Mal und Holloway antwortete gar nicht mehr. Beim ersten Mal hatte er abgestritten, Hilfe gehabt zu haben, beim zweiten Mal hatte er gesagt, es ginge mich nichts an.

Sobald wir die geschäftigen Straßen des Londoner Stadtzentrums hinter uns gelassen hatten, wurde das Fahren einfacher. Die erste halbe Stunde hatte meine ganze Konzentration gefordert, das Pferd unter Kontrolle zu halten. Holloway hatte wenig geholfen und mir nur gesagt, ich sollte schneller fahren, wenn das Pferd langsamer wurde.

„Ich bin noch nie gefahren", fuhr ich ihn an, als er mir wieder sagte, wir wären zu langsam.

„Lüg mich nicht an. Ich weiß, dass dein Zuhälter dir reiten beigebracht hat."

„Zuerst einmal ist er nicht mein Zuhälter. Oder überhaupt einer. Zweitens, ja, er hat mir reiten beigebracht, aber nicht fahren." Obwohl ich mir ein wenig von der Technik bei ihm und den anderen abgeschaut hatte. „Wo fahren wir hin?"

„Sei still", knurrte er. „Ich habe dir beigebracht, nur zu reden, wenn du angesprochen wirst."

„Zusammen mit einer Reihe von anderen dummen Sachen.

‚Romane werden dein zartes Gemüt verderben' ist mein beson-
derer Favorit."

Er packte mein Kinn und zwang mich, ihn anzusehen. Sein
Daumen grub sich in meine Haut und drückte die Innenseite
meiner Wange zwischen die Zähne. „Hör auf", zischte er.

Ich ruckte weg, nur um gegen den Lauf der kleinen Pistole in
meinem Nacken zu stoßen. Bei dem Schmerz auf meiner Haut
schnappte ich nach Luft. „Du tust mir weh."

„Gut. Der Teufel reagiert nur auf Schmerz."

Er ließ mich los und ich verhielt mich still. Ich wollte nicht
riskieren, ihn wütend zu machen. Vielleicht wollte er mich
retten, aber wenn ich zu schwierig oder zu einer Last wurde,
wusste ich nicht, was er tun würde. Seine Augen waren glasig
vom Fieber, seine Lippen blass und seine Haut glänzend. Die
Hand mit der Waffe an meinem Hals zitterte. Trotz seiner Krankheit wirkte er aufmerksam. Er spannte sich an, wann immer ich
mich bewegte, und das kalte Metall des Waffenlaufs drückte
weiter gegen mich. Ich hätte den Anhänger an meiner Brust
nicht berühren können, selbst wenn ich gewollt hätte.

Wir bewegten uns in nordöstlicher Richtung durch London,
bis die Häuser kleiner wurden und schließlich Fabriken Platz
machten. Hohe Wände ragten rechts und links von der Straße
auf. Riesige Schornsteine spien Rauch in den ohnehin schon
schummrigen Himmel. Wir kamen an Eisenwerken vorbei,
Gummiwerken, Färbereien und sogar einer Klaviermanufaktur
mit angeschlossenem Ausstellungsraum. Die Luft in London
war niemals sauber, aber hier war sie geschwängert von den
Gerüchen und dem rußigen Qualm der Fabriken. Ich konnte sie
auf meinem Gesicht und in meine Haut eindringen spüren. Die
wenigen Menschen, die in dem miesen Wetter unterwegs waren,
hielten die Köpfe gesenkt und nahmen keine Notiz von uns.

In diesem Teil der Stadt war ich noch nie gewesen, aber ich
merkte mir unsere Route genau und war zuversichtlich, dass ich
den Weg zurückfinden würde. Falls wir bald anhielten. Ich
machte mir allmählich Sorgen, dass Holloway ewig mit mir
weiterfahren wollte, als er mich endlich in eine Gasse lotste. Dort
waren noch mehr Werkstätten und Fabriken angesiedelt, aber

wesentlich kleinere, jede dicht an den Nachbarn gedrängt, um sich den Platz auf der Straße zu sichern.

„Halte hier an." Er zeigte auf ein niedriges Gebäude aus braunen Ziegeln, das zwischen einen Polsterer und eine französische Polierwerkstatt gezwängt war. „Binde das Pferd an den Pfosten neben der Tränke."

„Was ist, wenn es jemand stiehlt? Oder die Kutsche?"

Er antwortete mir nicht, sondern nahm die Leinen und stieg zuerst herunter. Ich folgte langsam, ohne ihn aus den Augen zu lassen. Sobald ich am Boden stand, berührte ich den Anhänger an meiner Brust. Ich konnte die Worte sagen und der Kobold würde mich retten, aber dann würde ich keine Antworten bekommen.

Ich brauchte diese Antworten. Wer hasste mich genug, um Holloway aus dem Gefängnis zu lassen und auf mich anzusetzen? War das auch Lady Harcourt? Oder jemand von außerhalb des Komitees? Wie auch immer, es herauszufinden würde einiges dazu beitragen, meinen Wert für sie unter Beweis zu stellen.

Holloway fischte einen Schlüssel aus seiner Innentasche und warf ihn mir zu. „Schließ die Tür auf und geh hinein."

Meine Hände zitterten, aber ich schaffte es. Durch die hohen Bogenfenster strömte genug Licht herein, um zu sehen, dass die Fabrik größtenteils leer war. Ein riesiger Brennofen stand mitten in dem weitläufigen Raum, die Ziegel um die Öffnung geschwärzt. In den dicken Schornstein würde ich bequem zweimal hineinpassen, nebeneinander. Zerbrochene Kisten und Fässer lagen in einem Haufen in der Ecke und weißes Puder trat aus zerrissenen Säcken aus. Auf dem Boden lagen Zeitungen verstreut, zusammen mit Tonscherben, von denen manche gezackt und scharf waren. Ich merkte mir alle potenziellen Waffen in der Nähe.

In der höhlenartigen Fabrik war es kälter als draußen und ich war nicht die Einzige, die das spürte. Holloway wedelte mit der Waffe in meine Richtung. „Zünde ein Feuer an."

„Hast du Streichhölzer?"

Er ruckte mit dem Kinn zum Fenster, wo eine Streichholzschachtel auf dem Fensterbrett lag. Ich holte sie und sammelte ein paar Zeitungen ein, die ich in den Ofen legte. Holloway zerrte einen Sack Kohle herbei. Bis er bei mir war, schnaufte er und Schweiß tropfte ihm von der Stirn. Er wischte ihn mit dem Handrücken weg und erschauerte.

„Beeil dich." Er zog seinen Mantel enger um sich. Wer auch immer ihm bei der Flucht geholfen hatte, hatte ihm Winterkleidung gegeben. Die hätte er nicht von zu Hause holen können; dort hätte die Polizei zuerst nach ihm gesucht.

Das brachte mich zu der Frage, ob seine Nachbarn oder Gemeindemitglieder ihn beschützen würden oder die Polizei verständigen, wenn er zu ihnen käme. Vermutlich nicht beschützen. Sein Ruf war jetzt ruiniert. Was für eine Ironie, dass ich der Grund dafür war.

Ich brachte das Feuer in Gang und kniete mich auf den Steinboden, um mich zu wärmen. Langsam und allmählich tauten meine Finger auf und ich konnte mein Gesicht wieder spüren.

„Das magst du, nicht wahr, Teufelskind? Du bist die Flammen der Hölle gewohnt."

Ich reagierte nicht. Nichts, was ich sagte, würde ihn davon überzeugen, dass ich nicht vom Teufel besessen war.

Er wischte sich die Stirn mit dem Ärmel ab. Seine Atmung hatte sich nach der Anstrengung wieder normalisiert und er wirkte noch blasser, die Haut noch glänzender, falls das möglich war. Seit seiner Verhaftung hatte er Gewicht verloren. Die Knochen in seinem Gesicht traten stärker hervor, die Wangen und das Kinn waren kantiger. Das Gefängnis hatte ihm nicht gutgetan.

Vielleicht hätte er mir leidtun sollen, aber ich konnte kein Mitgefühl aufbringen. Ich fühlte nichts, noch nicht einmal Angst. Ich hatte gesehen, wozu mein Kobold fähig war. Vielleicht war es an der Zeit, ihn zu rufen, wenn ich auf Nummer Sicher gehen wollte, ehe Holloway abdrückte.

Er ließ die Waffe auf seinen Schoß sinken, als wäre sie zu schwer geworden. Wieder wischte er sich über die Stirn. Nein, nicht die Stirn, seine Augen. Sie waren feucht. Von Tränen oder vom Fieber? „Du warst so ein braves kleines Mädchen. So ein liebes kleines Ding." Er schüttelte den Kopf und seine Lippen bebten. Er weinte *wirklich*.

Ein Kloß bildete sich in meinem Hals. Ich schluckte ihn herunter. Ich würde mit diesem Mann kein Mitleid haben oder dem Leben nachtrauern, das ich hätte haben können, wenn er mich nie hinausgeworfen hätte. Das war vorbei und ich weigerte mich, daran zu denken.

„Wie?" Er sprach so leise, dass ich ihn fast nicht hören konnte. „Wie ist der Teufel eingedrungen? Ich verstehe es nicht, Herr." Er suchte die Decke ab, aber die Dachbalken blieben stumm. „Warum hast du meine Tochter verlassen? Was habe ich getan, dass ich das verdiene?"

Langsam, ganz langsam, um ihn nicht aufzuschrecken, legte ich meine Hand auf den Bernstein. Er pulsierte im Takt meines Herzens.

„Leite mich in dieser Zeit der Not. Hilf mir, die Dämonen aus ihr auszutreiben."

„Wer hat dich aus dem Gefängnis gelassen?", verlangte ich ein letztes Mal zu wissen. „War es Lady Harcourt?"

Seine tränenden Augen fokussierten mich nicht ganz. Er schwankte auch, aber die Waffe blieb ruhig.

Wenn ich Antworten wollte, musste ich meine Befragungstaktik ändern. „Ich hatte eine wundervolle Kindheit. Sie war reich gefüllt mit allem, was ein kleines Mädchen braucht— Puppen, Spielzeug, hübsche Haarbänder und Bildung." Auch wenn diese streng durch Holloways Überzeugungen eingeschränkt gewesen war. „Und Eltern, die mich liebten."

Er wischte sich die Schweißtropfen von der Stirn. „Wir haben uns so sehr bemüht, dich als gutes christliches Mädchen zu erziehen." Er schüttelte den Kopf, als könnte er nicht glauben, dass die Bemühungen umsonst gewesen waren.

„Du und Mama waren meine ganze Welt."

„Und du warst unsere. Wir haben nie jemandem gesagt, dass du adoptiert warst. Es schien unnötig, wo wir dich doch so liebten, wie alle Eltern ihre Kinder lieben." Er sah aus, als würde er wieder anfangen zu weinen. „Und trotzdem wurden unsere Bemühungen so zurückgezahlt."

„Es ist nicht deine Schuld", sagte ich ihm. „Oder meine. Ich wurde so geboren. Du konntest das nicht wissen."

Sein Blick wurde scharf. „Ja! Ja, du hast recht. Es ist nicht unsere Schuld. Wir haben alles getan, was wir konnten. Wir haben dich geliebt ... aber unsere Liebe konnte nie genügen, weil du in Wirklichkeit ein Teu—"

„Sag es nicht." Der Anhänger pulsierte stärker, als ob der Kobold mich anflehen würde, ihn freizulassen.

Holloway beäugte mich eine lange Zeit, als ob er versuchen würde, den Dämon zu sehen, von dem er glaubte, dass er in mir lauerte. Ich starrte zurück, ohne zu blinzeln. Wollte, dass er das kleine Mädchen sah, das er einst sein Eigen nannte. Wollte, dass er mich noch einmal ‚Tochter' nannte, und wenn es nur dazu diente, dass ich hier herausgehen konnte, ohne ihm wehzutun. An seinem fiebrigen Gesicht konnte ich unmöglich erkennen, ob ich zu ihm durchdrang.

„Ich wünschte, Mama würde noch leben."

„Nenn sie nicht so", fuhr er mich an. „Sie ist nicht deine Mama. Das war sie nie." Er rappelte sich auf die Füße und stolperte vorwärts. Einen beängstigenden Augenblick lang dachte ich, er könnte die Waffe aus Versehen abfeuern. Er wirkte kaum in der Lage, seine eigenen Bewegungen zu kontrollieren, so wie er vor und zurück schwankte. Spucke schäumte über seine Unterlippe und der Schweiß tropfte ihm von der Stirn. „Sie war meine wunderschöne, liebe Frau." Er fing an zu zittern und zu weinen, Tränen und Schweiß rannen ihm über das Gesicht. „Und jetzt ist sie tot."

„Ich vermisse sie", wagte ich zu sagen.

„*Du* vermisst sie!" Er packte die Pistole mit beiden Händen und richtete sie auf meine Stirn. „Du hast kein Recht, sie zu vermissen!"

„Ich ... ich meinte doch nur—"

„Schweig!" Er ging langsam um mich herum, ohne die Waffe zu senken. Ich folgte ihm mit dem Blick, meine Finger zuckten um den Anhänger. „Ich danke dem Herrn jeden Tag, dass er sie genommen hat, sodass sie nicht sehen konnte, was du geworden bist, du widerliche Kreatur. Du dreckige, groteske Ausgeburt! Wenn sie erkannt hätte, was in dir lebt, wäre sie entsetzt gewesen. Sie hätte den Teufel sofort ausgetrieben. Sie war stark, wo ich schwach war. Ich hätte ihn zerstören sollen—dich zerstören sollen—in dem Moment, als ich sah, was du wirklich bist. Aber ich—ich konnte nicht. Dich wegzuschicken war alles, was ich tun konnte."

„Ich war dreizehn!"

„Ich war zu sentimental." Er bleckte die Zähne, die jetzt durch die mangelnde Pflege im Gefängnis gelb waren und in seinem Zahnfleisch zu faulen begannen. „Ich hätte dir die Kehle durchschneiden sollen."

„Das hast du fast getan. Du bist wahnsinnig."

„Da irrst du dich. Sie irren sich alle. Nur einer versteht."

„Wer?", platzte ich heraus.

Seine Augen glühten vor Fieber und konnten mich nicht mehr wirklich erfassen. „Er kann den Teufel auch in dir sehen. Er weiß, was du wirklich bist, und will dich von dieser Erde auslöschen, zurück in die Hölle, wo du hingehörst."

Er. Also war es nicht Lady Harcourt. „Wie bist du aus dem Gefängnis gekommen? Sie dachten, du wärst tot."

„Er hat mir eine widerliche Tinktur gegeben, die den Herzschlag auf fast nichts verlangsamt. Sobald der Effekt nachließ, wachte ich in einem anderen Raum auf, allein. Es war leicht für ihn, mich dort herauszuholen. Niemand passte auf."

„Er will, dass du mich tötest?"

„Er hat mir gezeigt, dass ich schwach war, dass ich dich schon vor Jahren hätte töten sollen. Er hat mir diese Chance gegeben, um das wieder gut zu machen, das Böse zu überwinden, das du hergebracht hast. Ich werde die Chance nutzen." Seine Finger zogen sich eng um den Griff der Pistole. Drückten den Abzug.

„Kobold!"

Ich rollte mich zur Seite ab, als der Schuss losging. Meine Schulter und Hüfte krachten auf den Boden, obwohl ich mich mit beiden Händen abfing.

„Kobold, ich lasse dich frei!"

Nichts geschah.

Ich tastete an meiner Brust nach dem Anhänger, aber er war weg. Nein, nein, nein! Ich konnte den Kobold nicht rufen, ohne ihn zu berühren. Er musste abgefallen sein, als ich gestürzt war. Wo war er?

Holloway zielte wieder auf mich. Ich rutschte über den

Boden und trat dabei ein Fass in seine Richtung. Er wich aus, stolperte auf ein Knie, und das Fass rollte an ihm vorbei ins Feuer. Ich kam auf die Füße und rannte hinter den Ofen.

„Komm zurück, Teufel", knurrte er. „Du kannst nicht entkommen."

Das stimmte. Ich musste an ihm vorbei, um zur Tür zu kommen, oder mich aus der Deckung begeben, um eins der Fenster zu erreichen. Wo war mein Anhänger? Warum hatte ich so lange gewartet, um den Kobold zu rufen?

Weil ich Antworten wollte. Ich wollte ihn überzeugen, dass ich noch immer seine Tochter war. Mein dummer Aufschub hatte mich fast das Leben gekostet; würde es mich vielleicht noch kosten. Ohne den Kobold musste ich mich selbst befreien. Hätte Holloway keine Waffe, hätte ich ihn möglicherweise überwältigen können, aber selbst in seinem fiebrigen Zustand konnte er noch schießen.

„Komm zurück." Sein Befehl erklang näher, als ich erwartet hatte. Er kam von links, also ging ich nach rechts, immer weiter um den großen Ofen herum, bis ich wieder dort ankam, wo er zuerst gestanden hatte, als er geschossen hatte. Ein Strahl der späten Nachmittagssonne fiel auf den Anhänger, der ein Stück von mir entfernt auf dem Boden lag. Zu weit weg. Wenn ich versuchte, ich zu holen, würde Holloway mich sehen.

Ich brauchte eine Ablenkung.

Ein Stück Holz von einem kaputten Fass knackte, als es Feuer fing. Das Ende ragte unverbrannt heraus, genau zu meinen Füßen. Ich nahm es und warf es so fest ich konnte in den Haufen von Fässern und Kisten. Es kam nicht ganz dort an, rutschte aber über den Boden, wobei es Funken sprühte und Blätter von Zeitungen aufwirbelte.

Holloway stöhnte. „Willst du mir Angst machen, Teufel?"

Ich stürzte mich auf den Anhänger. Er flammte in meinem Handschuh auf. „Ich befreie dich, Kobold. Komm jetzt heraus."

Gelbes Licht brach aus dem Anhänger hervor. Ich schloss die Augen, um nicht geblendet zu werden, ließ die Kette aber nicht los.

„Was tust du?", schrie Holloway. „Lass deine Teufelsmagie!"

Ich öffnete die Augen wieder und schaute hinunter auf die

Kreatur zu meinen Füßen, deren lange rosa Zunge aus dem Maul hing. Sie hechelte und sah mich erwartungsvoll an.

„Geh", sagte ich zu ihr. „Rette mich vor diesem Mann."

Sie setzte sich und legte den Kopf auf die Seite.

„Geh, Kobold!" Ich zeigte in Richtung des Ofens.

Sein Blick folgte meiner Hand, die noch immer den Anhänger hielt, aber als ich sie wieder senkte, schaute der Kobold wieder nur zu mir hoch wie ein Hund, der darauf wartete, ein Stöckchen geworfen zu bekommen.

Flammen flackerten in der Ecke der Fabrik auf und zehrten an den Fässern und Kisten. Sie hatten dank der Zeitungen schnell Feuer gefangen, das sich zu den Säcken mit dem weißen Pulver auszubreiten drohte. Bald würde ihm jedoch der Brennstoff ausgehen.

Holloway konnte genau jetzt auf dem Weg zu mir sein. Ich musste den Kobold irgendwie dazu bringen, ihn aufzuhalten. Wenn ich doch nur sicher sein könnte, dass er ihn nicht umbrachte.

„Was hast du getan?" Holloways schriller Schrei kam von der anderen Seite des Ofens. „Hier wird alles in die Luft fliegen!"

Ich wollte ihm gerade sagen, dass es nur ein kleines Feuer war, als es eine Explosion gab. Glas ging zu Bruch. Holz splitterte. Ich fiel auf den Boden und schützte meinen Kopf mit den Armen, als eine weitere Explosion durch die Halle jagte und Holzsplitter in alle Richtungen flogen. Es fühlte sich an, als würde das ganze Gebäude erbeben.

Holloway brüllte Obszönitäten über das Tosen des Feuers, das jetzt alle Fässer und Kisten erfasst hatte und an den Deckenbalken entlang tanzte. „Das Pulver ist explosiv!", schrie er. „Wir werden beide sterben, du dummes Mädchen!"

Etwas zog an meinem Ärmel und einen Moment lang dachte ich, es wäre Holloway, aber es war der Kobold, der mich nach draußen drängte.

Ich schaute zu dem Ofen, nur um zu sehen, dass ein Teil davon eingestürzt war. Die Ziegel lagen verstreut um den Sockel. Der Schornstein neigte sich und drohte zu fallen. Ich krabbelte weiter davon weg und zog den Kobold mit.

Noch eine Explosion erschütterte die Fabrik. Ich zog den

Kobold schützend an mich, wobei ich kurz vergaß, dass er eigentlich mich beschützen sollte. Gerade rechtzeitig schaute ich hoch, um den Schornstein in sich zusammen fallen zu sehen. Eine Staubwolke stieg zur Decke und verdeckte das Licht von den Fenstern und dem Feuer. Der Krach übertönte das Brüllen des Feuers, aber nur einen Moment lang.

Der Kobold und ich kauerten auf dem Boden. Kein Geräusch kam von der anderen Seite des Schutthaufens, abgesehen vom Tosen des Feuers. Das hatte jetzt den Großteil des Lagers erfasst und füllte es mit schwarzem Qualm, der bitter roch und mir in den Augen brannte. Das Puder war nicht nur flammbar, sondern auch giftig gewesen.

Jemand rief von der Tür her: „Ist jemand hier drinnen?"

Holloway antwortete nicht.

Ich öffnete den Mund, um zu rufen, bekam aber nur ein Stammeln heraus. Rauch füllte meinen Hals und meinen Brustkorb. Ich hustete und hustete, bis mein ganzer Körper schmerzte. Ich versuchte zu atmen, aber die heiße, rauchige Luft ließ mich nur noch mehr husten.

Die Krallen des Kobolds packten meinen Kragen und zogen ihn über Mund und Nase. Ich atmete keuchend ein. Es war kein purer Sauerstoff, aber für den Moment reichte es.

Wieder zog der Kobold an meinem Ärmel und versuchte, mich zur Tür zu bewegen. Ich steckte den Anhänger in die Tasche und bewegte mich in die entgegengesetzte Richtung. Auf Händen und Knien kroch ich durch den Haufen von Ziegeln, aus denen der Schornstein bestanden hatte. Durch den Rauch konnte ich niemanden sehen.

Ich durchsuchte den Schutt, schob Trümmer zur Seite. Ein weiterer Hustenanfall schüttelte mich, aber ich hörte nicht auf. Der Kobold zerrte und zog, wimmernd wie ein Welpe. Doch ich konnte noch nicht weg. Ich musste es wissen.

Unter einigen Ziegeln entdeckte ich einen Stiefel und ein Hosenbein. Der Rest von ihm war unter Schutt begraben. Ich wackelte an seinem Fuß, aber es gab keine Reaktion.

„Holloway!" Das Wort fühlte sich in meinen Hals an wie eine Glasscherbe und war kaum zu hören. Ich wackelte noch einmal an seinem Fuß.

Er reagierte nicht. Bewegte sich nicht. Er war weg.

Der Kobold zog fester an meinem Ärmel. Dann zuckte sein Kopf plötzlich zurück, als ob er ein Geräusch auf dem Dach gehört hätte. Ich schaute hinauf und sah, wie die Flammen sich durch einen Dachbalken fraßen. Mit einem gequälten Ächzen stürzte der massive schwarze Balken direkt auf mich herab.

KAPITEL 15

Ich warf mich zur Seite und bedeckte mein Gesicht, wusste aber, dass ich weder schnell genug sein noch weit genug kommen würde, um mich vor dem fallenden Balken zu retten.

Trotzdem traf mich das Holz nicht. Als ich aufschaute, sah ich es harmlos ein Stück entfernt auf einem Haufen Ziegel landen. Der Kobold, jetzt so groß wie ein Pferd, stand auf den Hinterbeinen. Ich hatte kaum Zeit zu begreifen, was passiert war, da kündigte ein Knirschen und ein weiteres monströses Ächzen den bevorstehenden Kollaps der Decke an. Ich kam auf die Beine. Der Kobold packte meine Hand und zog mich hinter sich her. Er war stark und ich hätte mich nicht wehren können, selbst wenn ich gewollt hätte.

Weitere Balken fielen. Dachschindeln krachten in den Schutt. Ich duckte mich, wann immer ein Balken sich näherte, aber es war nicht nötig. Der Kobold schlug sie weg, als wären sie kleine Zweige, die durch den Raum flogen. Ohne ihn wäre ich erschlagen worden.

Er zerrte mich zur offenen Tür. Ich stolperte wild hustend hindurch und prallte gegen einen Mann. „Vorsicht, Miss. Meine Güte! Wusste nicht, dass da jemand drinnen war."

Zischen. Über das Prasseln und Toben des Feuers konnte ich Dampf zischen hören. Und Gebrüll. Alle schienen mich anzuschreien. Durch meine feuchten, brennenden Augen erkannte ich eine Menge Männer, die herumrannten. Wo kamen die alle her? Ich versuchte, mit ihnen zu reden, aber mein Hals fühlte sich an, als stünde er in Flammen. Selbst das Atmen tat weh. Ich bekam nicht genug Luft in meine Lungen. Dieses schreckliche Zischen! Es wollte nicht aufhören. Als ich etwas klarer sehen konnte, erkannte ich, dass es von der Messingpumpe des Löschwagens kam. Die Männer waren Feuerwehrleute und sie schleiften einen großen Schlauch zu der brennenden Fabrik.

Fenster zerbarsten. Glas klirrte. Jemand schubste mich aus dem Weg. Als ich wieder aufschaute, quoll Rauch aus den kaputten Fenstern und die Feuerwehrleute versuchten, die Flammen zu löschen, die an den Fensterrahmen züngelten.

„Ist noch jemand da drinnen?", fragte der Mann, der mich aufgefangen hatte.

Ich schüttelte den Kopf. „Tot", brachte ich heraus.

Er klopfte mir auf die Schulter. „Wenigstens Sie sind lebend rausgekommen, was? Sie und Ihre … Katze. Glück gehabt. Viel Glück. Der ganze Schuppen bricht gleich zusammen."

Etwas kitzelte meine Wange. Ich wischte es weg und sah Feuchtigkeit auf meinem Ärmel. Meine Tränen überraschten mich. Ich hatte nicht gedacht, dass ich sie für Holloway vergießen würde. Vielleicht war es nur der Rauch, der meine Augen tränen ließ.

Weitere Männer kamen an mir vorbeigerannt. Es konnten örtliche Fabrikarbeiter sein, die der Feuerwehr halfen, ein Ausbreiten des Feuers zu verhindern. Weder von meinem Pferd noch der Kutsche war eine Spur zu sehen.

Der Kobold hockte jedoch neben mir und hechelte mit heraushängender Zunge. Niemand beachtete ihn. „Komm", sagte ich.

Keiner versuchte, mich aufzuhalten, als ich vom Feuer wegging. Sie waren alle zu beschäftigt. Mein Brustkorb fühlte sich noch immer an, als würde ein Gewicht darauf lasten, aber ich schaffte es zum Ende der Gasse, ehe mich ein weiterer Hustenanfall überrollte.

Ich stützte mich an der Wand ab, um zu Atem und zu Kräften zu kommen. Der Kobold beobachtete mich abwartend.

Er maunzte einmal und legte sich dann mit dem Kinn auf den Pfoten hin. Das arme Ding musste müde sein, nachdem es mich mehrfach gerettet hatte.

Ich sah mich um, aber niemand war in der Nähe. „Geh zurück in deinen Bernstein, Kobold. Geh jetzt schlafen. Kehre zurück."

Ich schloss meine wunden Augen gegen das blendende Licht. Als ich sie wieder öffnete, war der Kobold verschwunden. Ich prüfte meine Tasche. Der Anhänger war noch dort, Gott sei Dank. Er fühlte sich warm an.

Ich stolperte aus der Gasse um die Ecke. Bloß weg hier, bevor mich jemand aufhielt und Fragen stellte. Ich wollte einfach nur nach Hause.

Zu Fuß machte ich mich auf den Weg. Ohne Handtasche konnte ich keine Droschke bezahlen, um nach Lichfield zurückzukommen. Dann sah ich die Kutsche mit dem noch davor gespannten Pferd an einem Pfosten angebunden stehen. Jemand musste es vom Feuer weggebracht haben. Ich konnte mein Glück kaum fassen.

Mit Mühe nahm ich die Leinen und kletterte auf den Kutschbock. Da ich nicht genau wusste, wo ich war oder wie ich nach Highgate kam, fuhr ich den Weg zurück in die Stadt, den wir gekommen waren, bis ich eine Straße wiedererkannte. Von da aus dauerte es nicht lange, bis ich die Tore von Lichfield Towers erreichte.

Zu Hause.

Ich konnte es kaum erwarten, hineinzukommen und mich auf das Sofa zu legen, am liebsten in Lincolns Armen mit einer Tasse heißer Schokolade.

Das Pferd kannte den Weg zum Stall und Kutschenhaus, also musste ich nichts weiter tun, als die Leinen festzuhalten. Ich war noch ein ganzes Stück vom Haus entfernt, als die Tür aufflog und Gus, Seth und der Koch herausgeschossen kamen. Doyle bildete die Nachhut.

„Verdammt und zugenäht", knurrte Gus und packte die Trense. Seine vorstehenden Augenbrauen zogen sich zusammen. „Warum biste einfach abgehauen?"

„Holloway hat mich gezwungen", krächzte ich.

„Holloway?" Er schaute Seth an, aber der beobachtete mich mit gerunzelter Stirn. „Wo hat er dich hingebracht?"

„Zu einer Fabrik am Stadtrand. Sie ist abgebrannt und ich bin entkommen."

„Deswegen bist du voller Asche und Ruß", sagte der Koch, die Hände in die Seiten gestemmt. „Wir haben uns Sorgen um dich gemacht."

„Ja", murmelte Gus. „Große Sorgen. Mann, bin ich froh, dich zu sehen, das sag' ich dir. Wo is Holloway jetzt?"

„Tot."

Seth pfiff durch die Zähne. „Geht es dir gut?"

Ich nickte. Nachdem die Gefahr nun gebannt war, fühlte ich mich wie betäubt. Vielleicht würde ich später, wenn ich in Ruhe darüber nachgedacht hatte, etwas fühlen. Aber jetzt noch nicht.

„Das war's dann." Gus tätschelte dem Pferd die Nase. „Geh rein, Charlie. Ich kümmere mich um die Kutsche und das Pferd."

„Und ich mach dir was Warmes." Der Koch ging zurück ins Haus und Doyle folgte ihm wie ein Automat. Ich hatte den Eindruck, dass er in der ganzen Zeit, die er mich mit weit aufgerissenen Augen angestarrt hatte, nicht ein einziges Mal geblinzelt hatte. Ich musste furchtbar aussehen.

„Heiße Schokolade", rief ich dem Koch nach, war mir aber nicht sicher, ob er mich gehört hatte. Meine raue Stimme hatte wenig Kraft.

Seth half mir von der Kutsche und sagte nichts, während er meinen Ellenbogen packte und mich hineinführte. Doyle nahm mir den Mantel ab, den er zwischen Daumen und Zeigefinger hielt. Er war völlig verdreckt. Ich zupfte mir die Handschuhe von den Fingern, nur um festzustellen, dass die Spitzen durchgescheuert und die Handflächen verkratzt waren von meiner Suche nach Holloway unter den Ziegeln.

„Werfen Sie sie weg", sagte ich zu Doyle. „Sie sind ruiniert."

„Natürlich, Miss. Und ich kümmere mich um Ihren Mantel. Äh …" Er schaute zu meinem Kopf. „Ihr Hut?"

Ich berührte meine Haare. Sie schienen nicht mehr von Haarnadeln gehalten zu werden und hingen mir auf die Schultern. „Den muss ich verloren haben." Wahrscheinlich war er inzwischen verbrannt, zusammen mit Holloway.

Seth brachte mich zum Sofa im Empfangszimmer. „Setz dich. Ruh dich aus."

„Mir gehts gut."

„So siehst du aber nicht aus. Bist du dir sicher, dass du nicht verletzt bist?"

„Ich bin mir sicher. Nur ein wenig erschüttert und sehr dreckig." Mein Kleid war dank des Mantels größtenteils sauber geblieben, nur der Saum war schmutzig und als ich mir über das Gesicht wischte, war meine Hand danach schwarz.

„Lincoln ist noch nicht zurück?", fragte ich.

„Nein, aber er hat dir eine Nachricht geschickt, dass er nicht vor Einbruch der Dunkelheit zurück ist."

„Das ist nett von ihm." Ich wünschte, er wäre zu Hause, obwohl ich recht froh war, dass er mich nicht in diesem Zustand sah. Ich musste mich vor dem Abend waschen und mir überlegen, wie ich ihm am besten von meinem … Abenteuer erzählte.

Seth legte Kohlen aufs Feuer und setzte sich zu mir. Seine Hand fuhr durch seine Haare und er sackte im Sofa zusammen, wobei er mich unglücklich ansah.

„Geht es *dir* gut?", fragte ich.

„Ich bin einfach nur froh, dass du wieder da bist. Das sind wir alle. Dass wir uns Sorgen gemacht haben, ist stark untertrieben. Wir wussten nicht, ob du von dir aus verschwunden bist oder entführt wurdest."

„Holloway hat gewartet, bis du und Gus außer Sicht waren, ehe er mich gezwungen hat, wegzufahren."

„Gus hätte bei dir bleiben sollen."

„Es ist nicht seine Schuld."

Er brummte. „Warum hast du so lange gewartet, um zu fliehen? Warum nicht sofort?"

„Er hatte eine Waffe."

„Du hattest den Kobold."

„Den wollte ich erst benutzen, wenn ich Antworten hatte. Abgesehen davon habe ich herausgefunden, dass er mich nur rettet, wenn mein Leben direkt in Gefahr ist. Er wollte Holloway nicht angreifen, während der die Pistole auf mich richtete oder mich bedrohte, aber basierend auf meinen bisherigen Erfahrungen hätte er die Kugel aufgehalten, wäre sie abgefeuert worden." Ich fischte den Anhänger aus meiner Tasche. Die winzige Kreatur im Bernstein schlief tief und fest, erschöpft nach seinem Einsatz. „Er hat mich aus dem Feuer gerettet."

„War das Holloway?"

„Nein, ich habe es unabsichtlich entzündet. Ich wusste nicht, dass das Pulver in den Säcken explosiv war."

„Verdammt, Charlie." Er strich über den Bernstein in meiner Hand.

„Ich weiß."

Doyle kam mit einem Tablett mit einem Krug Wasser und einem Becher herein. Er schenkte ein und reichte mir den Becher. „Ihr Hals wird es Ihnen danken."

Er hatte recht. Ich trank den Inhalt in einem Zug leer. „Danke, Doyle. Diese ganzen Vorgänge müssen Ihnen sehr seltsam vorkommen."

„Ich habe in meinem Leben schon sehr viele seltsame Dinge gesehen." Er warf Seth einen Seitenblick zu.

Für seine professionelle Haltung war ich ihm sehr dankbar. Trotz seiner äußerlichen Ruhe mussten die jüngsten Ereignisse ihm zugesetzt haben, aber ich war noch nicht bereit, ihm alles zu erzählen. Allerdings würde das bald nötig sein.

„Doyle, wenn Sie mir freundlicherweise ein Bad einlassen würden", sagte ich.

Er ging und im gleichen Moment kam der Koch mit einer Tasse Schokolade, dicht gefolgt von Gus. „Das Pferd ist nervös", sagte er. „Haste gut gemacht, den im Griff zu halten."

Die drei Männer standen oder saßen schweigend um mich herum. Es war, als würden sie auf etwas warten, aber ich wusste nicht, worauf. Tränen? Hysterie? Sie sollten mich besser kennen. Ich lieferte einen ausführlicheren Bericht von den Geschehnissen ab, nur um das Schweigen zu brechen. Sie hörten ohne Zwischenrufe zu.

„Ich hoffe, das Feuer breitet sich nicht auf die anderen Fabriken aus", endete ich.

„Ich bin mir sicher, die Feuerwehrleute haben es inzwischen unter Kontrolle." Seth warf Gus einen Blick zu.

Der räusperte sich und verschränkte die Arme. Er sah mich nicht an.

„Was ist?", fragte ich. „Was ist passiert?"

„Wir haben Mrs Drinkwater."

„Verdammt! Warum habt ihr das nicht früher gesagt?"

„Wir wollten, dass du dich erst erholst."

„Ich bin erholt."

„Bist du nicht", sagte der Koch. „Du bist zittrig und dreckig."
Seth und Gus nickten zustimmend.

Ich wandte mich an Seth. „Wo ist Mrs Drinkwater jetzt?"

„Im Turmzimmer."

„Ihr habt sie eingesperrt?"

„Klar. Wir wollen doch nicht, dass sie entwischt."

„Sie hat Angst vor Fitzroy", sagte Gus. „Das kann ich ihr nich
übel nehmen, aber wir können sie nich rauslassen, bis er mit ihr
geredet hat."

„Ich werde zuerst mit ihr reden." Ich stand auf und
marschierte zur Tür.

Sie versuchten nicht, mich aufzuhalten, wie ich es erwartet
hatte, aber sie folgten mir. „Was hat sie bisher zu euch gesagt?"

„Nichts", sagte Seth. „Sie hat gesagt, sie will nur mit dir
sprechen."

„Tatsächlich?"

„Vor uns hat sie auch Angst."

„Weiß gar nich, wieso", warf Gus ein. „Wir sind die
Netten."

„Du siehst angsteinflößend aus", erklärte Seth ihm.

„Gar nich! Charlie, mach ich dir Angst?"

„Überhaupt nicht." Ich erzählte ihm nicht, dass seine Narben
und das zerfurchte Gesicht mir Albträume beschert hatten, als
ich ihm das erste Mal begegnet war.

„Bist du dir sicher, dass du nicht lieber *nach* deinem Bad mit
ihr reden würdest?", fragte Seth.

„Ich will keine Sekunde mehr verlieren. Ich glaube, es ist das
Beste, wenn ich vor Lincoln mit ihr rede, für den Fall, dass sie
dicht macht, wenn er sie konfrontiert. Er ist noch immer wütend
über die Entführung und könnte ihr Angst einjagen, sodass sie
schweigt."

„Genau unser Denken", sagte Seth.

Als wir oben im Turm, der höchsten Etage des Hauses, angekommen waren, zog er den Schlüssel aus der Tasche, schloss die Tür auf und trat zuerst ein.

„Charlie ist zurück", verkündete er.

„Das habe ich gesehen", sagte Mrs Drinkwater, die auf einem Stuhl am Fenster saß. Im Zimmer war es kalt, da das Feuer ausgegangen war.

Ich bat Seth, es wieder anzuzünden. Mrs Drinkwater betrachtete mein zerlumptes Erscheinungsbild, ehe sie mit den Händen über ihren Schoß strich.

„Ich hoffe, meine Männer haben Ihnen keinen Schaden zugefügt", sagte ich.

Sie rieb sich das rechte Handgelenk. „Sie waren nicht gerade behutsam."

„Bitte nehmen Sie unsere Entschuldigung an", sagte Seth vom Kamin her.

Gus schnaubte. „Ich entschuldige mich nich. Die hat das verdient, und noch mehr, für was sie Charlie und mir angetan hat."

„Ihnen ist nichts geschehen", protestierte Mrs Drinkwater.

„Sie haben mich angeschossen!"

„Ein Kratzer. Wenn ich Ihnen hätte wehtun wollen, hätte ich das tun können."

„Wir waren in Ihrem Keller eingesperrt!", fuhr er fort.

„Und jetzt bin ich hier eingesperrt. Sind wir quitt?"

Er brummte. „*Wir* waren gefesselt."

Ich unterbrach ihn, bevor er vorschlagen konnte, ein Seil zu holen. „Mrs Drinkwater, es tut mir leid, dass wir Sie hier festhalten, aber Sie müssen verstehen, dass wir Antworten brauchen und Ihre Flucht nicht riskieren können."

Sie schaute an mir vorbei zur Tür. Gus schloss sie und stellte sich mit verschränkten Armen davor.

„Und nachdem ich Ihnen Antworten geliefert habe? Was werden Sie dann mit mir tun?"

„Sie freilassen. Wir haben keinen Grund, Sie auf unbestimmte Zeit festzuhalten. Oder Ihnen etwas anzutun", fügte ich hinzu, falls sie sich da unsicher war.

„Stimmt Mr Fitzroy dem zu?"

„Er ist nicht hier. Wie der Zufall es will, ist er unterwegs und sucht nach Ihnen. Aber ich gehe davon aus, dass er ebenfalls keinen Sinn darin sieht, Sie hierzubehalten. Auch er will nur Antworten."

„Keine Rache?"

„Sie haben mein Wort, dass er Ihnen nichts tun wird, Mrs Drinkwater. Er ist kein grausamer Mann, lediglich … aufgebracht. Er hat sich allerdings schon deutlich beruhigt."

Sie verknotete ihre Hände im Schoß, was ihr Zittern nicht verbarg. „Ich muss Ihnen gratulieren, dass Sie mich mit dem Alhambra in Verbindung gebracht haben. Woher wussten Sie das?"

„Ihre Schwester hat uns diese Information mitgeteilt, nachdem ihr bewusst wurde, dass Ihr Leben in Gefahr sein könnte, falls Sie nicht gewarnt werden."

Sie sprang auf. „Gefahr! Von jemand anderem als Mr Fitzroy?"

Ich hielt mich davon ab, die Augen zu verdrehen und ihr *nochmals* zu sagen, dass ihr von Lincoln keine Gefahr drohte. „Wir glauben, dass die Person, die Ihnen geholfen hat, Sie möglicherweise … zum Schweigen bringen will."

Sie plumpste auf den Stuhl zurück, die Hand auf die Brust gelegt. „Nein, das glaube ich nicht. Sie hatte dazu ausreichend Gelegenheit, nachdem ich das erste Mal auf sie zugekommen war."

„Meinen Sie Lady Harcourt?", fragte Seth, der sich neben mich stellte.

Sie nickte.

„Sie kennen sie schon lange", sagte ich. „Aus der Zeit, als Sie zusammen getanzt haben."

„Hat meine Schwester Ihnen das auch erzählt? Ich bin mir sicher, sie hatte Freude daran, mit den Details rauszurücken."

Seth setzte sich mit einem Seufzen auf die Bettkante. „Verdammt und noch mal verdammt."

Er tat mir ein bisschen leid, dass ihm Lady Harcourts Schuld bestätigt wurde, aber nur ein bisschen. Was sie anging, trug er Scheuklappen, und es war höchste Zeit, dass er sie ablegte. „Sie sagten, *Sie* wären auf *Lady Harcourt* zugegangen", fuhr ich fort. „Meinen Sie damit, dass die Entführung nicht ihre Idee war?"

„Es war meine. Ich wollte meinen Mann zurück ..." Sie berührte ihre Nase und die Augen wurden feucht. „Ich wollte Reggie wiederhaben, und ich wusste, dass sie sich mit Okkultem auskennt. Ich habe sie gebeten, mir zu helfen."

„Gebeten?", schnappte Seth. „Oder erpresst?"

Sie schaute auf den Teppich.

Ich setzte mich neben Seth auf das Bett, müde und ein wenig überwältigt. „Mrs Drinkwater, vielleicht können Sie uns alles von Anfang an erzählen. Lassen Sie nichts aus. Wir müssen der Sache auf den Grund gehen. Ich muss wissen, wem ich vertrauen kann und wem nicht."

„Ich würde Julia nicht vertrauen", zischte sie. „Diese Frau würde ihre eigene Mutter verkaufen, wenn sie damit ihre Vergangenheit begraben könnte."

Ich legte meine Hand über Seths, als er aufbrausen wollte. Zum Glück verstand er und sagte nichts.

„Ich gebe zu, dass ich Julia in meine Pläne eingebunden habe", sagte sie. „Ich kannte sie aus unserer gemeinsamen Zeit beim Al, aber wir hatten uns aus den Augen verloren. Nach ihrer Heirat mit Lord Harcourt wollte sie mit uns nichts mehr zu tun haben." Sie seufzte. „Ich schätze, das ist verständlich, aber ganz ehrlich? Es war die Art, wie sie das alles eingefädelt hat. Sie war so etepetete, hat sich immer aufgespielt, selbst wenn sie einfach nur Miss Templeton war, die Tochter eines Schulmeisters."

Ihr Mund bekam einen bitteren Zug, während sie sprach, der mich sehr an Miss Redding erinnerte. Beide Frauen konnten Lady Harcourt überhaupt nicht leiden.

„Sie haben ihr gedroht, sich an die Zeitungen zu wenden, wenn sie Ihnen nicht hilft", sagte Seth.

„Ich habe ihr einen Brief geschrieben, in dem ich so etwas angedeutet habe, ja, aber das hätte ich nie getan."

„Das ist irrelevant!"

Sie hob das Kinn. „Das sehe ich anders. Man kann nicht für etwas beschuldigt werden, was man nicht getan hat. Abgesehen davon verdient sie es, ein wenig aufgerüttelt und an ihre Vergangenheit erinnert zu werden. Jemandem wie ihr sollte es nicht gestattet sein, sich über uns zu erheben. Sie ist genauso gewöhnlich wie wir."

„Woher wussten Sie von ihrer Verbindung zu mir und meiner Nekromantie?", fragte ich, bevor Seth mit ihr in Streit geraten konnte.

„Davon wusste ich nichts. Jedenfalls nichts Genaues. Ich wusste, dass sie sich für Magie interessierte, weil sie vor Jahren an uns herangetreten war und Reggie Fragen über seine Arbeit gestellt hatte. Sie musste in einer der wissenschaftlichen Zeitschriften von seiner Forschung gelesen und vermutet haben, dass er Magie anwendete. Als sie an unsere Tür klopfte, war ich genauso überrascht, sie zu sehen, wie sie mich." Sie lächelte, aber es war ein bitteres, kaltes Lächeln. „Sie hätten ihr Gesicht sehen sollen. Sie wurde weiß wie eine Wand. Ich dachte, sie wollte zu mir, aber sie sagte mir, dass sie Reggie ein paar Fragen stellen wollte. Sie fragte ihn nach seinen Fähigkeiten, machte sich einige Notizen und ging ihres Weges, ohne auch nur den Hauch einer Erklärung zu liefern, warum sie das wissen wollte.

Als ich mich nach seinem Tod entschloss, Reggie wiedersehen zu wollen, erinnerte ich mich an sie und ihr Interesse an Magie. Falls jemand mit Geistern reden konnte oder jemanden kannte, der es konnte, dann war sie es. Erst stritt sie es ab und meinte, sie könnte mir nicht helfen. Ich war so wütend! Ich ging nach Hause und nachdem ich weiter nachgedacht hatte, schrieb ich den Brief und sagte ihr, sie müsse mich treffen, oder ich würde allen von ihrer Vergangenheit im Al erzählen. Sie sehen also, wenn sie mich hätte umbringen oder sonst irgendwie zum Schweigen bringen wollen, wäre es da geschehen."

Das stimmte. Lady Harcourt würde sie nicht umbringen. Sie war keine Mörderin. „Also hat sie sich danach bereit erklärt, Ihnen zu helfen?"

Sie nickte. „Ich wollte nur mit Reggies Geist reden, um herauszufinden, ob er wusste, wer ihn getötet hat, aber sie schlug mir etwas Besseres vor. Sie hat mir alles von Ihnen und Ihren Fähigkeiten erzählt."

Das hätte Lady Harcourt nicht tun müssen. Sie hätte Mrs Drinkwater einfach erzählen können, dass ich mit Geistern sprechen konnte. Das ganze Ausmaß meiner Nekromantie hätte sie nicht erwähnen müssen. Ich schielte zu Seth hinüber.

Er schaute weg und fuhr sich mit der Hand durch die Haare. Hinter uns fluchte Gus leise vor sich hin.

„Wessen Plan war die Entführung?", fragte Seth.

„Meiner, nachdem Julia gesagt hatte, Miss Holloway würde niemanden beschwören. Sie war etwas zurückhaltend bei dem Gedanken, gab aber sofort nach, als ich meine Drohung wiederholte. Es war ihr Vorschlag, mich als Haushälterin zu bewerben, um Ihr Vertrauen zu gewinnen und Zugang zum Haus und zu Ihrer Person zu erlangen." Sie richtete ihren unsympathischen Blick auf mich. „Wie ich damals bereits sagte, die Entführung tut mir leid, aber sie war notwendig. Ich habe Reggie furchtbar vermisst und er musste seine Rache üben, sonst wäre sein Geist nie zur Ruhe gekommen."

„Das wissen Sie nicht", sagte ich. „Was Sie getan haben … Ich bin noch immer ziemlich sprachlos in Anbetracht der ganzen Sache."

„Ich nich." Gus marschierte zu Merry Drinkwater und beugte sich herunter, sodass sein Gesicht auf gleicher Höhe mit ihrem war. Sie quiekte leise, lehnte sich zurück und zog die Nase kraus. „Sie sind eine miese, selbstsüchtige, hinterhältige, feige Zicke und ich hoffe, der Tod zahlt Ihnen alles heim, wenn er herkommt."

Mrs Drinkwater zuckte. Sie lehnte sich so weit auf ihrem Stuhl zurück, dass sie nach hinten zu kippen drohte.

„Gus", sagte ich leise.

„Was?", knurrte er.

„Du hast heuchlerisch vergessen." Alle sahen mich an. „Sie hat mir gesagt, unsere Wohnsituation hier wäre unmoralisch", führte ich aus, „dabei war sie selbst Tänzerin im Al, ausgerechnet!"

Sie wurde rot. „Ich habe nur getanzt. Nicht mehr. Nicht wie Julia."

„Und ich lebe nur hier. Nicht mehr."

Gus marschierte zurück zur Tür, wo er wieder Wache stand, die Arme vor der Brust verschränkt. Seine Gesichtszüge blieben grimmig, wodurch er noch gefährlicher aussah als sonst.

„Gus ist immer noch sehr aufgebracht", erklärte ich Mrs Drinkwater. „So wie ich."

Sie schaute auf ihre verschränkten Finger in ihrem Schoß. „Was werden Sie also mit mir tun?"

„Das kommt darauf an, wie viele Informationen Sie uns noch geben können."

„Ich habe Ihnen alles erzählt! Julia war diejenige, die mir geholfen hat. Fragen Sie sie, wenn Sie mir nicht glauben."

„Das werden wir. Aber bevor wir Sie gehen lassen können, müssen wir mehr über die Person erfahren, die Ihrem Mann eine Kommission für seine Arbeit geben wollte."

Sie hob eine Schulter. „Ich weiß nichts über ihn."

„Nichts? War es beispielsweise ein Mann?"

„Ich ... ich nehme es an, auch wenn ich ihm nie begegnet bin. Reggie hat ,er' gesagt, also gehe ich davon aus, dass es ein Mann war. Oh, ich weiß es nicht! Was macht es jetzt noch aus? Die Kommission endete vor geraumer Zeit. Eigentlich kam sie nie wirklich zustande."

„Warum nicht?"

„Der Kerl fand heraus, dass Reggie seine Magie nutzte, um die Gliedmaßen zu bewegen. Das hat er nie geheim gehalten, wenn jemand danach gefragt hat, auch wenn das selten vorkam. Die meisten Leute wissen gar nichts von Magie, aber dieser Mann schon. Reggie hat ihm zurückgeschrieben und nie wieder etwas von ihm gehört."

„Hat Ihr Mann irgendetwas über ihn erwähnt?"

Sie runzelte die Stirn. „Ich erinnere mich jetzt. Er wusste nichts über den Kerl, weil der Brief nur eine Unterschrift hatte, eine unleserliche noch dazu. Kein Briefkopf oder gedruckter Name."

Eine unleserliche Unterschrift ohne Monogramm im Briefkopf ... das erinnerte mich an die Anfragen über mich, die die Waisenhäuser vor einigen Wochen erhalten hatten. Konnte das die gleiche Person sein? Es war beinahe undenkbar, dass da eine Verbindung bestand. Und doch wollte jemand von Übernatürlichen erfahren, sie möglicherweise töten, und ich war übernatürlich.

Ich unterdrückte ein Schaudern. „Hat Ihr Mann den Brief aufbewahrt?"

„Er hat ihn weggeworfen, nachdem nichts daraus wurde."

Ich seufzte. Wir waren der Identität keinen Schritt nähergekommen.

„Natürlich hätte Reggie den Kerl vermutlich sowieso nicht als Wohltäter akzeptiert, selbst wenn die Magie kein Thema gewesen wäre."

„Warum?"

„Er wollte, dass Reggie seine Arbeit ausweitete und Leichen wiederbelebt. So wie Sie, Miss Holloway."

Ich starrte sie an. Dann starrte ich Seth an. Er nickte. Es *musste* der gleiche Mann sein, der an Frankenstein herangetreten war und in der Folge Jaspers Arbeit unterstützt hatte. Er wollte die Toten zum Leben erwecken, aber mit wissenschaftlichen Methoden, nicht mit Magie. Wofür? Und warum nicht mit Magie?

„Mrs Drinkwater, haben Sie irgendeine Ahnung, warum Ihr Mann getötet wurde?", fragte ich.

Ihre Hände vergruben sich in ihrem Rock. „Überhaupt keine. Ich schätze, das werden wir jetzt nie erfahren." Sie sah aus, als wäre sie den Tränen nahe. Seth reichte ihr ein Taschentuch und sie tupfte sich die Augen ab.

„Vielleicht, um ihn zum Schweigen zu bringen?", sagte ich zu niemand Bestimmtem. „Vielleicht kannte Drinkwater den Namen des Mannes oder wusste etwas, das ihn identifizieren konnte."

„Oder vielleicht wollte er ihn auch nur tot sehen, weil er übernatürlich war", sagte Seth mit einem Schulterzucken.

„Diese Brumley auch", fügte Gus hinzu. „Vergesst die nich."

Mrs Drinkwater wimmerte. „Das ist schrecklich, ganz, ganz schrecklich. Ich will doch nur meinen Reggie wieder haben. Wie soll ich denn ohne ihn weitermachen? Er war mein ganzes Leben."

„Nun, nun", sagte ich abwesend. „Vielleicht ziehen Sie eine Weile bei Ihrer Schwester ein." Zu Gus und Seth sagte ich: „Wir sollten mehr über den angeheuerten Schützen herausfinden, der Mr Drinkwater und Miss Brumley erschossen hat. Mit wem hatte er beispielsweise in letzter Zeit Kontakt? Vielleicht hat er Hinweise hinterlassen, wer ihn bezahlt hat."

Die Tür ging auf und knallte Gus in den Rücken. „Ey!" Er

schluckte seinen Protest herunter, als Lincoln in Mantel und Handschuhen hereingestürmt kam.

Sein Blick sprang von mir zu Mrs Drinkwater und wieder zurück. Sein Gesicht blieb passiv, aber eine Ader an seinem Hals pulsierte. „Charlie", sagte er gefährlich ruhig. „Warum bist du mit Ruß bedeckt?"

KAPITEL 16

„ *W*ir sollten uns unter vier Augen unterhalten", sagte ich mit einem bedeutungsvollen Blick auf Mrs Drinkwater.

Lincoln neigte den Kopf und trat zur Seite. Ich ging vor den Männern hinaus und wartete, bis Seth die Tür wieder abgeschlossen hatte. Dann warf ich meine Arme um Lincoln.

„Bin ich froh, dich zu sehen!" Er fühlte sich so gut an, so solide und warm, auch wenn er ganz wie ein wilder Zigeuner aussah mit seinen offenen Haaren und dem Drei-Tage-Bart.

Seine Arme umfassten mich viel zu kurz, ehe er mich sanft auf Armeslänge von sich weghielt. „Meine Gemächer", sagte er. „Ihr alle."

Gus' hörbares Schlucken machte mich nervös. Lincoln hatte furchtbare Laune, aber das lag bestimmt an der Tatsache, dass ich in Gefahr gewesen war. Sobald ihm klar wurde, dass es mir gut ging, würde er sich beruhigen.

Er schloss die Tür hinter uns und bedeutete mir, mich in den Ohrensessel in seinem Wohnzimmer zu setzen. Das tat ich, nur um festzustellen, dass die Männer stehen blieben. Seth und Gus blieben in der Nähe der Tür, als hofften sie, notfalls schnell entkommen zu können.

Lincoln zog seine Handschuhe, das Jackett und die Krawatte aus und warf sie auf einen anderen Sessel.

„Wir haben Mrs Drinkwater gefunden", sagte ich einem hilflosen Versuch, die angespannte Stille zu füllen. „Wie du gesehen hast."

„Du hast das Haus verlassen, um sie zu finden."

„Sie war im Alhambra. Ihre Freundin Miss Redding hat sie dort versteckt. Vor Jahren haben sie zusammen getanzt, mit Lady Harcourt."

Er blinzelte nicht oder zeigte sonst ein Zeichen der Überraschung. Vielleicht wusste er es, oder hatte es geahnt. „Wie habt ihr von der Verbindung erfahren?"

„Von Mrs Southey, Mrs Drinkwaters Schwester."

Eine leichte Spannung um seinen Mund war der einzige Hinweis darauf, dass ihn diese Information fesselte. „Ich habe sie aufgesucht und nichts davon erfahren. Womit habt ihr sie bedroht?"

„Keine Drohungen. Wir haben ihr schlicht gesagt, dass ihre Schwester in Gefahr sein könnte, wenn wir sie nicht warnen. Mach dir keine Vorwürfe, Lincoln. Frauen neigen dazu, anderen Frauen eher zu trauen. Vielleicht fand sie meine Anwesenheit beruhigend."

„Lass die Ausreden."

„Wie bitte?"

Seine Finger gruben sich in das Leder der Rückenlehne. „Ich habe bei etwas versagt, was leicht hätte sein sollen."

Ich ging zu ihm und legte meine Hand auf seinen Arm. Die Muskeln unter seinem Hemd bebten. „Es ist wohl kaum ein Versagen. Wir haben einfach unterschiedliche Herangehensweisen, und meine war diesmal effektiver. Das nächste Mal wird es deine sein."

Er legte seine Hand über meine. Dann pflückte er sie herunter. „Du hast versprochen, das Haus nicht zu verlassen."

„Ich habe entschieden, eine Ausnahme zu machen. Es war nötig—"

„War es nicht!"

Ich schluckte. „Ich hatte Seth und Gus dabei. Und den Kobold." Ich zog die Kette aus meiner Tasche. „Mach keinen Wirbel darum. Ich hatte Erfolg und bin unverletzt. Es ist sinnlos, sich jetzt noch Sorgen zu machen."

„Erkläre dein Erscheinungsbild." Er verschränkte die Arme und wartete auf meine Ausführungen.

Gus und Seth warfen sich kurze Blicke zu. Ich beschloss, sie aus der Schusslinie zu bringen.

„Wenn es euch nichts ausmachen würde, hätten wir gern etwas Privatsphäre", sagte ich.

„Nein", sagte Lincoln. „Sie bleiben."

„Warum?"

Er ging zum Schreibtisch, wo er in seinen Papieren herumwühlte. Kurz darauf legte er sie wieder weg, ohne etwas erreicht zu haben. Es war, als wollte er von mir wegkommen. Als wollte er nicht mit mir allein sein.

Ich spielte an dem Ärmel seines Jacketts herum, ließ es aber wieder, als ich sah, wie dreckig meine Hände waren. „Holloway ist tot."

Sein Kopf fuhr herum. Seine Lippen öffneten sich. Er kam einen Schritt auf mich zu, blieb dann stehen und legte die Hände auf den Rücken. „Wie?"

„In gewisser Weise habe ich ihn getötet."

„Das war nich deine Schuld", sagte Gus.

„Er hat recht", fügte Seth hinzu. „Wenn er dich nicht mitgenommen hätte, würde er noch leben."

„Kann mir hier mal jemand erklären, was passiert ist?", knurrte Lincoln.

„Wir haben Mrs Drinkwater gesehen, als wir aus dem Alhambra kamen", sagte ich. „Seth und Gus haben sie verfolgt—"

„Und dich allein gelassen." Sein rasiermesserscharfer Blick zerfetzte seine Männer. Beide wurden blasser.

„Holloway hatte eine Waffe und drohte, mich zu töten, falls ich nicht mit ihm gehen würde."

„Eine Waffe?" Lincoln fuhr sich mit der Hand durch die Haare bis zu seinem Nacken. „Was war mit dem Kobold?"

Ich erklärte ihm, dass er mich nur retten würde, wenn ich in direkter Gefahr war.

„Du hättest ihn trotzdem rufen können, damit er bereit war", sagte er.

„In aller Öffentlichkeit?"

Ein Augenblick verstrich, zwei, in denen seine Augen sich von eisig in kühl wandelten und sich dann verschleierten. „Du wolltest Holloway befragen, nicht wahr? Deswegen bist du mit ihm gegangen."

In mir sträubte sich alles. Ich hatte diese Inquisition erwartet, allerdings gehofft, er würde sie mit Zeichen seiner Zuneigung abfedern. An seinen gebellten Fragen und seinem starren Gesicht war nichts Liebevolles. „Wir brauchten Antworten", sagte ich.

„Und was hast du herausgefunden?"

„Dass ihm ein Mann bei der Flucht geholfen hat. Ein Mann, der weder Magie noch Übernatürliche mag. Ich denke, dieser Mann wollte, dass Holloway mich tötet, deswegen hat er ihm zur Flucht verholfen. Ich glaube auch, dass es der gleiche Mann ist, der Captain Jaspers Arbeit gefördert hat und beinahe auch die von Reginald Drinkwater, Miss Brumley und Frankenstein. Als er erfahren hat, dass Drinkwater und Brumley übernatürlich waren, hat er sie getötet. Oder vielmehr hat er jemanden dafür bezahlt, sie zu töten. Wir müssen uns diesen Auftragsmörder näher ansehen. Er könnte der Schlüssel sein, um die Identität des Hintermannes aufzudecken."

„Ich habe gestern seinen Namen von der Kensington Polizeistation erfahren. In seinem Haus war nichts, was auf jemanden hinwies, der in angeheuert haben könnte. Ich habe alles genau untersucht. Er hat auch keine Familie und nur wenige Freunde. Möglicherweise haben einige meiner anderen Kontakte gehört, für wen er gearbeitet hat, aber die habe ich noch nicht alle befragt. Damit werde ich heute Nacht weitermachen."

„Oh."

Er zog die Augenbrauen hoch.

„Ich hatte gehofft, du würdest heute Nacht zu Hause bleiben und wir könnten ..." Ich schielte zu Seth und Gus, die sich sichtlich unwohl fühlten. So wie ich. „Reden."

„Ich muss raus, Charlie. Das hier muss aufgeklärt werden." Diesmal fuhr Lincoln sich mit beiden Händen durch die Haare und kniff sich dann in den Nasenrücken.

Ich griff seine Arme. „Wenn ihr beide uns einen Moment allein lassen würdet", sagte ich über die Schulter.

„Bleibt", bellte Lincoln und riss sich los. „Du hast den Ruß noch nicht erklärt."

Ich seufzte und kehrte zum Sessel zurück. Ich würde ihn nicht um seine Zuwendung anflehen. Nicht vor den anderen. „Holloway hat mich zu einer Fabrik gebracht. Ich hatte ein kleines Feuer entfacht, um ihn abzulenken. Er wollte mich töten. Dummerweise wurde aus dem kleinen Feuer ein größeres, als irgendein Pulver explodiert ist und die Dachbalken Feuer fingen. Der Schornstein ist auf Holloway gefallen und hat ihn getötet. Ich bin entkommen."

„Mithilfe des Kobolds?"

Ich nickte.

Seine Hände ballten sich an seinen Seiten zu Fäusten. Er atmete tief ein und langsam wieder aus. „Gus hat recht. Sein Tod war nicht deine Schuld."

Ich rieb mir die Arme, um ein Frösteln zu vertreiben, und studierte den Boden, damit er die Tränen nicht sah, die mir in die Augen stiegen.

Ein weiterer tiefer Atemzug von Lincoln brachte meine Aufmerksamkeit zu ihm zurück. Er schaute schnell weg. „Nimm ein warmes Bad. Danach, wenn du es dir zutraust, kannst du Holloways Geist beschwören und ihn über den Mann ausfragen, der ihm zur Flucht verholfen hat."

„Wenn er es mir in der Fabrik nicht gesagt hat, wird er es mir jetzt auch nicht sagen. Er glaubt, dass dieser Mann der Einzige ist, der mir den Dämon austreiben kann, und mir seine Identität zu verraten würde alles ruinieren. Er weiß, dass ich ihn ausfindig machen werde. Ich glaube, wir hätten bei dem Auftragskiller bessere Chancen."

Er schüttelte den Kopf. „Es ist wahrscheinlich, dass er anonyme Instruktionen bekam. So hat der Mann es auch mit den Wissenschaftlern gehandhabt."

Ich fühlte mich plötzlich völlig ausgelaugt. Anstatt herauszufinden, wer die Übernatürlichen umbrachte, strampelten wir uns nur ab. Wenigstens wussten wir jetzt über Lady Harcourts Beteiligung an meiner Entführung Bescheid.

Lincoln ging an mir vorbei zur Tür. Gus und Seth sprangen ihm aus dem Weg.

„Wo gehst du hin?", fragte ich. Das müde Jammern in meinem Ton war schrecklich.

„Mit Mrs Drinkwater reden."

„Wir haben dir alles erzählt, was sie gesagt hat. Lady Harcourt hat ihr geholfen."

Er hielt mit einer Hand auf der Türklinke inne und beäugte mich unter halb geschlossenen Lidern. Er sah so erschöpft aus, wie ich mich fühlte. Ich sehnte mich danach, bei ihm zu sein, ihn zu halten und von ihm gehalten zu werden, aber in seiner momentanen Stimmung war das ausgeschlossen. Es war nicht die glückliche Wiedervereinigung, auf die ich gehofft hatte.

„Geh und nimm dein Bad, Charlie. Doyle wird dir dein Abendessen bringen."

Er hätte mir genauso gut befehlen können, ins Bett zu gehen. Seine brüske, unpersönliche Reaktion machte zweifellos klar, dass er nicht mit mir zusammen sein wollte. Ich hatte gehofft, dass es die Folge seiner Wut darüber war, dass ich das Haus verlassen hatte, oder vielleicht seine Enttäuschung, weil er Mrs Drinkwater nicht zuerst gefunden hatte.

Aber ein nagender Zweifel sagte mir, dass noch etwas anderes nicht stimmte. Etwas, das ich nicht genau ausmachen konnte. Später, wenn ich ihn endlich allein erwischte, würde ich herausfinden, was das war.

* * *

ICH WACHTE ERST am späten Vormittag wieder auf. Trotz meiner Entschlossenheit, Lincoln zu konfrontieren, war ich nach dem Essen in meinem Zimmer eingeschlafen. Schnell zog ich mich an und hastete zu seinem Zimmer, aber er war nicht da.

Unten suchte ich in der Bibliothek und dem Empfangszimmer, ehe ich in die Küche ging. Der Koch und Doyle waren allein. Doyle erhob sich, als er mich sah, und der Koch schaute von dem Topf hoch, in dem er am Herd rührte. Beide blickten nervös an mir vorbei zur Tür. Ich drehte mich in der Erwartung um, Lincoln dort zu sehen, aber da war niemand.

„Guten Morgen, Miss", sagte Doyle. „Dürfen wir Ihnen etwas zum Frühstück zubereiten?"

„Ein Ei reicht völlig. Wo sind alle?"

„Unterwegs", sagte der Koch. „Fühlst du dich besser?"

„Ja, danke. Wo unterwegs?"

„Seth und Gus sind im Stall."

„Und Mr Fitzroy?"

„Ausreiten."

„Wohin?"

Der Koch und Doyle beschäftigten sich mit ihren Aufgaben. Da war definitiv etwas im Busch.

„Wo ist er?", hakte ich nach.

„Ich glaube, er reitet auf dem Anwesen herum", sagte Doyle.

„Das klingt nicht typisch für ihn."

„Ich habe gehört, wie er Gus sagte, er wolle in der Nähe bleiben."

„Oh. Um mich im Auge zu behalten, schätze ich, damit ich nicht wieder verschwinde." Ich setzte mich an den Tisch und seufzte. „Es erscheint mir jedoch seltsam, dass er grundlos reiten geht." Er ritt selten zum Vergnügen. Wenn er in der Nähe bleiben und sich bewegen wollte, warum trainierte er dann nicht einfach in seinem Zimmer, wie er es normalerweise tat, oder bot mir eine Trainingseinheit an?

Die Stille wurde drückend, während ich mein gekochtes Ei aß, und ich hatte den Eindruck, dass sie mir nicht alles erzählten. Anstatt weiter zu bohren, ging ich hinaus zu den Ställen. Gus und Seth begrüßten mich mit der gleichen Nervosität wie Doyle und der Koch. Keiner von beiden konnte mir lange in die Augen schauen.

„Du solltest wieder reingehen", sagte Gus, während er die leere Box ausmistete. Die Box, die meiner Stute gehörte, aber sie war nirgends zu sehen. „Hier draußen isses verdammt kalt."

Die nächste Box, in der Lincolns Pferd stand, war ebenfalls leer. „Wer reitet Rosie?"

Seth klopfte sich den Staub von den Händen. „Jetzt reg dich nicht auf."

„Ah. Dann muss es Lady Harcourt sein, wenn das deine erste Aussage ist."

„Idiot", murmelte Gus.

„Sie hat heute früh eine Nachricht geschickt", erklärte Seth mir. „Sie wollte mit Fitzroy reden, aber er hat sich geweigert, das Anwesen zu verlassen."

„Wegen mir?"

Er nickte.

Also war er nicht unterwegs gewesen, um seine Kontakte nach dem Mörder zu befragen, aber zu mir gekommen war er auch nicht.

„Er hat ihr geantwortet und sie stattdessen hierher beordert", fuhr Seth fort.

„Ich bin mir sicher, dass das gut ankam. Lady Harcourt ist es vermutlich dieser Tage nicht mehr gewohnt, irgendwo hinbeordert zu werden."

„Sie kam in Reitkleidung. Im Haus wollte sie nicht reden."

„Weiß gar nich, wieso", sagte Gus, der sich zu uns gesellte. „Wir lauschen doch nich bei Privatgesprächen."

„Das sagst du", erwiderte ich.

Sein Mundwinkel hob sich zu einem halbherzigen Lächeln. „Die sind jetzt schon 'ne Weile weg."

Ich beäugte den Stalleingang. Machte Lincoln ihr die Hölle heiß, weil sie Mrs Drinkwater geholfen hatte? Oder stellte sie sich mit ihrem Charme und Entschuldigungen wieder gut mit ihm? Ich traute ihr durchaus zu, eine plausible Erklärung parat zu haben.

„Kann ich hier irgendetwas tun?", fragte ich.

„Warum?", fragte Seth vorsichtig.

„Wenn ich schon hier warte, kann ich mich genauso gut nützlich machen."

„Ich glaube nicht, dass das eine gute Idee ist. Geh wieder rein ins Warme. Wir sagen Fitzroy, dass du ihn gesucht hast, wenn er zurückkommt."

„Die Kälte macht mir nichts aus. Die bemerke ich gar nicht, sobald ich anfange zu arbeiten."

„Charlie, jetzt hör auf Ärger zu machen! Ich versuche doch nur, dich aus der Schusslinie zu bringen, damit du Julia nicht gegenübertreten musst. Da war schon genug Spannung in der Luft, als sie ankam, und so, wie sie geguckt hat, fühlte sie sich furchtbar. Mach es ihr doch nicht noch schwerer."

Ich schnappte mir den Besen von Gus. Da er sich darauf

gestützt hatte, fiel er beinahe um. „Mir ist es verdammt egal, wie schwer das für sie ist", pampte ich Seth an. „Sie kann mir verdammt noch mal gegenübertreten, ob es ihr nun gefällt oder nicht."

Er kniff die Lippen zusammen. „Du bist doch absichtlich aufmüpfig." Er marschierte in den hinteren Bereich des Stalles, öffnete eine Boxentür und verschwand hinein.

„Was ist denn aufm, aufmöp ... was heißt das?", flüsterte Gus.

„Interessant?", sagte ich mit einem Schulterzucken.

Er schmunzelte.

Seth kam mit einem Pferd am Strick wieder aus der Box heraus. Er stellte es in eine der sauberen Boxen und schloss die Tür. Dann zeigte er auf die jetzt leere. „Also gut. Du willst helfen? Da drin kannst du helfen. Du weißt, wo die Lappen und Eimer sind. Mach dich an die Arbeit."

Ich schaute durch die Boxentür. Sie war verschmiert. Ich legte die Hand über die Nase, aber das half nicht gegen den Gestank. „Was habt ihr dem gefüttert?"

„Keine Zeit zu reden", warf Seth über die Schulter und ging mit angeberischen Schritten davon. „Es gibt noch viel zu tun."

Ich machte eine obszöne Geste hinter seinem Rücken, was Gus noch ein Lachen entlockte.

Etwa fünfzehn Minuten später kündigte Hufgeklapper im Hof Lincolns und Lady Harcourts Rückkehr an. Inzwischen hatte mein Temperament sich abgekühlt und ich wusste plötzlich nicht mehr, was ich sagen sollte, wenn ich ihnen gegenübertrat. Vielleicht hätte ich mich wohler gefühlt, wenn ich vorher etwas Zeit allein mit Lincoln hätte verbringen können. Etwas beschäftigte ihn, und das beschäftigte mich. Ihn zu sehen, machte mich genauso nervös, wie sie zu sehen.

„Angenehmer Ritt?", hörte ich Seth fragen.

„Nicht völlig unangenehm." Lady Harcourt schien gut gelaunt zu sein. Wenn sie erschüttert geklungen hätte, wäre ich vielleicht in meinem Versteck geblieben und hätte zugelassen, dass sie ohne Konfrontation wegfuhr, aber es war diese Fröhlichkeit, die mein Temperament wieder ganz neu anstachelte.

Ich drückte die Boxentür auf. Lady Harcourts Kinnlade

klappte herunter, Lincolns spannte sich an. Sie beäugte mich von Kopf bis Fuß und zog ein klein wenig die Nase kraus.

„Guten Morgen", sagte ich gepresst.

„Guten Morgen, Charlie", sagte Lady Harcourt, während sie abstieg. „Ich bin froh, dass du hier bist. Ich wollte mit dir sprechen."

Seth und Gus zogen sich hastig zurück, wobei sie die Pferde mitnahmen, aber Lincoln blieb reglos stehen. Er schien weder überrascht noch besorgt über die bevorstehende Diskussion. Kein Gefühl war sichtbar. Typisch.

„Falls Sie sich entschuldigen wollen, dass Sie Mrs Drinkwater geholfen haben, lassen Sie es", sagte ich Lady Harcourt. „Was Sie getan haben … es ist unverzeihlich."

„Ich will deine Vergebung nicht", sagte sie ach so ruhig.

„Das sollten Sie."

Sie zupfte am Saum ihrer adretten, taubengrauen Reitjacke und schaute ihre Nase entlang auf mich herab. „Ich bin gekommen, um Lincoln zu erklären—"

„Lincoln! Ich verdiene wohl eher eine Erklärung und Entschuldigung als irgendjemand sonst, außer Gus."

„Beruhige dich", sagte sie durch zusammengebissene Zähne. „Deine Hysterie macht dich nur kindischer."

Lincoln packte meine Hand und hielt sie an meiner Seite fest, bevor ich sie schlagen konnte. Er sah mir in die Augen und ich hatte das Gefühl, dass er mir sagen wollte, ich solle weggehen und die Sache auf sich beruhen lassen.

Doch das konnte ich nicht. Ich riss meine Hand aus seiner.

„Julia wollte gerade gehen", sagte er.

„Erst wenn ich die Erklärung gehört habe, die sie dir geliefert hat", sagte ich.

Sie strich sich über die Hüften. „Das ist privat."

„Falls es Ihre Tanzerei im Al betrifft, davon weiß ich bereits. Wir alle wissen es."

Sie warf einen Blick zur Stalltür, wo Seth sich um Rosie kümmerte.

„Das ist Ihre Erklärung?", fragte ich. „Sie haben Ihr Geheimnis gewahrt?"

Sie neigte den Kopf zu einem Nicken.

„Hören Sie sich selbst überhaupt zu?", fragte ich sie. „Hören Sie, wie erbärmlich Ihre Erklärung klingt, oder glauben Sie, Sie hätten jedes Recht zu so einem Verhalten, nur damit Ihr Geheimnis gewahrt bleibt?"

„Du benimmst dich unreif", schnappte sie. „Um nicht zu sagen unverschämt."

„Unverschämt! Sie haben mich entführen lassen!"

„Ich habe dich nicht entführen *lassen*. Merry hat mich gezwungen, ihr alles über dich zu erzählen, dann hat *sie* beschlossen, dich zu entführen. Damit hatte ich nichts zu tun."

„Uns hat sie etwas anderes erzählt. Ja, sie hat Sie erpresst, aber Sie hätten ihr nichts von meiner Nekromantie erzählen müssen. Oder von der Anzeige für eine Haushälterin. Dafür haben Sie sich entschieden."

„Sie lügt. Das habe ich Lincoln bereits erklärt und muss es nicht noch einmal ausführen. Die Sache ist erledigt."

„Ich glaube nicht, dass sie diejenige ist, die lügt."

Sie hob eine schlanke Augenbraue. „Nennst du *mich* eine Lügnerin?"

Ich hob ebenfalls eine Augenbraue.

„Merry ist eine verzweifelte, jämmerliche Frau", sagte sie. „Du solltest sie beschuldigen, nicht mich."

„Glauben Sie wirklich diesen Unfug, den Sie da von sich geben?"

„Abgesehen davon hat sie dir keinen Schaden zugefügt und hatte das auch nie vor. Das hat sie mir von vornherein versichert. Dieses ganze Gespräch ist recht überflüssig, da du unverletzt freigelassen wurdest, wie sie es versprochen hat."

Ich warf die Hände in die Luft. „Ihr beide seid euch ähnlicher, als Sie glauben. Ihr seid beide nicht bereit, für eure Taten Verantwortung zu übernehmen. Immer ist jemand anderer schuld, oder es gibt einen guten Grund. Das sehe ich anders. Ihr beide tragt Schuld. Ihr seid beide grässlich, egoistisch und schwach."

Ihre Nasenflügel bebten. Sie wurde starr. „Du bist ein ganz schön fieses Luder, wenn du loslegst."

„Dieses fiese Luder möchte jetzt auf Wiedersehen sagen." Ich stand da und wartete darauf, dass sie ging. Das tat sie nicht.

„Bitte gehen Sie sofort. Sie sind hier nicht länger willkommen, außer in Ministeriumsangelegenheiten. Guten Tag, Madam."

„Das ist nicht dein Haus, aus dem du mich verbannen könntest. Es ist Lincolns."

„Wir sind verlobt und ich lebe hier. Es ist mehr mein Haus als Ihres." Gott, ich klang jämmerlich und weinerlich. Dass sie das aus mir gemacht hatte, widerstrebte mir, aber ich konnte mir nicht helfen.

Ein kurzes Lachen drang aus ihrer Kehle. „Siehst du, Lincoln?"

„Was sehen?", fragte ich und sah ihn an.

Er nahm Lady Harcourts Ellenbogen. So, wie sie zusammenzuckte, musste sein Griff sehr fest sein. „Ich denke, es ist das Beste, wenn du jetzt gehst, Julia."

„Ich müsste sowieso woanders sein, wie es der Zufall will." Sie hielt ihre Nase so hoch, es war ein Wunder, dass sie nicht die Deckenbalken streifte.

Lincoln begleitete sie hinaus und ließ mich mit meinen verdreckten Stiefeln und einem Schrubber in der Hand zurück. Mein Herz hämmerte lauter als tausend Trommeln. Das Blut brauste durch meine Adern und machte mich etwas schwindelig. Während es gutgetan hatte, meiner Wut Ausdruck zu verleihen, war ich jetzt frustrierter denn je. Sie hatte sich überhaupt nicht entschuldigt.

„Ich glaub's nicht", sagte Seth hinter mir. Er und Gus waren aus den Boxen gekommen und starrten ihr beide hinterher. „Es war ihr egal."

Gus schlug ihm auf die Schulter. „Das is die Frau, die du geschützt hast. Die isses nich wert."

„Ich habe sie nicht geschützt, ich habe …" Seth zuckte mit den Schultern und schüttelte den Kopf. „Sie glaubt nicht, dass sie etwas falsch gemacht hat. Nicht einmal ein bisschen. Nicht zu fassen."

„Haste gut gemacht, Charlie." Gus tätschelte meine Schulter. „Hast ihr ein, zwei Sachen um die Ohren gehauen."

Ich schüttelte den Kopf. „Es bringt gar nichts. Ich hätte genauso gut mit der Wand reden können."

Gus kehrte in die Box zurück und ich verließ den Stall, um

ins Haus zu gehen. Seth holte mich im Innenhof ein. „Charlie, ich möchte mich entschuldigen. Du hattest recht und ich lag falsch. Sie ist ein selbstsüchtiges Miststück und schert sich nur um ihre eigenen Interessen. Ich will nichts mehr mit ihr zu tun haben. Von jetzt an kann sie nachts ihr eigenes Bett warmhalten. Oder sich ihren Stiefsohn ranholen."

Ich blieb stehen und starrte ihn an.

„Schau nicht so überrascht. Es war nicht jede Nacht."

„Ich … ich habe mir so was gedacht, war aber nicht sicher. Kommst du klar?"

„Natürlich. Zwischen uns bestand keine Zuneigung, von beiden Seiten nicht. Wir brauchten nur beide hin und wieder ein Ventil, das ist alles."

Bei ihm klang es wie Niesen, eine notwendige Funktionalität, aber recht gewöhnlich. Ich umarmte ihn. „Danke Seth. Ich hoffe, du findest Ersatz."

Er lachte. „Ich habe schon einen üppigen Rotschopf in der Warteschleife."

Ich boxte ihn leicht auf den Arm. „Ich hoffe, sie überrascht dich und fegt dich von den Füßen."

Er verzog das Gesicht. „Nein danke. Ich mag meine Füße auf festem Boden. Das Fegen überlasse ich ihm." Er nickte in Richtung Lincoln, der um die Hausecke auf uns zusteuerte.

Ich wartete auf ihn, während Seth zum Stall zurückging. „Du solltest drinnen sein", sagte Lincoln zu mir. Kein Kuss, kein Geplänkel, keine Erwähnung von Lady Harcourt. Das hatte ich nicht erwartet und ganz sicher nicht gewollt.

„Ich gehe ja schon rein", knurrte ich. „Ich bin nur rausgekommen, um zu sehen, wo du steckst. Nicht, dass ich mir die Mühe hätte machen sollen. Du warst ja gut beschäftigt."

„Sie ist gekommen, um es zu erklären. Sie hat es erklärt. Weiter ist da nichts."

„Da ist sehr wohl noch was! Sie sollte zum Beispiel aus dem Komitee ausgeschlossen werden."

„Sie kann nicht ausgeschlossen werden. Sie hat die Position geerbt."

„Dann … sollte ihr gesagt werden, was für eine fürchterliche

Person sie ist. Ihr sollte klargemacht werden, dass ihre Taten abscheulich waren."

„Das wurde ihr klargemacht. Du hast das in bewundernswerter Weise getan. Ob es Wirkung auf sie hat, weiß ich nicht."

„Das ist noch so ein Punkt." Ich stach ihm den Finger in die Brust. „Du hast mir nicht beigestanden."

Er fing meinen Finger auf, bevor ich noch einmal zustechen konnte, hielt ihn einen Moment fest und ließ dann los. „Ich hatte Julia schon während des Ritts meine Meinung gesagt. Sie weiß, dass ich wütend auf sie bin."

„Nun gut. Ich bin froh, dass du es ihr gesagt hast, aber das ist ziemlich irrelevant. Deine Unterstützung gerade eben wäre mir ebenso zugutegekommen wie ihr. *Ich* muss wissen, dass du auf meiner Seite stehst."

Seine Augen wurden schmal. „Ich verstehe."

Ich wartete, ob noch mehr kam, aber dem war nicht so. „Du verstehst? Das ist alles?"

„Ich dachte, du müsstest deinem Ärger Luft machen. Du schienst genau zu wissen, was du sagen wolltest, und ich sah keinen Grund, dich zu unterbrechen. Mir war nicht klar, dass du mein Schweigen für einen Mangel an Unterstützung halten würdest."

„Oh."

„Ich stehe hinter allem, was du zu ihr gesagt hast, Charlie. Etwas Ähnliches habe ich auch zu ihr gesagt."

„Und was meinte sie dazu?"

„Dass wir keine Freunde mehr sein können, wenn ich ihre Unschuld nicht anerkenne."

Das klang wie etwas, was eine Fünfjährige zu einer anderen nach einem Streit um das letzte Kuchenstück sagen würde. „Was hat sie noch gesagt?"

Sein Blick rutschte auf den Boden zwischen unseren Füßen. „Sie machte deutlich, dass du ein unkontrollierbares Temperament hast."

Ich stieß ein harsches Lachen aus. „Ich schätze, sie hat dich für verrückt erklärt, dass du so einen Wildfang heiraten willst."

„Etwas in der Art."

„Hast du ihr gesagt, dass mein Temperament nur hochkocht,

wenn ich sehr aufgebracht bin? Zum Beispiel, weil mich jemand entführt?"

„Ich habe ihr gesagt, dass du meistens recht zahm bist."

„Zahm! Ich bin doch kein Pferd, Lincoln!"

Der verräterische Muskel an seinem Kinn zuckte wieder. „Du bist noch immer aufgebracht, wie ich sehe."

Ich boxte seinen Arm viel fester, als ich Seth geboxt hatte, und stürmte davon. Er hätte meine Hand abfangen können, tat es aber nicht. Er folgte mir mit Abstand und ich drehte mich um. Blieb stehen. Er blieb auch stehen, außerhalb meiner Reichweite. Er sah mir nicht in die Augen. Irgendetwas stimmte noch immer nicht.

„Lincoln, was ist los? Was verschweigst du mir?"

Er öffnete den Mund, schloss ihn wieder und sagte dann: „Ich möchte den Rest des Tages nicht gestört werden."

Ich blinzelte ihn an. Heiße Tränen brannten in meinen Augen. „Warum?"

„Ich muss nachdenken."

„Über?"

„Was als Nächstes zu tun ist."

„Warum können wir nicht zusammen nachdenken? Wir können ein paar Ideen besprechen. In der Vergangenheit haben wir gut zusammengearbeitet. Vielleicht sollte ich doch versuchen, Holloway zu beschwören. Oder den Auftragsmörder."

„Ich ziehe es vor, allein nachzudenken." Er ging an mir vorbei und öffnete die Tür zum Haus. „Mrs Drinkwater wurde heute Morgen freigelassen. Sie nützte uns nichts mehr."

„Ich verstehe", sagte ich leise. Ich hörte kaum zu.

Er bedeutete mir vorauszugehen, bog aber bald ab, als wir die Küche erreichten. Ohne einen Blick zurück verschwand er im Flur, die Schritte lang und zielstrebig.

Ich sah ihm nach, das Herz schwer wie ein Bleiklumpen in meiner Brust, meine Gedanken diffus. Ich wollte ihm nachlaufen und ihn zwingen, mir zu sagen, was los war.

Denn *irgendetwas* war los. So kühl hatte er sich mir gegenüber schon lange nicht mehr verhalten. Das konnte ich auch Lady Harcourt nicht in die Schuhe schieben—er war gestern Abend schon so distanziert gewesen. Das hatte ich darauf zurückgeführt, dass er besorgt und wütend gewesen war, weil ich ohne ihn ermittelt hatte, aber jetzt war ich mir nicht mehr so sicher. Er hätte es mir gesagt, wenn das der Fall gewesen wäre. Dass sein Ärger so lange angehalten hätte, bezweifelte ich.

Etwas anderes beschäftigte ihn. Etwas, weswegen er sich den Rest des Tages und der Nacht von mir abschotten musste und nicht wieder herauskam, trotz meiner Bitten.

„Wir reden morgen Früh", war alles, was er durch die Tür sagte, als ich ihn zum Essen rief. „Geh ins Bett, Charlie. Du musst gut ausgeruht sein."

KAPITEL 17

*D**u musst gut ausgeruht sein.*

Lincolns Worte hallten in meinem Kopf wie Alarmglocken. Wofür musste ich ausgeruht sein? Um die Geister von Holloway und dem Auftragsmörder zu beschwören? Das war absurd. Er benahm sich herablassend und herrisch. Das würde ich ihm morgen sagen, nachdem wir beide uns beruhigt hatten.

Meine Nacht war unruhig und ich erwachte kurz nach der Dämmerung von einem leichten Klopfen an meiner Tür. Ich warf mir einen Überwurf um die Schultern und öffnete. Lincoln stand draußen und sah schlimmer aus als am Tag zuvor. Seine Haare hingen wirr auf seine Schultern, sein Kinn benötigte eine Rasur und feine rote Linien überzogen seine Augen.

„Was ist? Was stimmt nicht?" Ich griff nach ihm, aber er hob die Hände, um mich abzuwehren. Furcht breitete sich wie Eisklumpen in meinen Eingeweiden aus.

Er beugte sich neben der Wand nach unten. Erst da bemerkte ich den Koffer. Er nahm ihn und drängte in mein Wohnzimmer, wo er direkt zum Schlafzimmer durchmarschierte. „Pack deine Sachen. Zieh warme Kleider an und die Bernsteinkette. Du hast eine Stunde."

Ich starrte ihn an. Als er keine weiteren Informationen preisgab, rannte ich zu ihm und zog ihn am Arm. „Wohin fahren wir?"

„Das erkläre ich, nachdem du gepackt hast."

„Nein, du erklärst es mir jetzt oder ich werde nicht packen. Wohin fahren wir?"

Er klappte den Deckel des Koffers auf. „Zu einer Schule für junge Damen im Norden. Es ist—"

„Eine Schule! Du schickst mich weg?" Mir brach das Herz. Mein Innerstes verknotete sich. Das konnte doch nicht sein.

Er öffnete die oberste Schublade meiner Kommode. „Es ist das Beste."

„Lincoln! Ich verstehe, dass du aufgebracht und wütend bist, weil ich gestern das Haus verlassen habe, aber das ist doch kein Grund. Du überreagierst."

„Ich habe die ganze Nacht darüber nachgedacht und entschieden, dass es der beste Weg ist. Der einzige Weg. Du musst weg hier."

Das Atmen wurde plötzlich so schwer, wie es im Feuer gewesen war. Ich bekam nicht genug Luft in meine Lungen, egal wie oft ich einatmete. Lincoln packte einige meiner Sachen in den Koffer, faltete und platzierte sie mit methodischer Präzision. Seine gesamte Aufmerksamkeit schien auf seine Aufgabe gerichtet zu sein. Er hatte nicht einmal einen Blick für mich übrig.

Das war alles falsch. Er wollte das nicht tun, nicht wirklich. Sobald ich zu ihm durchdrang, würde er seine Meinung ändern. Ich umfasste sein Gesicht und zwang ihn, mich anzusehen. Doch obwohl er das Kinn hob, sah er mir nicht in die Augen.

„Sieh mich an", schnappte ich.

Er tat es und entzog sich dann meinem Griff, aber der kurze Moment hatte gereicht, um zu sehen, dass das Licht in seinen Augen erloschen war. Der harte Mann, der mir bei meiner Ankunft in Lichfield begegnet war, war wieder zurück, das Gesicht eine stählerne Maske. Ich würde mehr als ein paar Worte brauchen, um zu ihm durchzudringen.

„Tust du das, weil du Angst um mich hast?", fragte ich.

Er antwortete nicht.

„Lincoln, mich wegzuschicken, wird mich nicht schützen. Wenn überhaupt, bin ich allein noch gefährdeter."

„Niemand in dieser Schule wird von deiner Nekromantie

wissen, und niemand hier wird wissen, wohin du gegangen bist. Abgesehen davon geht es nicht nur darum, dich zu schützen. Es geht auch darum, dass ich mich wieder fokussieren kann."

„Fokussieren?"

„Ich hätte meine Zweifel nie beiseiteschieben sollen."

„Welche Zweifel?"

„Dein Einfluss hat mir von Anfang an Sorge bereitet, aber ich habe mich selbst überredet, dass sich nichts ändern würde. Ich lag falsch. Alles hat sich verändert. Ich habe mich verändert. Indem ich dich hierbehalten habe, war ich selbstsüchtig. Ich habe weder an dich noch an das Ministerium gedacht."

„Schmeiß mein Wohlbefinden nicht mit dem Ministerium in einen Topf. Und es ist nicht selbstsüchtig, einen geliebten Menschen bei sich haben zu wollen. Das ist menschlich."

Er hielt an der Kommode inne, den Rücken zu mir. Seine Schultern hingen nach vorn, doch dann richtete er sich auf und fuhr fort, meine Sachen in den Koffer zu legen. „Weg von mir bist du deutlich besser dran. Du kannst nicht abstreiten, dass du hier vielen Gefahren ausgesetzt warst."

„Ich finde, ich sollte diejenige sein, die sich um mein Wohlbefinden sorgt. Ich sollte entscheiden, wo ich leben will, nicht du."

„Das hier ist mein Haus. Du stehst unter meinem Schutz. Ich entscheide." Seine Worte klangen wie ein Echo von Lady Harcourts am Tag zuvor. Sie hatte mich ebenfalls zweifelsfrei darauf hingewiesen, dass es sein Haus war.

„Das sind drakonische Maßnahmen."

„Zum ersten Mal seit Monaten denke ich wieder klar."

„Dann hör auf und denke darüber nach, was du da tust, Lincoln."

„Ich habe darüber nachgedacht. Ich habe über nichts anderes nachgedacht."

„Triff doch keine überhasteten Entscheidungen—"

„Hieran ist nichts überhastet. Seit wir aus Paris zurück sind, ist mir immer mehr bewusst geworden, dass ich meine Arbeit nicht vernünftig erledigen kann, wenn du hier bist. Ich bin Leiter des Ministeriums. Die Position kann ich nicht einfach ignorieren und sie ist auch nicht geeignet, um sie halbherzig auszufüllen. Ich muss mich ganz und gar darauf konzentrieren."

„Das ist absurd. Liegt es daran, dass du Mrs Drinkwater nicht gefunden hast? Ich habe dir schon gesagt, dass das kein Versagen war—"

„Es geht hier nicht um diesen einen Vorfall!" Er knallte die Schublade zu, was den Spiegel zum Klirren brachte, und riss die nächste auf. „Das war der letzte Tropfen. Es hat mir bewiesen, dass ich mich besser konzentrieren muss."

„Es hat *mir* bewiesen, dass wir besser im Team arbeiten als jeder für sich."

Er sagte nichts, sondern fuhr fort, für mich zu packen. Inzwischen hatte er aufgehört, die Sachen ordentlich in den Koffer zu legen, und stopfte sie ohne Rücksicht auf die feinen Stoffe hinein.

Ich schluckte, aber der Kloß in meinem Hals blieb. „Also … ist das eine Dauerlösung? Du willst mich nie wieder zurück?" Meine Stimme klang klein, hilflos, aber ich konnte nicht mehr stark sein. Mein Leben bröckelte vor meinen Augen weg und ich fühlte mich vollkommen machtlos. Ich konnte es nicht aufhalten.

Er packte ohne Antwort weiter.

Meine Beine fühlten sich zu schwach an, um mich aufrecht zu halten. Ich sackte auf das Bett. „Unsere Verlobung …"

„Es ist das Beste, wenn wir sie beenden. Du bist jung. Du kommst darüber hinweg."

Tränen liefen mir über die Wangen, mein Kinn herab und tropften auf meinen Schoß. Darüber hinwegkommen? Dachte er, es wäre für mich nur eine flüchtige Schwärmerei? „Nein, Lincoln, das werde ich nicht. Du vielleicht?"

Seine Finger krallten sich in mein Nachthemd, ehe er es in den Koffer entließ, wo es in einem zerknautschten Haufen lag. „Doyle wird dir beim Packen helfen. Du solltest dich anziehen und etwas frühstücken. Dir steht eine lange Reise bevor."

Er ging mit langen Schritten aus dem Schlafzimmer. Ich rannte hinter ihm her und packte seinen Arm, um ihn aufzuhalten. Er schüttelte mich ab.

„Ich werde alle Fragen über die Schule beantworten", sagte er. „Aber bitte mich nicht noch einmal, meine Meinung zu ändern."

Ich schnaubte durch meine Tränen. „Ich bin zu alt für die Schule."

„Dies ist eine Schule für junge Damen, nicht für Kinder."

„Wie ein Mädchenpensionat?"

„In der Art."

„Du hast mit Lord Marchbank gesprochen. Er hat auch davon geredet, mich hoch in den Norden zur Schule zu schicken. Das ist dieselbe, nicht wahr? Ich weiß vielleicht nicht, wie man sich als Lady benimmt, aber ich habe schon viel von Mädchenpensionaten in London oder in Städten auf dem Kontinent gehört."

„Dort bist du sicher—und beschäftigt. Nach Ablauf eines Jahres wirst du mehr Möglichkeiten haben als jetzt. Die Schulleiterin versicherte mir, dass man für dich eine Stelle als Gouvernante oder Gesellschafterin in Frankreich oder Italien finden wird, vorzugsweise in einer englischen Familie. Oder du kannst als Lehrerin an der Schule bleiben. Du hast die Wahl."

„Verdammte Wahl." Ich starrte ihn an und versuchte, alles zu begreifen. Es wirkte zu unwirklich, wie ein Albtraum, aus dem ich bald erwachen würde. „Du und Marchbank müsst Pläne geschmiedet haben, obwohl ich ihm gesagt habe, dass ich nicht dorthin gehe."

„Marchbank hat die Schule mir gegenüber vor Monaten erwähnt, seither nicht. Ich habe das in letzter Zeit nicht mit ihm besprochen. Ich habe weder ihm noch sonst jemandem gesagt, dass du dorthin gehst. Die Entscheidung ist ganz allein meine."

„Aber du musst das schon lange geplant haben, wenn du bereits mit der Schulleiterin korrespondiert hast."

„Ich habe es mir angeschaut, als du hergekommen bist, habe mich damals aber dagegen entschieden. Die Schulleiterin hat mir versichert, dass ein Platz für dich frei wäre, sollte ich meine Meinung ändern."

„Lincoln, hör auf damit." Meine Stimme war kaum mehr als ein Flüstern. Mehr bekam ich nicht durch meine Tränen heraus.

Er wandte sich ab und ging weiter zur Tür. „Du wirst nicht ohne ein Zuhause sein und es ist sehr wahrscheinlich, dass du dort gute Freunde finden wirst."

„*Hier* ist mein Zuhause! *Hier* habe ich Freunde!"

„Du musst junge Frauen in deinem Alter kennenlernen."

Ich stemmte meine Hände auf die Hüften. „Ich werde nicht gehen."

„Ein Jahr an dieser Schule wird dir Möglichkeiten eröffnen, die du sonst nie gehabt hättest. Es wird dir guttun."

„Ich entscheide, was gut für mich ist. Und ich lerne hier wunderbar Leute kennen."

„Nicht die richtigen."

„Die richtigen?", wiederholte ich. „Du meinst Leute wie Lady Harcourt?"

Seine Hand ruhte auf dem Türknauf. Er verharrte mit dem Rücken zu mir. „Du kannst hier nicht bleiben. In der Schule wirst du sicher sein."

„Ich gehe in keine verdammte Schule! Da ziehe ich lieber wieder bei Stingers Bande ein und bleibe in London."

Seine Knöchel um den Türknauf wurden weiß. „Wenn du aus Lichfield wegläufst, finde ich dich vielleicht nie wieder. Aber wenn du wenigstens dort bist ..." Er riss die Tür auf, ging hinaus und schloss sie hinter sich.

Ich brach auf dem Boden zusammen und zog meine Knie an die Brust. Das passierte nicht. Er war verletzt und besorgt und deswegen tat er dumme Dinge. Er würde das nicht durchziehen, ganz bestimmt nicht. Er liebte mich und er wusste, dass ich ihn liebte. Er musste es ganz tief in seinem Inneren wissen, dass es uns beide zerstören würde, wenn er mich wegschickte. Ich musste einen Weg finden, ihn daran zu erinnern. Ich musste zu ihm durchdringen.

Wie lange ich dort gesessen hatte, wusste ich nicht. Ich stand erst wieder auf, als es erneut an die Tür klopfte. Mit klopfendem Herzen öffnete ich, aber es war nur Doyle, der mit einem Tablett dastand.

„Ihr Frühstück, Miss."

Ich nahm das Tablett und dankte ihm.

Er räusperte sich. „Ich wurde angewiesen, Ihnen beim Packen zu helfen und eine geeignete Garderobe für die Reise auszuwählen."

Es erschien mir kleinlich, ihn nicht ins Schlafzimmer zu

lassen. Der arme Mann tat nur, was sein Herr von ihm verlangt hatte. Mit Lincoln musste ich reden, nicht mit Doyle.

Ich knabberte am Speck, rührte das Ei aber nicht an. Ich hatte keinen Hunger. Mit dem Überwurf eng um die Schultern gezogen, ging ich zu Doyle ins Schlafzimmer. Der Koffer war voll und auf dem Bett lag ein dunkelgrünes Wollkleid und Unterwäsche ausgebreitet.

„Bitte verzeihen Sie", murmelte er und wurde leicht rot. „Eine Magd hätte sich darum kümmern sollen, aber ..." Er verstummte.

„Es ist schon in Ordnung, Doyle. Sie darum zu bitten, war nicht fair von ihm. Sie können gehen."

Er verbeugte sich und verließ das Zimmer.

„Was hat er Ihnen über all das hier gesagt?", rief ich ihm nach.

„Nur, dass Sie weggehen, Miss. Wohin oder wie lange erwähnte er nicht."

„Hat er es den anderen gesagt?"

„Nicht, dass ich wüsste, Miss. Er hat mir die Anweisungen unter vier Augen erteilt."

Nachdem er gegangen war, zog ich mich schnell an. Den Koffer schloss ich nicht, sondern ließ ihn stehen. Der ging nirgendwo hin.

Ich machte mich auf die Suche nach Lincoln und fand ihn in der Küche bei Seth, Gus und dem Koch. Den verdatterten Gesichtern nach zu urteilen, hatte er ihnen gerade Bescheid gesagt. Alle drei sahen mich mit weit aufgerissenen Augen und offenen Mündern an.

„Wir müssen reden", sagte ich Lincoln mit vorgerecktem Kinn.

„Es gibt nichts mehr zu sagen. Weitere Diskussionen werden es nur schwerer machen." Er schob sich an mir vorbei. „Du hast zehn Minuten."

Ich versuchte, ihn festzuhalten, aber er war zu schnell. Ich hob meine Röcke an, um ihm nachzulaufen, aber Seth war schneller. Seine Schritte hallten den Flur entlang.

„Das können Sie nicht tun!", hörte ich ihn rufen. Lincolns

leisere Erwiderung verstand ich nicht. „Nein! Ist es nicht! Denken Sie an—"

Lincoln musste ihm das Wort abgeschnitten haben, aber wieder war er zu leise, als dass ich etwas verstanden hätte.

Ich rannte ihnen nach, Gus und den Koch auf den Fersen. Lincoln sah mich, drehte sich um und ging davon. „Feigling!", schnappte ich.

Er blieb nicht stehen. Ich hörte die Haustür auf- und zugehen.

„Verdammte Hacke", murmelte Gus. „Hat der den Verstand verloren?"

Seths Augen sprühten vor kalter Wut. So hatte ich ihn noch nie gesehen. „Was hat er dir gesagt?", fragte er.

„Dass ich ein Jahr in eine Schule im Norden gehen soll. Danach kann ich den Kontinent bereisen und Arbeit als Gouvernante oder—" Ich konnte nicht weitersprechen.

Seth zog mich in seine Arme. „Er wird bald zur Vernunft kommen."

„In zehn Minuten?"

„Du musst mit ihm reden."

„Ich habe es versucht. Er hört nicht zu."

„Versuch es noch einmal." Er nahm meine Hand. „Komm."

Wir gingen alle vier nach draußen, aber Lincoln war nirgends in Sicht. Ich lehnte mich an die Hauswand und verschränkte die Hände vor meinem Bauch. Ich fühlte mich krank. Wenn ich ihn nicht fand und mit ihm redete, wie sollte ich ihn umstimmen?

„Keine Sorge", sagte Seth, nachdem er alles um das Haus herum abgesucht hatte. Er keuchte, aber ich hatte nicht den Eindruck, dass es nur der Anstrengung geschuldet war. „Falls es so weit kommt, werden wir mit ihm reden, nachdem du weg bist."

„Sie geht nirgendwo hin", grummelte Gus.

„Genau, sie bleibt bei uns", sagte der Koch.

„Das kann sie nicht", erklärte Seth. „Er hat klar gemacht, dass das keine Option ist."

„Dann finden wir etwas in der Nähe, wo sie bleiben kann."

„Sie kann bei meiner Tante wohnen", sagte Gus und nickte eifrig. „Der gefällt die Gesellschaft."

Seth strich sich über das Kinn. „Das ist eine gute Idee. Vielleicht können wir eine Stelle für sie finden."

„Als was?" Der Koch zuckte seine kräftigen Schultern. „Für eine Gouvernante oder Krankenschwester fehlt ihr die richtige Ausbildung und ich lasse nicht zu, dass sie in einer Fabrik arbeitet."

„Hausmädchen?"

Der Koch schnaubte. „Das ist unter ihrer Würde und das weißt du."

„Es ist immerhin ein Anfang!"

Ich lehnte den Kopf an die kühlen, grauen Steine des Hauses. „Ich kann nicht glauben, dass das passiert."

Seth legte die Arme um mich und küsste meine Stirn. „Alles wird gut. Er muss sich nur beruhigen. Dann wird er bald seine Meinung ändern."

So zuversichtlich fühlte ich mich nicht mehr. Lincoln war ein sturer Mann und sehr gut darin, seine Gefühle zu begraben. Aber ich durfte die Hoffnung nicht aufgeben. Immerhin wollte er, dass ich in diese Schule ging, damit er wusste, wo ich war. Wenn nichts anderes half, musste mich glauben, dass er mich eines Tages holen kommen würde. Vielleicht sogar schon morgen, nachdem er sich beruhigt hatte.

Das Rumpeln von Wagenrädern auf dem Kies ließ uns alle herumfahren.

„Hoffentlich keiner vom Komitee", sagte Gus und schielte die ankommende Kutsche an.

„Das ist eine Droschke", sagte der Koch.

„Keine Droschke", sagte Seth. „Sieht aus wie eine Reisekutsche."

Das zweispännige Gefährt hielt vor der Treppe und Lincoln stieg aus der Kabine. Als er mich sah, hielt er inne, trat dann näher, die Hände hinter dem Rücken. Seine Augen, halb verdeckt von schweren Lidern, waren schwärzer als Londons düsterster Nachthimmel.

„Es ist Zeit", sagte er steif. „Hol deinen Mantel und die Handschuhe." Er ging davon, aber ich trat ihm in den Weg.

Ich packte seine Schultern. „Hör auf, Lincoln. Hör sofort auf. Es ist falsch und du weißt es."

Er machte sich von mir los. „Nein, Charlie. Es war falsch, dir zu gestatten, hierzubleiben und es so weit kommen zu lassen. Ich hätte dich vor Monaten wegschicken sollen."

Meine Tränen, nie weit von der Oberfläche entfernt, stiegen wieder auf. „Sag das nicht", flüsterte ich. „Tu nicht so, als wäre nichts zwischen uns."

„Ich weiß, dass du jetzt verletzt bist, aber das wird vergehen. Eines Tages wirst du mir danken—"

„Dir danken!" Ich trat zu ihm, aber er wich zurück. Ich holte bebend Luft, ermutigt von Seths Nicken. „Ich liebe dich, Lincoln. Mich wegzuschicken wird das nicht ändern. Ein Jahr im Norden wird meine Liebe nicht enden lassen und auch kein ganzes Leben auf dem Kontinent."

„Genug! Du machst es nur schlimmer."

„Wenn es schlimm ist, dann tu es nicht!"

Er lief zur Eingangstreppe. Gus schubste mich hinter ihm her. Mit letzter Kraft hob ich meine Röcke und rannte die Stufen hinauf. Wieder stellte ich mich ihm in den Weg.

Er betrachtete mich reglos, kühl, als ob es zwischen uns nie heiße Küsse oder Pläne für ein gemeinsames Leben gegeben hätte. Es war wieder genauso wie bei meiner Ankunft in Lichfield.

„Das war Lady Harcourt, nicht wahr?", schnappte ich. „Sie hat gestern etwas zu dir gesagt, dass dich an unserer Beziehung zweifeln lässt."

„Es hat nichts mit ihr zu tun."

„Sie will dich für sich, Lincoln. Das weißt du. Das steht hinter allem, was sie sagt oder tut."

„Das hier hat nichts mit ihr zu tun", wiederholte er. „Es ist ganz allein meine Entscheidung." Er hob mich hoch und stellte mich zur Seite.

Als seine Hände meine Taille losließen, wollte ich ihm eine Ohrfeige verpassen. Er fing mein Handgelenk ab. So standen wir da, nah genug, dass er mein Herz hämmern hören musste. Mich machte das Trommeln fast taub.

„Bitte, Lincoln", flüsterte ich, während meine Tränen überliefen. „Tu das nicht." Ich hatte mir geschworen, dass ich nicht betteln würde, aber jetzt war ich verzweifelt. Zum Teufel mit der Würde.

Die Muskeln in seinem Gesicht wurden schlaffer. Er blinzelte mehrmals und seine Lippen öffneten sich ein winziges Stück. In diesem einen Augenblick dachte ich, er wäre zur Besinnung gekommen. Ich erhaschte einen Blick auf sein wahres Ich durch den kleinen Riss in seiner Maske.

Dann schloss sich sein Mund und jeder Muskel spannte sich an. Er ließ mich los und marschierte ins Haus.

Seth rannte ihm nach, Gus hinterher, aber nach etwas wütendem Gebrüll, das keine Reaktion von Lincoln brachte, kehrten sie zurück. Der Koch umarmte mich. Er roch nach Orangen. Eine andere Hand ruhte auf meiner Schulter.

Niemand sprach.

Doyle kam mit meinem Koffer heraus und reichte ihn zum Kutscher hinauf, der ihn auf dem Dach festzurrte. Er verbeugte sich, das Gesicht ernst. „Gute Reise, Miss. Ich werde das Haus in Ordnung halten, bis Sie zurückkehren."

Ich öffnete den Mund, um ihm zu danken, aber kein Wort kam heraus. Das Lächeln, das ich ihm stattdessen schenkte, war schwach und wenig überzeugend.

Ich umarmte Seth, Gus und den Koch der Reihe nach. Der Koch überraschte mich, da er sich die feuchten Augen wischte. Ich tätschelte seinen Arm; mehr Trost hatte ich nicht zu bieten.

„Nich nötig", sagte Gus. „Sie is bestimmt bald zurück. Er wird sie viel zu sehr vermissen." Er küsste meine Wange und umarmte mich erneut.

Er ließ mich erst los, als Seth ihm den Ellenbogen in die Seite stieß. „Gus hat ausnahmsweise mal recht", murmelte er in meine Haare. „Dein Exil wird nicht lange währen."

„Dafür sorgen wir verdammt nochmal", fügte Gus hinzu.

Ein feiner Nieselregen setzte ein. Es war die Art von Regen, der um diese Jahreszeit eine ganze Woche durchnieseln und selbst das zäheste Gemüt niederdrücken konnte. Für meine Abreise von dem Ort, den ich Zuhause nannte, schien er passend. Vor fünf Jahren hatte es auch geregnet, als ich aus dem einzigen Zuhause geworfen wurde, das ich je gekannt hatte.

Jetzt regnete es wieder, als ich aus einem anderen verbannt wurde. Es war zu grausam.

Seth half mir die Stufen der Kutsche hinauf, klappte sie ein und schloss die Tür. Ich versuchte, meine Tränen zu unterdrücken, während ich aus dem Fenster sah, aber ich konnte sie nicht abstellen. Sie strömten unkontrollierbar. Mein Herz fühlte sich an, als ob es unter der Flut zerfallen würde. Bald würde sich das Loch, wo es gewesen war, mit Tränen füllen, bis es überlief.

Die Kutsche wendete und fuhr los. Ich drehte mich auf dem Sitz und winkte aus dem hinteren Fenster. Meine drei Freunde und Doyle winkten zurück.

Ich weiß nicht, warum ich zum Turmzimmer hinaufsah. Eine Bewegung des Vorhangs? Ein sich bewegender Schatten? Ich war froh, dass ich es tat. Damit erhaschte ich einen letzten Blick auf Lincoln, der am Fenster stand. Er war zu weit weg, als dass ich seinen Gesichtsausdruck hätte erkennen können, aber es gab mir Hoffnung, etwas, woran ich mich klammern konnte. Es bedeutete, dass ihm meine Abreise nicht so egal war, wie es schien.

Ich presste meine Handfläche an das Fenster der Kutsche, ein letztes Flehen, aber er war bereits verschwunden.

Charlies und Lincolns Geschichte können Sie hier weiterverfolgen:
Asche zu Asche
Der 5. Band der *Ministerium der Kuriositäten* Reihe von C.J. Archer.
Abonnieren Sie den Newsletter von C.J., um über neue ins Deutsche übersetzte Bücher informiert zu werden. Abonnieren: WWW.CJARCHER.COM

EINE NACHRICHT DER AUTORIN

Ich hoffe, Sie hatten beim Lesen von GRABESSCHWERE ERWARTUNGEN ebenso viel Spaß wie ich beim Schreiben. Als unabhängige Autorin ist Mundpropaganda entscheidend für den Erfolg. Wenn Ihnen dieses Buch also gefallen hat, überlegen Sie doch bitte, ob Sie Ihren Freunden davon erzählen möchten und in dem Shop, in dem Sie das Buch gekauft haben, eine Rezension hinterlassen. Wenn Sie über Neuerscheinungen informiert werden möchten, abonnieren Sie meinen Newsletter unter http://cjarcher.com/contact-cj/newsletter/. Sie werden nur dann kontaktiert, wenn ein neues Buch erscheint.

AUSSERDEM VON C. J. ARCHER

REIHEN MIT 2 ODER MEHR BÄNDEN

Glass and Steele

Ministerium der Kuriositäten

The Glass Library

Cleopatra Fox Mysteries

After The Rift

The Emily Chambers Spirit Medium Trilogy

The 1st Freak House Trilogy

The 2nd Freak House Trilogy

The 3rd Freak House Trilogy

The Assassins Guild Series

Lord Hawkesbury's Players Series

Witch Born

EINZELTITEL

Courting His Countess

Surrender

Redemption

The Mercenary's Price

ÜBER DIE AUTORIN

C.J. Archer begeistert sich für Geschichte und Bücher, seit sie denken kann, und wähnt sich glücklich, dass sie beides vereinen konnte. Sie verbrachte ihre frühe Kindheit in der dramatischen Schönheit des Outbacks von Queensland, Australien, lebt inzwischen aber mit ihrem Mann, zwei Kindern und einer frechen schwarzweißen Katze namens Coco in Melbourne.

Abonnieren Sie C.J.s Newsletter auf ihrer Webseite, um informiert zu werden, wenn sie ein neues Buch herausbringt: http://cjarcher.com/deutsch/

facebook.com/CJArcherAuthorPage
twitter.com/cj_archer
instagram.com/authorcjarcher

www.ingramcontent.com/pod-product-compliance
Lightning Source LLC
Chambersburg PA
CBHW010541170726
48285CB00008B/2708